白秋と茂吉

飯島 耕一

みすず書房

白秋と茂吉・目次

1　『雀の生活』

1

白秋の書いた作品をしっかりと読むことなしにわれわれは白秋を論じがちである。しかも白秋のことはもうわかっているような気になっている。ヴェルレーヌについても同じような現象がある。猫も杓子もランボー、ランボーと言うが、ヴェルレーヌを読んでいる人は実に寥々たるものなのだ。ヴィクトル・ユゴーの詩にいたってはわれわれは実に何も知らない。ともかくぼくは白秋の書いたものを実際に読んでみようと思い立ったのだ。こうしてまず長篇散文詩『雀の生活』という本を捜し出してきた。白秋は三十五歳だった。大正九年（一九二〇年）に新潮社から出たものである。これが面白かった。次に『きよろろ鶯』という随筆集を読んだ。『きよろろ鶯』というのは昭和十年（一九三五年）に書物展望社というところから出ている。このとき白秋はすでに五十歳である。これには問題がある。そのあたりから書いてみたい。『雀の生活』は散文詩と銘打たれているが、これを散文詩と意識して読む必要はなさそうだ。要するに白秋はここで自分の世界像、宇宙像を描いてみせているのだ。『雀の生活』を読んであとに残るのはまず第一に円天井、蒼空のイメージである。「円い青天井」、「青い穹窿」というふうにも白秋は書いている。この円天井の下に、人間と雀子たちがいる。たとえば次のような箇所だ。

「充分によく睡つて自然と目が覚めて来《く》る朝の清々《すが〳〵》しさはありません。薄紅い蓮の花でもポッと開くやうな、それはい、感じがします。まだ幼い子供の朝の目覚めは格別です。子供は誰よりも一番に早く眼を開けてゐます。さうして戸の外で雀の声がちゆちゆつとでもしようものなら、それこそもう凝《じっ》としてゐられません。すぐに手足をバタバタさします。その時その子の頭の中では既に朗らかに晴れ亙つた円い青天井が描かれてゐるに違ひないのです」。

雀のことを書きながら、白秋はたえず蒼空を、円い青天井を想いつづけている。

白秋がよく晴れた青空が好きだったことはまちがいない。『きよろろ鶯』に「若葉は咲《ひら》く」（昭和八年――朔太郎の詩集『氷島』刊行の前年である）というエッセーがあり、そこでも白秋は次のように書いている。

「私は北国人ではない。だから晴天の明朗を愛する。愛するといふよりも、晴天の明朗そのもの、中に漲《みなぎ》る透明な万有の寂しさを、真の大自然の寂しさとして観る、さうして聴く。枯淡は閑寂そのもの、表の現れであるが、却つてこの私の奥に隠《こも》る閑寂性は、かうした晴天の明朗をもつて若葉に映発する。誰知らぬ私の魂の寂しさはこの光り輝くもの、中にこそ慟哭してゐるのだ」。

白秋は誰もが知っているように北九州の柳河の出身である。七六年の六月、ぼくは五島列島へ行く途中、わずかな時間だが柳河（現・柳川市）へ行ってみて、白秋は故郷というものを持っていた人だということを痛感した。

白秋という人に感ずるのは彼は柳河というなつかしい故郷を持っていた人だということだ。

ぼくはやはりこの国では南の国と言っていい瀬戸内海に近い都市に生まれた。むろん自分の生まれたところに愛着はあるが、しかし白秋のようにはつよいなつかしさを生まれ故郷にもっていない。父の仕事の赴任先で生まれ育ったので、この感覚はどうしようもないことである。

ぼくもよく晴れた「円い青天井」が好きである。しかしそれはなつかしい故郷のある白秋の「円い青天井」とは自ら異なっているにちがいない。そこのところがぼくの白秋観の底にあるものだろうと思われる。いやこのことは、いっそ白秋への羨望と言いかえるべきかもしれない。

「雀を観る。それは此の〈我〉自身を観るのである。雀を識る。それは此の〈我〉自身を識る事である。雀は〈我〉、〈我〉は雀、畢竟するに皆一つに外ならぬのだ」と白秋は『雀の生活』の序文を書きはじめている。そしてそのあとに白秋は次のように言いそえる。「かう思ふと、掌《て》が合はさります、私は」。

この一行に驚く。こんなことを素直に書ける白秋は、ぼくからは遠い。こういう心境から何とわれわれは遠くに来てしまったことだろう。「かう思ふと、掌《て》が合はさります」という一行には、軽いショックを与えずにはおかない何かがある。何かを思う、とたちまち苦々しいような気分になるという習性と何と久しく馴染んできたことだろう。

「掌《て》が合はさります」というのは、仏教と縁のあった白秋と関係があるだろう。しかしいまはまだ仏教の問題に入る時ではない。

「一箇の此の〈我〉が、此の忝《かたじけな》い大宇宙の一微塵子であると等しく、一箇の雀も矢張りそれに違ひは無い筈です。霊的にも、肉的にも」。

このかたじけない大宇宙と白秋は言う。宇宙存在を思って「かたじけない」と言えた白秋とは一体どのような人だったのだろう。その一端に触れることができれば、これから書くこの書きものの目的の半ばは達成されるという予感がする。

白秋の持っていた心というものを、われわれは失ったのだ。われわれは自分が何かを失ってしまったという空白感にたえず内心で脅やかされているが、それはたとえばこの白秋の「かたじけない」という心であるにちがいない。われわれが失ったのは白秋だ。白秋が死んだのは弟分の萩原朔太郎の死と同年の昭和十七年だった。何度か幸いにも会う機会のあった宮柊二が、ある時、朔太郎はいよいよ晩年まで白秋を

「白秋先生」と呼んでいたと教えてくれた。白秋は朔太郎よりわずか一歳の年長である。しかし朔太郎にとって白秋はそれほど大きな存在だったのだ。朔太郎は白秋をまねて、白秋のように詩を書き文章を書きたかったはずである。しかし朔太郎は白秋をまねながら、これはもう一種独特の独創的な不器用さのために『月に吠える』や『青猫』になってしまったのだと思う。しかも『氷島』のような、およそ先行者白秋とは異なった地点に彼はつきぬけてしまった。

あの『氷島』まで書いてしまった朔太郎が、一歳年長の白秋を「白秋先生」と呼んでいたのは面白い。室生犀星のほうは、「白秋は」というように話していたそうである。

朔太郎の存在はぼくにも身近に感じられる。朔太郎のにがい心はよくわかる。そしてその朔太郎より一歳年長の白秋はもう遠いのだ。しかし遠いとばかりは言ってはおれない。こちらにひきつけずに、こちらから接近してみることだ。こんな殊勝な気持でこれから白秋を読んでみたい。そしてわれわれが失ったものが何だったのかを確かめてみたい。

「雀を私は観てゐます。常に観てゐます。観てゐると云ふよりは、常に雀と一緒になつて、私も飛んだり啼いたりしてゐます。雀は全くかはいゝ。彼は全く素朴で、誠実です。極めて神経が細《こま》かで、悧巧で、時々慌てゝ、初心《うぶ》で、単純で、それはあどけないものです」。

このように『雀の生活』は書き出されているが、こういう文章を何と久しく読まなかったことだろう。ぼくはまったくめずらしいものを見るような気持で『雀の生活』を読みすすんで行った。いやいやながらする読書とはまったくちがった時間が流れた。

「鳥類の中の雀を、大概の人は、地上の石ころ同様に思つてゐます。(それはあまりに多くゐるからです。あまりに珍らしくもないからです。)人間がさう観て平気なのは、人間そのものの愛が足りないか、或は、その人間としての実在が、容易に雀の心と合致できないか、そのどちらかだと思ひます」。

「雀を識るには雀と一緒になる事です。さうして雀になつて了はなければなりません」と白秋は言う。ランボーが苦しんだのはこのように言えなかったためだ。ようやく必死の思いで、彼は「永遠、それは太陽と行ってしまった海だ」と叫んだのではなかったか。ランボーを持ち出すまでもない。秋山駿は、雀ならぬ小石をめぐって長く苦しい考察をしてきたが、要するに秋山氏も白秋のように雀になり小石になってしまうことができなかったのだ。

「雀となり雀と遊んでゐると、全く私は天真の私に還ります。さうしてこの人間の私までが、頭がしぜんと円くなり、小さな嘴ができ、翼が生え、尻尾《しつぽ》がビヤンと後《うしろ》について、何時《いつ》でも羽根た丶きして飛んでゆけさうな気が致します。あの青い空の向うへ」。

ここにも「青い空」が出てくる。雀の上には青い空がある。雀はほとんど青い空に溶けこみ、青い空と一つのものになるのだ。

これも西洋の詩人にはちょっと考えられない境地である。しばらく前、「マラルメの蒼空」というエッセーを書いたが、マラルメだけのことではなくボードレールにしても他の誰彼にしても、西洋の詩人にとって青い空、蒼空とは「敵」なのだ。西洋の詩人が青い空と書いているのを注意してみたまえ、彼らはみな蒼空に言いしれぬ敵意を抱いている。蒼空とはあまりに完璧なものなのだ。その蒼空に、ドン・キホーテよろしく、彼らは挑戦し、必ず敗退し、うちのめされてしまう。しかし白秋にはそういうことはまったくない。雀（白秋）は迷うことなく、青い空の向こうへ飛んで行き青い空と一体になるのである。

「小さな一茶と小さな雀と、涙を流しあつて遊んだ心もちを考へると、あの大空の円天井までがその上に小さくかはゆく懸《か丶》つて見えます。それは硝子のやうに透明な穹窿《アーチ》です」。

このように、マラルメが見たら実に驚くようなことを、白秋はあっさりと言ってのけるのである。

仏教の問題には入る時ではないと言ったばかりだが、次のような箇所も引用しないではいられない。

「ある冬の日の暮でした。私と母とはある寺の大きな山門をくゞつてゐました。雀の声がしてゐたのです。母は破れた風呂敷に青い葱を包んで、それを寒むさうに両手で携へてゐました。ふと道で行き遇つて、何気なく親子はお寺参りをしたのでした、雀の声にひかされて。母は頭を下げました。私も下げました。母は葱を擁へたなりで、二つのその掌《て》を合せました。私も掌《て》を合せました。母はなむまみと唱へました。なむまみと私も母のうしろで唱へました、子供のやうに。母が仏様を拝みますゆゑ私も拝みました」。

驚いてばかりいるようだが、この母と子のかかわりも驚くべきことで、こんなに母とうまく行った詩人はちょっといないのではないかと思われる。これまで親しんできた詩人たちはみな母とは不和であり、むしろ悪い母親をもつ子が詩人となる宿命にあるのかとまで考えたことがある。ボードレールの母親は、まだ少年のボードレールを連れてオーピックという少佐と再婚し、ボードレールを苦しめた。アポリネールの母親は、子供を残して、若い情人と賭博旅行に出かけた。ランボーの母親がごりごりの信心屋で、むりやり幼いランボーに信仰を押しつけたことは名高い。かつてランボーの生地、北フランスのシャルルヴィル市に行ったとき、たまたま入った床屋の老いた主人は（むろんランボーの一行も彼は読んだことはあるまいが）、ランボーのおっかさんはすごかったと話した。

その他日本の詩人の誰彼のことを考えても、白秋のようなケースは非常にめずらしいのではあるまいか。また詩人は過保護家庭に生まれるとたしか田村隆一が言ったことがあるが（朔太郎にしても中原中也にしてもそうだ）、白秋の家は過保護というのでもないようだ。東京の大学へ入るに当たって、婆やつきで一軒家を借りたとは言うけれど。

ともかく白秋はその母を深く敬愛していた。随筆集『きよろろ鶯』のエッセーでも、白秋は母のことをすばらしい存在として書いている。

「母の横顔」という文章（昭和六年）の冒頭に、白秋は『桐の花』の次の歌を書き写している。

クリスチナ・ロセチが頭巾かぶせまし秋のはじめの母の横顔

朔太郎はその詩やアフォリズムで父のことばかり書いた。「父は永遠に悲壮である」と言い、最後の詩では父よ不幸をゆるせかしと言っている。不孝でなく不幸というのが不思議だが。その時白秋は「母への思慕はわたくしの絶えざる郷愁です。母はわたくしの霊の救ひ、詩を思ふ心の源です。母を思ふたびに、わたくしは清らかにされ、母に逢ふたびにいつもわたくしは、自分を省みます。かういふ清らかな、偽りのない、正しい、さうして少しも乱れない、やさしくて強い女性がまたとこの世にあらはれるだらうかとさへ思ひます。わたくしは幸福です」というふうに言う。

「わたくしはお母さんらしい人の胸に抱かれて、うと〳〵とい、香ひに包まれてしまひました。あまりにそれは夢のやうな美しい母と稚児の〈追憶〉ですが、その夢の中に生きてゐるうら若い母の心音は、今でもわたくしを昔の童に還してくれます」。

雀と一体となる、その心の基盤にはどうやらこの母との一体感があるのではないかとも思われる。

「わたくしを今日のわたくしにしてくれたのは全くこの母です。この母がゐなければ、わたくしは詩人にはなれなかつた」。

少年ボードレールにとってその母が再婚したことは、自分への裏切り行為だった。子供のボードレールは母の毛皮のマントか何かに鼻をうずめて母の香りを求める。何者かを呪いつつそのいない母を香りによって想像する、それが彼の詩であり想像力の源となった。白秋はボードレールを読んでいた。『悪の華』の影響も受けたことだろう。しかし根本的にこの両者の基盤は異なっていた。

不幸、呪詛、悪への下降による救済、そういったものは、白秋の内部にはどうあっても見出すことはできまい。

次の「この母を持つ幸福」というエッセー（昭和五年）で興味深いのは次のようなくだりである。

「わたくしはこの母から生れたにちがひないのだが、どうしてもこの母を世の女性並には考へられない。これは稚児の言葉ではない。今のわたくしの境涯から観てさう感じられるからをかしいのである。

この母を性的に感じられないのは、一に母の気品にある。

次ぎには乳母育ちであつた為、母に対して肉感的に溺れて甘えたといふ記憶がわたくしにはあまり無い。で、極めて精神的な母を一に感じて来た。

末の弟だけが母の乳を十分に吸つて育つた。そのせゐか母には最も甘えてゐる。またそれ故母の心には最も喰ひ入つてゐる。その欠点をもわたくしなどより最もよく知つてゐるであらう。弟が母に対して楽に怒つたりなどするのを見ると、たまには羨ましいと思ふこともある。さびしく自身を思ふこともある。

母はわたくしにとつては聖地のやうな清らかな輝きとして仰がれるばかりだ」。

母と子とうまく行っていると先に言ったが、こうしてみるとごくふつうの母と子の関係とも言えず、白秋の場合はあまりに精神的で、ちょっとよそよそしいくらいにも思える。このあたりはどう考えるべきか、白秋はあまりにもその母を清らかな存在として捉えている。ともかくこの母が絶対的な精神的存在、白秋の拠りどころだったことはまちがいないが、それにしてもこの母親の精神化、聖化にはいくらか異常なものがあるようにも思われる。

2

『雀の生活』を読んでいてもう一つ感じるのはいわゆる大正時代の匂いが行間から漂ってくることである。ぼくは自分では大正という時代を経験してはいないがそれを感じる。白秋が『雀の生活』を雑誌「大観」に連載しはじめたのは大正七年（一九一八年）の末で、小田原の天神山の伝肇寺《でんじようじ》に移った直後だった。ここに移って東京の葛飾での生活を思い出す。大正五年五月、白秋は江口章子《あや》と結婚（『桐の花』の女性、福島俊子とはすでに大正三年に別れていた）、葛飾に住んで紫烟草舎を創立する（このあたり藪田義雄の評伝『北原白秋』の年譜による）。彼が朔太郎の『月に吠える』の序文を書いたのもこの葛飾の窮乏生活においてのことだった。

白秋はたとえば次のような生活ぶりを報告している。

「また幾分物温かな日なぞには、雀が一二羽きつと来て、台所の亜鉛張りの屋根の上で、トントン、トントン、トトトンと軽い足踏《あしぶみ》をしたり、又は引窓から差覗いたり為ました。貧しいと云つても人間の住居です。下では妻が壊れた七輪に赤い炭火を煽いだり、新鮮な葱のぬたを擂古木《すりこぎ》で擂り出したり、ほそぼそ乍らでも飯焚く煙が檽子《れんじ》窓から煙《けぶ》つて来《く》ると、頭の上では雀もいよいよ浮かれ出して来ます。その小さな雀の足踏みの音を凝《ぢつ》と団扇の手をとめて聴き惚れてゐる妻の後ろ姿も嬉しいものでした。さうして妻の方でも嬉しいと見えて〈おホホホ、まるでフエアリーテエルズの侏儒《こびと》でもダンスしてゐるやうですわね。〉と振り向いては何時《いつ》も私に云ひ云ひしました」。

これだけの描写のなかにも、われわれが失ったものがあまりにも多いのに気づく。この時代はいまから数えるとおよそ半世紀前のことでしかない。しかし現在の生活は激変してしまっている。かえって現在のイギリス人やフランス人の生活のほうが、半世紀前と似たような生活がつづいていると言ってもいいのではあるまいか。白秋の描いたこうした生活にはまだ江戸が残っているかのようであり、反面、女の人がフエアリーテエルズなどと言い出すあたり、すでに大正というモダンな時代を思わせる。

次のようなところにもまた、大正の匂いがしないだろうか。

「流石《さすが》に大東京の銀座、若くは丸の内の雀は、焦茶の鳥打帽子にワイシヤツ、それに茶のスコツチの背広など着て、すばしこく翔け廻つてゐます。而《しか》もキツドの細い靴までテカテカと磨きあげて、駱駝の衿巻まで巻きつけたものです。彼等はまるで小意気な洋服屋の手代か、商船会社の小悧巧《こりこう》な若い社員のやうで、はしこくて、瞬時も安閑としてはゐません。株屋町や米屋町の雀などは猶更です。彼等は全く、取引所の風見車みたいに、くるくる廻りをしてゐます。禿げちよろけの円い頭をくるくるです」。

　大正の中期、白秋は貧しく暮らしていた。白秋だけのことではなく、人々の寂しく貧しい生活というものが『雀の生活』にはみなぎっている。その貧しさには何か涙ぐましいほどなつかしいものがある。『雀の生活』の全体を流れているのは貧しさとわびしさの一つのトーンである。それはしかし閑寂の生活であり、二人でいる孤独が全篇を蔽っている。こうして『雀の生活』を読んだあと、昭和期の白秋の随筆を読むと、それが一変して現代的な慌しい生活へと変貌しているのにわれわれはすぐに気がつく。

　どこを見てもいいが、「人間群落の中に」というエッセー（昭和五年）では白秋は次のように書いている。

「あまりに環境が喧騒し過ぎる、尖端過ぎる、光線と音響とが急速過ぎる。而もまた周囲の眼があまりに好奇に過ぎ、聡明過ぎる。あまりにまた下俗な礼讃と低級の愛慕とを投げつけ過ぎる。……街の散策にも青燈の下にも、私は直に発見される。旅にあつても随伴者歓迎者の夥ただしい群落の中に私は私の一人の〈時〉その時すら奪はれて了ふ。私は私の詩と歌謡とを通じてあらゆる階級との交渉を自分から避けられないものにして了つた。……何と此の人間の群落の中にあつて、私の内貌は憂鬱であることか」。

　この年の春から夏にかけて、白秋はいわゆる「満蒙」に旅をし、北九州の故郷に帰った。この旅の七十日間、ただの一日も孤独に過ごすことができず、彼は疲れきってしまう。ついに旅客機の機上で、「初めて私はただの一人である私自身を発見」する。「私は心から解放された私自身の個体を感謝し、ホッとまた吐息をついた。あゝ独りだ。あゝ、独りだ」。

「私は独りでありたいのだ」。

「私は新鮮な簡朴な生活に還らねばならぬ」。

「私はつくづく無名の世界に曾《かつ》ての清貧を取りかへさねばならぬ」。

白秋はそのようにこの昭和五年の随筆で訴えるのだ。ここで言われている清貧の世界、それが『雀の生活』である。

『雀の生活』をもう少し読んでみよう。

「白壁が輝き、柿の実の赤く鈴熟つた山裾の農家の景色などにも、雀の声はよくふさひます。さういふ時、午後三時頃の白い雲が一つ、ふうわりとその上に浮かんでゐないことはありません。

その前の畦道を、高い仏龕《みづし》を背負つた六部衆が通つたり、時とすると、秋晴の放れ駒が断き断き駈けて行つたりします。馬子が追つかけ追つかけ慌てくさつて、遠い稲田の向うへと曲つてゆくのも、雀の騒ぎで、何といふことなしに平和な田園の風情が温められて、遠くで吼ゆる野良牛の唸りまでが、如何にも長《の》閑《どか》な小春のいゝ日を明るくします」。

『雀の生活』のどこをあけても、「清貧」のすがすがしい風が吹いてくる。かえりみればわれわれの七〇年代の現在の生活も十分に貧しいが、そこに清貧というものは失われてしまった。

そこにはまた夕暮れというものがあった。

「日が暮れかけて、細かな雨が次第に明つて来て、匂はしい紅みがさしかけたと思ふと、青い早稲田の中空には、思ひがけない七色の虹の円弧が、裾の方まで鮮かに架け渡す素晴らしい景色に出会ふ事もあります。円い菅笠の幾つかも一斉にそれを見上げると、木々に帰りかけた雀の喜びと云ふものもありません」。

何よりもこういう夕暮れがすっかりなくなっているのではないか。

「葛飾の私の紫烟草舎でもたまたまさういふ風景の下に光り輝くやうになつたことがありました。廂から滾れ落つる雨の雫も七色に染まつて、燦々してゐました。そのまた雨垂に雀が驚いて羽ばたきしながら縋りついたり飛沫を散らしたりするのです。その雀も光り輝くばかりに見えましたが、それを眺めてゐる私達も思はず恍惚とした霊感にうたれて、身体も心も光るばかりに覚えました」。

それは不思議な夕方だったと白秋は証言している。「私達夫婦が、障子を明け放つて、虔《つつ》ましいながら貧しい晩餐の箸を動かしてゐる間にも、天には明るい七色の虹の輪が暫くは消えようともしませんかつた。見てゐると、その虹の下の野良路を、一人の子供が濡れみづくになつて泣き乍ら歩いて来ます。その子供の頭にも後光が射して、それは不思議な夕方でした」。

雀はこういう閑寂のなかの「精霊」なのだ。ことに雀がたった一羽だけ、ぽつんと何かに留まっているときこそは、まったく真に寂しい「精霊」そのものの具体化だと白秋は言う。

人間がいて、雀がいて、その上に天空があるという宇宙図を白秋は倦まずたゆまず書きつづける。『雀の生活』にはたしかにその構図の奥深くにまで達したところがある。こういう深い視線を白秋が内にもっていたというのは、少なくともぼくにとって一つの発見だった。白秋というと小唄調の、華やかな、表面の人という常識がまかり通っているが、そういう常識は、たとえばこの『雀の生活』や、『黒檜《くろひ》』、『牡丹の木《ぼく》』などの後期歌集を読むことによって破られるだろう。

『雀の生活』はⅠからⅧまでの八章で構成されているが、そのⅧ、最終章は「雀の霊格とその神格」と題されて、ここにわれわれは白秋のユニークなメタフィジックを聞くことができる。

次のような短い記述は、パスカル的というか、スピノザ的というか、ともかくもみごとな省察というほかない。

「雀が高く昇天しながら、急に何かにうたれたやうに、斜めに急角度をなして落ちてゆく事があります、空のある点まで達すると、何か畏《かしこ》い荘厳力が彼の頭を下へねぢ向けるやうに見えます。それは畏い、勿体《もつたい》ない、何か天にゐらつしやる」。

まだまだ引用したいが、このあたりでとどめよう。ところでこの『雀の生活』三一八ページを読み了ると、「雀の生活の巻末に――北原章子」という文章が載せられていて、その日付は大正八年十二月一日となっているが、われわれはこの章子夫人が、それから七ヵ月後、事あって白秋と離婚し、その後、悲惨と言っていい後半生を送ったらしいことを知っているから、この巻末の五ページに非常な悲劇的な暗いものを見ざるを得ない。一冊の本というものにはこういうことも起こり得る。これが大正九年二月に新潮社から刊行された時には、この一冊は章子のあとがきをも含め、一つのものとしてまろやかな光を放っていただろう。しかしそれから半年とちょっと後、この最後の五ページはその意味をすっかり変えてしまわないわけには行かなくなった。

「夫の散文詩『雀の生活』がいよ〳〵上梓される日が来ました。私はそれを大変にうれしく感じます。あの数かぎりもない雀子たちと一緒に」と、北原章子は書き出している。

葛飾から小田原に移って、荒寺だが親切な伝肇寺に引越し、ようやく静かなしんみりした生活がやってくる。「〈ここはいい処だ。いよいよ仕事も出来さうだよ。〉と云ふ夫の平和な顔色を見て、私も何かしら、大きい力を感じて来ました。さうして、どうか夫の『雀の生活』が完成されるまでは、この上大きな不幸が、のしかかつて来ないやうにと、何物かに向つて、しつかりと心の手を組み合せずにはゐられませんでした」。

しかし大きな不幸はやってきた。

「雀が夫を救つてくれましたと同時に、又この本によつて、雀はたしかに救はれました。私自身もまた、たしかに救はれました。みんなが祝福されました」。そう北原章子は書いたが、救いと祝福は長くはつづかなかった。

3

『雀の生活』の最終章ではさきにも少し触れたように、霊性や神性のことが語られる。実際、白秋という詩人は霊的なものへの感受性をつよく本能的にもっていた人だろうと思われる。しかしまた昭和十年刊の『きよろろ鶯』に移ると、われわれはその冒頭に「遷宮奉拝記」（昭和四年）などにおける彼の神性と霊性の記述を読まなければならないのである。

「わたくしは、今、千年の神杉の根方《ねかた》に足を拱《く》んで、背中と腰とに新しい莚《むしろ》の香ひと、しめりとを感じてゐる」。「いま、日本の古神道の精神を今の自身の詩の最高の境地に置くわたくしの精神は、更に徹した、更に確かな現実的な根拠の上に眼を開いてゐるやうな気がする。神々、神々の中の大御神、日神、おほ御《み》祖先《おや》、皇大神宮の大稜威《おおみいつ》の前にわたくしは深くひれ伏した」。「衣冠束帯、黒袍《こくほう》の彼浜口首相は、さながら赤銅の唐獅子のごとく威風堂々として、わたくしたちの前を通つた。その衣冠はよく似合つた。まことに国家全体をこの一個に彼自身が凝念し緊縮したかのごとく見えた。い、、意味に於て頼もしい力であつた」。「わたくしたちはひれ伏した。あまりに畏い事ではあるが、この犇々《ひしひし》と胸に来る忝さは、光は、声は、をの、きは、親しみは、血縁のこの直接に触れ来る和らぎは、あ、、何であるか。あ、、わたくしはまさしく日本民族の一人であることを、感ずる、感謝する。光栄とする」。

『雀の生活』のあの「忝い大宇宙」は一体どこへ行ったのか。

三年後の昭和七年になると、白秋はなおも次のように書くのである。

「皇軍の馬賊掃蕩と兵匪排撃とは当然のことであり、堂々たる国威発揚と権益擁護である。むしろ満蒙在住の民国人にとつては救世の天業であり、兵賊に対しては降魔の利剣である。かくして明日の満蒙は実に共存共栄の平和な一大楽土となり、宝庫となり、人類のための福源となるべきことを疑はぬ」（「満洲随感」）。

なぜこのようなことになってしまうのか。

白秋はさらに次のように書く。

「私は詩を以て立つてゐるが、しかも日本の神ながらの、古神道を現在の詩の精神としてゐるものだけに、一層に日本民族の荒霊《あらみたま》と和霊《にぎみたま》について思ふことが深い。何といつてもわたくしは日本民族の一人である。思ふにAの民族とBの民族とは根本においてちがふ。どうにも理解されないものがあるのである。わたくしが日本の言霊の信奉者であることはわたくしの幸福である。わたくしは詩を以てこの祖国にいさゝかでも尽させていただくことをどんなに歓びとしてゐるか、軍歌でも何でも作らうと思ふのである」。

そしてこの文章の最後を白秋は「わたくしはまた興奮してしまつた」という一行で終わるのである。何がそのように白秋をして興奮せしめたのか。

大正九年の『雀の生活』にあっては「忠君愛国」はむしろ排されていた。『雀の生活』に次のような記述があるのをぼくは注意して記憶していた。

「円い地球の上に竪琴を擁《だきかか》へて、恍惚と夜天の星宿を仰いでゐる女神の姿を、何よりも縹渺《ひょうびょう》とした〈美〉や〈神秘〉や〈夢幻界思慕〉の象徴とした古いロウマンチストもありました。又は大きな眼玉の蜻蛉を一羽留らせて、我が蜻蛉洲《あきつしま》の稜威を具体化しようとする忠君愛国的な図案家もよく見受けます」。

「然し、私ならばその円い地球の上には、赤裸々な箇の人間を据ゑます。でなければ茶色のあの小坊主の、箇の雀を留らせて、最も現実的な大きな太陽の面前に、滴るばかりの光明と希望とを浴せかけたいのです。少くとも此の現実的な地球を的確に支配すべき者は人間でなければ、恐らく私の愛する雀だと思ひます。雀でなくて外に何がありますか。蜜蜂か、蟻の族か、否否、それは最も人間的な雀、而《し》かも最も繁殖力の激しい雀にかなひません」。

地球を支配するのは雀にちがいない、と白秋はここで言ってのけているのである。『雀の生活』はまた一つの理想として芭蕉の境地のことを言っている。それがなぜ、古神道となり、日本民族至上主義となり、国威発揚と愛国になったのか。『雀の生活』に何度も出てきたアッシジの聖者フランシスは一体どこに消えたのか。釈尊はどうなったのか。

大正八年（一九一九年）と昭和四年（一九二九年）のあいだには何があったのか。パンの会の白秋、キリシタン・バテレンの白秋は『雀の生活』の白秋となり、ついに古神道となる。そのあたりに実に興味深いものがあるが、ともかく先を急ぎすぎることなく、しばらく白秋の書いたものを一ページ一ページ辿ってみることにしようと思う。

2 『白金ノ独楽』

1

十二月の初め、所用があって京都へ行き、翌日奈良の興福寺を訪ねて運慶の無著像《むちゃく》を見た。受付の女性が「無著さんは」と「さん」づけで呼んだのが印象的だった。われわれは日頃「無著は」とか「世親《せしん》は」と呼び捨てにしている。朔太郎が「白秋先生」と白秋を呼んでいたことを知って以来、こういうことが気になるのである。

十二月の奈良にはさすがに観光客もいず、ひんやりと冷えた空気さえ気持がよかった。十五、六年も前に、やはり十二月の奈良に来たことがあった。

無著像のみならず阿修羅像なども何か眼にしみてくる気がした。おくてのぼくは今頃になってこれらの仏像が眼にしみてくる自分を知るのである。十五、六年前、唐招提寺の木彫の頭部の欠損した像が自分に関係があると、ひたすら眺めたことがあったが、それ以後何度となく仏像というものを見はしたものの、それはただ仏像の前を通過したにすぎなかった。七六年の十二月、はじめて無著さんも阿修羅像も眼にしみた。その前を立ち去りたくない気がした。これまでは友人たちと京都や奈良に遊んでも、仏像の前など、ほんのおつき合いで通るだけで、さっさと表に出てしまったのだが……。

東京に帰ってまもなく或る会があり、神田に早く着きすぎたので、古本屋街をぶらついた。そしてＹ書店で白秋の『短歌の書』と『雀の生活』の改刷版と、大正十一年の詩集『観相の秋』を見つけて買った。白秋は完備した全集がないので、一冊一冊発見しなければならない。ところが有名な古書店にも白秋はそれほど置いていていない。見つけたらすぐさま買わなくてはならない。（有難いことに今は岩波書店から『白秋全集』が出ている。）

『雀の生活』の初版は、運よく身近な図書館にあったので、それで前回分を書いた。

改刷版は大正十五年二月である。初版は大正九年二月で、ちょうど六年が経っている。この初版と改刷版の間にこの本は版を重ねているのかもしれない。そうだ第一回分を書いてから秋山駿に会う機会があって白秋の話をしたところ、秋山氏がいきなり『雀の生活』のことを言い出してちょっと驚かされた。氏は小石をめぐる哲学的散文で知られたが、『雀の生活』をやはり読んでいたのである。いつもドストエフスキーとか永山則夫のことを持ち出す彼が、『雀の生活』の読者だったとは意外なようで、少しも意外ではなかった。

ところで『雀の生活』の初版の巻末につけられていた北原章子のあとがき、「雀の生活の巻末に」は、この改刷版『雀の生活』では全面的に削除されていた。それを見て、最後のところが「ざっくりと欠け落ちている」という印象が最初にやってきた。唐招提寺の頭部の欠損した木彫にぶつかったあのかすかな驚きがあった。北原章子のあのあとがきを初版で興味深く読んでまもなかったので、この再版が、次のような白秋の文章で終わっているのは、何ともむざんなような気さえした。

第Ⅷ章「雀の霊格とその神格」の最終項七は次のようにはじまっている。

「万物は流転する。永劫に流転する。諸行は無常のやうではあるが、無常であるが故に常に流れてやまぬ光明の渡を織り続けて行くのであります。……然し乍ら、現世に於て仮に人間と生れ、雀と生れ、その他諸の種々相を現じて生れた者は、現世に於てまた一たびは必ず死する。私の愛する日本の茶色の雀達も時が来れば息はとまり、その肉は腐れて、五蘊《ごうん》空に帰する。哀れと云はうか、不憫とも申しませうか。

雀は死にます。然し雀はその醜い死の姿を誰一人にも見せません」。

その左ページには白秋の絵なのか、「雀死す」という挿絵が印刷されてあるが、この死んだ雀子の一羽が北原章子の姿でもあるかのように見えてくる。

「老衰して、または病み果てて、愈々その寿命の尽きる日が近づいたと知ると、雀は、ただ独りその巣を棄て、その家内眷族同類を棄て、ただ独り、蒼空の円天井を次第に見棄てて行方知れずに飛んでゆきます。落ちゆく先は日の目もささぬ山窪か、蔭深い林か谷底の枯草原か。さういふ淋しい、誰の目にもつかぬ所へ行つて死んで了ひます」。

われわれは藪田義雄の著書などで、離婚後の北原（江口）章子の悲惨な生活の一端を知っているから、ここのところをあるぞっとするような気分で読む。

「落葉がその上にふりたまつて来ます。風がはらはらと吹いて来ます。落葉はまた一しきり降つて来ます。而してその死んだ雀の上で、落葉は落葉と重なります。さうした時折カサリと音を立てます。雨が蕭々と降つて来ます。落葉も蕭々と音を立てます。露がふり、霜が置き、果ては野山に白い綿雪さへ降りそそいで来ます。落葉は腐ります。雀は腐ります。さうして雪がその上に白い柩衣をかけて了ひます。何といふ清浄な神秘な死です、雀の死は。

かうして雀の現世での生活は了るのです。私の『雀の生活』もここで了らせねばなりませぬ」。

ここで『雀の生活』は終わる。

そのあとに初版では「夫の散文詩『雀の生活』がいよ〳〵上梓される日が来ました。私はそれを大変にうれしく感じます。あの数かぎりもない雀子たちと一緒に」とはじまる北原章子の晴れやかな文章がついていたのだった。

北原章子のあとがきは、白秋と章子の二人がながく物質的にも苦しい生活をつづけたと書き、『雀の生活』が完成することによって、ようやく物質的にもやや幸福になり、二人は救われた、雀は「私たちを餓死の境から救つてくれました」と書いていた。

さてこの白秋と章子の生活とはどんなものだったのか藪田義雄の『評伝北原白秋』によって見てみよう。

小笠原父島から帰った白秋は、大正三年（一九一四年）夏から、大正五年春まで、東京の麻布坂下町で暮らした。

慶応に近いので、父は学生相手の素人下宿をはじめた。そこへ『桐の花』の人妻俊子が同居するが、うまくいかない。結局俊子とはきっぱりと別れることになる。あのような事件（姦通事件）まで起こした二人だったが、結局ともに生活することはできない。

白秋は父の下宿業をいやがって、下宿人たちを追い立てるようにし、その結果一家の貧困生活がはじまる。白秋という人は、「そうすればこうなると判っていても、それがどうにも我慢がならないというところに、性格的な宿命を背負っていたともいえよう」と藪田はコメントしている。この点、山形の金瓶《かなかめ》の農村育ちの茂吉のほうがよほど忍耐づよかったと言わねばならない。白秋は何と言っても柳河の名家だった実家が破産するまでは、甘やかされた南国育ちのトンカ・ジョンであったわけである。

「麻布にゐました頃は随分と私達は惨《みじ》めでした」と『雀の生活』に白秋は書いている。

白秋は「大正五年（一九一六年）五月、江口章子と結婚、千葉県東葛飾郡《かつしか》真間《まま》（現在の市川市真間）の亀井院に寄寓した」（藪田義雄）。

やがて六月末、江戸川を一つへだてた小岩村三谷《さんや》（現在の江戸川区北小岩八丁目）へ移る。

現在の北小岩がどうなっているかわからないが、当時の情景を白秋は「葛飾小品」に次のようにスケッチしている。「葛飾小品」は『白秋小品』のうちに入っている。「そこにたつたひとつ赤い郵便函の下つた家、前は柴又と千住の別れ道、石の地蔵が一体立つてすぐ下手に橋がある。これが矢つ張り地蔵橋、橋の横手のこの草葺の家を遠くから見ると、南に柳がしだれて風情がいい。店にはラムネや果物や雑貨品が並んで、上り框《がまち》に腰掛けた村の若い衆たちが煙草でも喫《の》んでゐると、外庭には無くてはならぬやうにちやんと掘ぬき井戸がある。井戸には水がなみなみと溢れて、溢れた水が板張の流しに周囲からこぼれてゐる。その傍に紫の花あやめが誂向《あつらへむき》に咲いてゐて、上に粗末な竹棚がある。まるで光琳模様そのままだ。その家を前の日、河を渡つて見た時の嬉しさつたら」。

　貧しくみじめと言っても白秋の場合は、決してそれが深く沁みこむことはなかったと思われる。「嬉しさつたら」——こんなことはまず絶対に茂吉は言わないはずである。

　大正五年（一九一六年）と言えば、茂吉は「アララギ」で土岐哀果（善麿）との論戦をしていた。結婚は二年前で、この年長男茂太が出生している。茂吉はまずまず精神的にも物質的にもまだそれほどの困難に直面してはいなかったはずである。

　この小岩での章子との生活については、白秋が滞欧中の山本鼎（白秋の妹、家子の夫となった人、詩人山本太郎の父君）に宛てた手紙がある。これは名高い手紙らしいが、そこには次のように赤裸々な告白がなされていて読者の目をひきつける。「私がこの四五年この方たつた一人の女性の為に（俊子のことである——引用者）、どれほど心を掻き擾されたか、さうして諦めても諦めのつかぬこの人生に強ひて悟り澄ましたやうな気になるまで、どんなに真実を傾け尽し、どんなに苦労をして来たか、君も聞いて呉れたら涙を流して呉れるだらう。私の傷つきはてた心が、今や新たなる女性の為に甦り、昔の若若しい『思ひ出』時代の血が再び自分の脈管に燃え立つを覚える。喜んでくれ。今度の妻は病身だが、幸ひ心は私と一緒に高い空のあなたを望んでゐてくれる。さうして私を信じ、私を愛し、ひたすら私を頼つてゐる。この妻は私と一緒にどんな苦難にでも堪へてくれるだらう。たとひ私が貧しくとも、曩《さき》の日の妻のやうに義理人情を忘れてあはれな浮世の虚栄に憧れ騒ぐ事もあるまい。私は今元気で呼吸が軽い。私は今極めて安らかだ」。「幸ひ心は私と一緒に高い空のあなたを望んでゐてくれる」と、いかにもロマンティシズム型の夢見る白秋がここには見える。と同時に、こういうものの言い方をする男とは、かなりの自己中心的な男であるとの印象も拭いがたい。このロマンティシズム型、自己中心型の生活形態が少しでも脅やかされるなら、白秋ははや堪えられないことになる。しかも白秋は必ずや生身の人間でもある女たちと、あの「聖地のやうに清らかな」母とを無意識のうちにも較べずにはいないだろう。

俊子も章子もその犠牲者であるようにも思えて来る。年若く、性格的にも完全ということはあり得ない世のすべての女たちの、どの一人を呼んできても、到底あの強固な「清らかな」母親のイメージ（今風に言ってイマーゴとすべきか）を持つ白秋とはうまく暮らしては行けなかったろう。

俊子は未決監を出てから、何ヵ月か「死所を求めて彷徨する流離の日がつづいた後で」（藪田）、横浜の南京町で船員や外人相手の卓袱《ちやぶ》屋（品のいいとは言えない小料理屋――引用者）に住みこんでいるのがわかった。白秋は三浦半島の三崎にこの俊子と住む（姦通事件は明治四十五年（一九一二年）夏だから、時間的にはその翌年の四月に俊子を妻としたわけである）。

この結婚によって「白秋は、悲傷昏迷の雲霧を突破り、光明讃仰の彼岸へむかって勇敢に自己革命を成し遂げていった」と藪田義雄は言う。

白秋はいつも悲惨と失意のうちに結婚し、自らは救われ、詩や歌の傑作を残す。章子との結婚によっては『雀の生活』や歌集『雀の卵』を得たが、この俊子との三浦三崎の生活のうちからも、歌集『雲母《きらら》集』と詩集『白金ノ独楽』が生まれた（後者は結果として、と言うべきかもしれない）。しかもすでに見た『雀の生活』も、やがて見てみる『白金ノ独楽』もかなり仏教的色彩のつよいものである。

当時、三浦三崎の真福寺には、公田蓮太郎という漢学者が住んでいたが、この禅の居士に白秋は傾倒したようである。しかしこれについては、『公田蓮太郎先生と父白秋』という白秋の遺児隆太郎の論文も未見のままで、何とも言いようがないが、茂吉には金瓶の宝泉寺の窿應和尚があり、白秋には公田蓮太郎の存在があったことには小さくない意味があったろう。ちなみに公田蓮太郎はその父が黒住教の篤信者であり、その影響もつよく、また白秋の祖父も黒住教に傾倒していたという。

さて大正三年三月、白秋は俊子とあと二人の女性を伴って小笠原の父島に渡る。白秋はゴオガンの『ノアノア』を夢みて島へ渡ったのだが、それも失敗した。父島での生活は白秋にとって「現実に於て見事に破られて了つた。泣けも笑へもせぬ。泣くにはあまりに極楽であり、笑ふにはあまりにも地獄であつた」。

小笠原には雀さえもいなかった。

「行道念念、我高きにのぼらむと欲すれども妻は蒼穹《さうきゆう》の遙かなるを知らず、我深く涙垂るれども妻は地上の悲しみを知らず、我は久遠《くをん》の真理をたづね、妻は現世《げんせ》の虚栄に奔る……」(『雀の卵』の「輪廻三鈔」の序)。

茂吉と妻とのあいだにあったさまざまな事件や事情についてもよく知られているが、ここでも茂吉は憤激しつつも忍耐した。それに較べて白秋は「蒼穹」、「青い円天井」への思いを同じくしない妻を二度までも切り離した。このあたりにも両者の性格の隔たりがある。

『雀の生活』には次のようにある。

「私が先の妻と別れた時、私は憤怒と侮蔑とに燃え上りました。恐ろしい残忍と、愛着と、未練と、憎悪とが心中に嚙み合ひ鬩《せめ》ぎ合つてガタガタ慄へました。洒乎《しやあ》々々と白いパラソルを開いた妻の面を見ると思ひきり張り倒してやりたかつたが、母の眼を忍んで悄悄《しをしを》と振り返つた時には流石《(さすが)》に擁《(だ)》き締めてもやりたくなりました。だが、私の憤怒はそれ位で収まるものでは無かつたのです。私は素知らぬ顔をして、二階からただ庭の小松の梢ばかり凝視《みつ》めてゐました。小松の針のやうな細い葉の間にはまだ青い松笠が二つ重なつてゐました。青い松笠でも重なり合はねば寂しいものです。しみじみと観てゐると、その松笠が二つとも幽かに顫へてゐるのです。よく観ると、雀がゐました。雀が下から揺《ゆす》つてゐたのです。ちゆちゆつ、ちゆちゆつ。私は初めて私の眼の底が痛くなりました。澄んで来ました。私の心機が。それから私は、青い空の円天井を眺めました。私の頭がしぜんと下つて了ひました」。

長く引用したが、はじめのほうは、これまで白秋の詩や童謡だけに親しんで、向日型の明るくさばけた白秋、小唄調の白秋、トンカ・ジョンの幸福な白秋を何となく信じてきた人は、そのはげしい女との葛藤の報告に驚かないわけにはいかないだろう。そしてまた後半を読んで、そこに「青い松笠」や「雀」や「青い空の円天井」が出てくるのを見ると、このようなものと人間とを、要するに女に限らず罪多い人間とを較べたのでは、ふたたび悲劇はやってくるにちがいないという予感を持たないわけには行くまい。白秋はかつて愛した女への深い絶望と、無垢な「雀」や「青い空の円天井」のあいだにいる。言いかえれば、不完全な人間存在と、完璧な蒼空のあいだにいるようである。

白秋と別れた俊子のそののちの悲惨な運命については、ここでくどくどと述べる必要もあるまい。また書く必要もないことである。

中原中也と小林秀雄のかつての愛人、長谷川泰子がそののちに辿った運命についても知られているが、最近、かつて五十年前、日活の「グレタ・ガルボに似た女」に当選した女優でもあった長谷川泰子が主演した映画『眠れ蜜』を見て、慄然とするものを覚えないわけには行かなかった。小林秀雄も若い頃、小笠原へ旅をしている。大正十四年だから、白秋より十年ほどのちである。

2

さて北原章子（江口章子）もまた、悲惨な運命を辿る。大正六年（一九一七年）七月、白秋が本郷の動坂町に移り、翌七年三月には小田原のお花畑に転居、十月に同じ小田原の天神山伝肇《でんじょう》寺に移って、『雀の生活』を書きはじめたことについては、前にも書いた。八年の夏、伝肇寺東側の竹林に「木菟《みみづく》の家」と呼ばれる萱屋根に藁壁の住居と、方丈風の書斎を建てて移り住む。九年六月、「木菟の家」の東側に赤瓦の三階建洋館を新築した。

その地鎮祭の日に不幸な事件は起こった。

その前に大正七年の春、章子は「新潮」に「妻の観たる北原白秋」という文章を発表しており、非常に興味深いものなので、藪田義雄の著書によって読んでみたい。そこで章子は白秋を「全くえたいの知れない、恐ろしい魔法使ひのやうな人です」と言っている。

「いかにも南国的な深刻味のある、赤い毒草の花のやうな魔気に満ちた人です」。

「それはそれは変化の多い矛盾勝ちの人です」。

「北原は恐ろしい癇癪持ちです」。

「家庭では時々陰鬱な恐ろしい顔をします。それが、別にこれと言ふ理由なしに、むくむくと起つて来るのですから手のつけやうがありません」。

ソーウツ型のようでもありテンカン質のようでもある。茂吉の癇癪も有名であるが、どういうものか茂吉の立腹や癇癪には愛嬌があり、ユーモラスでさえある。しかし白秋の癇癪や「陰鬱な恐ろしい顔」には、われわれは実際に目撃したわけでもないのに、何か正視しがたく、ついて行けないおそろしさがある。

その「陰鬱な恐ろしい顔」つきは、日に何度も起こることがあり、そのたびに章子は「背骨がぐざぐざに砕かれる程つらく感じ」る。「其病的な怪しい肉体の底から起るのでまるで潮の満干のやうな具合でせう。時間が過ぎれば治るのです」。

「仏説に依ると、あの森から野と終日飛んだり跳ねたりして楽しさうに唄を唄つてゐる小鳥でさへ、一日に三度は前世の業報によつて、身のうちが焼けて行くやうな熱に犯されるさうです。これを鳥類の三熱の苦しみと申しますから、北原は詩人に生れた何かの因果によつて三鬱の苦しみを受けなければならぬのでせう」。

「北原は軽薄な行為など出来る人ではありません。だから婦人を一時の弄《もてあそ》び者にするやうな事は絶対にありません」。

最後に北原章子は次のように書いている。

「北原はほんたうに痛々しい大きな赤ん坊です。たとへ此の世に於ていかなる罪を犯さうと鬼神も仏も総てお免《ゆる》し下さるでせう。さうして地獄の裏門から浄土の門へ迎へらるる人だと思はれます」。

章子はまるで、『悪の華』にあるような堕落と悪からこそ、かえって天国への道は近いといったことを言っている。

俊子と別れた白秋は、この章子と葛飾で貧しいながら和合した生活を送り、小田原では物質的にもようやく恵まれた、幸福な、沈静した生活に入ったかと思われた。ちなみに俊子とかかわる時代の白秋の作品と、章子とかかわる時代の作品をあげれば次のようになる。

『桐の花』の後半「哀傷篇」
歌集『雲母集』
短唱集『真珠抄』
詩集『白金ノ独楽』
　以上が俊子時代。
散文集『白秋小品』

小説「葛飾文章」、「金魚経」、「神童の死」
『白秋小唄集』
童謡集『とんぼの眼玉』
小説「哥路《ころ》」
詩文集『雀の生活』
歌集『雀の卵』
　以上が章子時代。

これらのなかには白秋の全作品のなかでももっともすぐれたものが含まれている。そこが非常に興味深い。幸福の絶頂から奈落へと落ち、また幸福と沈静とに至りまた奈落へと落ちる。一方に「清らかな聖地」のような精神的な母があり、他方に白秋から見て幸福と絶望の原因となった二人の女がいる。彼女らは決して完璧な女、完璧な蒼空ではあり得ない。

大正九年（一九二〇年。茂吉の長崎時代の最後の年、ドイツ留学の前年に当たる）、「木菟《みみづく》の家」の三階建洋館の地鎮祭の日、章子は白秋の弟、北原鉄雄らに「このお祭り騒ぎは何ごとか」と責められ、「勝気の章子」は「忿懣やるかたなく逃避行をくわだてた」（藪田）。そのとき池田という若い男が章子と行動を共にしたので、二人の上に疑惑がかけられたが、藪田はこのことは計画的なものではなく、行きがかりのことだったろうと推測している。

俊子と同じように、白秋のもとを去った章子は、その後俊子と同じく悲惨な運命を辿らなくてはならなかった。

どう見ても、『白金ノ独楽』、『雀の生活』、『雀の卵』の時代は白秋の一つのピークをなしているが、その背景には以上のような容易ならざるものがあった。

　それ以前の『邪宗門』、『思ひ出』、『桐の花』の時代については、すでにぼく自身、論じたことがあり（拙著『萩原朔太郎』における白秋への言及、また本書巻末のエッセー「『桐の花』から今日の歌まで」）、諸家の多くの研究にもこと欠かないので、このあたり、つまり明治四十五年から大正九年までの、八年ほどの間の詩や歌や散文を見てみたい。言わば俊子、章子時代の白秋である。

3

　まず詩集『白金ノ独楽《こま》』から見てみよう。

『白金ノ独楽』の初版は大正三年十二月刊である（初版では『白金之独楽』）。この年は白秋が俊子と藤岡姉妹と四人で小笠原に渡った年でもあり、女たちは次々と帰京し、白秋は最後に七月に麻布へ戻った。まもなく俊子とは離婚ということになり、『白金ノ独楽』は離婚後の十月に一気に書き上げられた。同じ頃、白秋よりわずか一歳下の朔太郎は、いわゆる初期の「疾患詩篇」の詩を書き、白秋に自分は変だといった手紙をしきりに出していた。『白金ノ独楽』の後記には次のようにある。

「一、白秋三日三夜法悦カギリナク、タダ麗《ウラ》ラトシテ　霊《タマシヒ》十法方界ニ游《アソ》ブ。飯モ乳モ咽喉ニハ通ラズ、悦シキカ、苦シキカ、タダ悶々《モダモダ》ナリ」。

　また次のようにもある。

「一、我マタカクノゴトク一心恭敬シテ、詩ヲ作リタルコトナシ、頂礼極マレバ詩形自《オノヅカ》ラ古キニ帰ル。タダ純一無垢ノ悲ヲ知ルノミ。シカモ、素朴ナル我ガ言葉ハマタ自カラ片仮名ニテ綴ラレヌ、イカンゾ奇ヲ衒《テラ》ハンヤ、ヤムベカラザリツレバナリ」。

　ともかくもこの状態はロマンティシズム型の詩人としては実に幸福な境地であるが、さらにこのあとがきである「白金ノ独楽奥書」に、その快い緊張の喜びがはっきりと示されている。白秋は二十九歳だった。苦しい三崎と小笠原の生活からやっと解放されたその安心の上に、この喜びがやってきたということは確かである。一人になった白秋はようやく生甲斐を感じたのである。

「ワレイマ法悦ノカギリヲ受ク、苦シミハ人間ヲ耀カシム」、とこの詩集の序文「白金ノ独楽序品」は書き出されている。これがのち昭和十六年の『白秋詩歌集』（河出書房）では、カタカナだった詩はすべてひらがなに直され、題名も『白金の独楽』とされ、あまつさえ「詩風としては私自身に於ても傍系のものであり、本流のものではない」などという解説が白秋自身によって書かれている。しかし何と言ってもわれわれはカタカナの初出のほうをとるべきであろう。

白金ノ独楽

感涙《カンルヰ》ナガレ、身ハ仏《ホトケ》、
独楽《コマ》ハ廻《マハ》レリ、指尖《ユビサキ》ニ。

カガヤク指ハ天ヲ指《サ》シ、
極《キハ》マル独楽ハ目ニ見エズ。

円転、無念無想界、
白金《ハツキン》ノ独楽音《ネ》モ澄ミワタル。

これが二十九歳の白秋の自動記述的《オートマチスム》な法悦の詩だったが、そのはりつめた気息はいまもよく味わうことができる。

カンルヰナガレ、ミハホトケ
コマハマハレリ、ユビサキニ

この境地は我と汝、主観と客観、夢と現実などのもはや対立し、分離しない、一つの超現実的境地とも言え、白秋ほどの詩人にあっても、そうしばしばは味わうことのなかった至福の瞬間だったと思われる。自ら悟っているように、これは苦しみによってこそ耀《かがや》かされた白秋の法悦の時だった。

掌

光リカガヤク掌《テノヒラ》ニ
金ノ仏ゾオハスナレ。
光リカガヤク掌ニ
ハット思ヘバ仏ナシ。
光リカガヤク掌ヲ
ウチカヘシテゾ日モスガラ。

「金ノ仏」というのは一種シュルレアリスムで言う至高点に似ており、それは「死は死なり、しかして死にあらず」といった仏教的論理のひらめく瞬間に出現し、またたちまちにして消えるもののように思われる。しかし何ともむずかしい問題で、われわれはこの白秋の詩を千度舌に転じて口誦んでみるほかない（白秋とシュルレアリスムの取り合わせは異様であろうか。最近、杜沢光一郎歌集『黙唱』を読み、玉城徹の解説を読んだが、この解説に白秋とシュルレアリスムの問題が示されていた。ただし玉城の説にぼくとしては異論があるので、これについてはやがて触れたい）。

だんだんと空気が冷えてくる菊冷えの季節、白秋はこれらの詩句を憑かれたもののごとく記述したのであろう。ぼく自身も十何年か前に、一週間ほど昂揚して連日詩を書き、しかもそれを天来の声を聞くように記述して、一字も直すことなく詩集にしたことがあった（『夜あけ一時間前の五つの詩・他』――一九六七年、昭森社）。詩人ならばたとえ思い込みだろうと、そのような日々の到来を願わずにはいられまい。

両手《モロテ》ソロヘテ日ノ光掬《スク》フ心ゾアハレナル。
掬ヘド掬ヘド日ノ光、
光リコボルル、音モナク。

というのもある（「日光」）。

フツト洩ラセシタメ息ヲ我ガモノゾトハ人知ラズ。

という忘我を指摘する詩句もある。次に名高い「薔薇」という一篇がある。

薔薇

薔薇《バラ》ノ木ニ
薔薇ノ花サク。

ナニゴトノ不思議ナケレド。

これも思考と非思考を、観察と瞑目をのりこえた境地の表明であり、いわゆる反省意識を否定した詩句と言えよう。白秋は薔薇の詩や歌を初期にもまた晩年にもつくった。あの晩年の『黒檜』の盲目の危機のなかでも、白秋は薔薇の歌をつくっているのである。

影さへや蕾《つぼみ》は硬《かた》き冬の薔薇ただ三葉四葉の灯映《ひうつ》りにして

やがてこの、冬の薔薇のつめたさ、影のあわれさを知らなければならなくなる白秋も、いまは清朗と称してよい右の三行の薔薇を、俊子と別れたばかりの自由から来た若々しい法悦のうちに記述していた。実際、この『白金ノ独楽』の詩は、仏教的悟達そのものと呼んでよいみごとなものである。我と他の永遠の対立は、とりわけ次のような詩のうちに救いを見出すにちがいない。

竚立

海マンマントウネレドモ、
不二《フジ》レイロウトオハセドモ、
竚《タタズ》ムモノハワレヒトリ、
コボルルモノハワガ涙。

次のような名高い詩も、あの俊子をめぐる事件と離別の果てのこととしてみれば、いっそう読む者の身にしむであろう。

自愛

真実心《シンジツシン》ユヱアヤマラレ、
真実心《シンジツ》ユヱタバカラル。
シンジツ口惜《クヤ》シトオモヘドモ、
シンジツ此ノ身ガ棄テラレズ。

ここには『邪宗門』や『思ひ出』の絢爛たる黄昏（カワタレドキ）の白秋はもういない。まひるの日の光のなかに白秋は赤児のようにまる裸のままでふるえながら立っている。

他ト我

二人デ居タレドマダ淋《サビ》シ、
一人ニナツタラナホ淋シ、
シンジツ二人ハ遣瀬《ヤルセ》ナシ、
シンジツ一人ハ堪ヘガタシ。

次の「金」と題される四行もまたいい。

金

貧シサニ金ヲ借リ、
ソノ金ガ返サレズ。

キノフモケフモ、ソノ金ガ
燦然《サンゼン》ト天《テン》ニ光ル。

白秋はここで悟っているわけではあるまい。「煩悩を去らずして悟りにつく」という仏道の極意はここにも反映していると思われる。「奥書」でなおも白秋は「我マタ本来諦《アキラ》メガタシ。燦々沈下、サラニ苦行精神ノ途ニツク。白金ノ光背《クワウハイ》ワガ頭ニアリト思フコトアレドモ我マタ地上ノモノナレバ、時トシテ外道《ゲダウ》ノ悪趣ニ墜《オ》ツ、危イカナ」と書く。

大正三年に出た印度更紗版の『白金ノ独楽』を手にとって見たことはないが、序品には紺紙金泥を用い、経文風の趣向をこらした著者自装とのことである。

この大正三年、第一次大戦の勃発の年、三十二歳の茂吉は青山脳病院々長、斎藤紀一長女輝子と結婚、「アララギ」に「良寛和歌集私鈔」を連載、また医学研究のため海外留学予定が、第一次大戦勃発のため延期された。茂吉の『赤光』の出版は前年の大正二年十月、またその母「いく」は五月に死んでいる。茂吉の母への歌、また母を思う心についてはすでによく知られている。

4

さてこの十二月十七日（一九七六年）には原田種夫の江口章子論『さすらいの歌』（七二年刊）を読んでいたのだが、それはいったん措いて、思い立って市川の真間と江戸川区北小岩の二ヵ所へ行ってみた。そのことをここでノートしておきたい。

原田氏は小田原の地鎮祭の夜の事件については次のように冷静に記している。「白秋章子夫妻の身辺、つまり夫妻と親戚筋のあいだに、しっくりしない気持、もやもやした感情の渋滞がいつのまにか抜きさしならぬものとなり、これが脹《ふく》らんで爆発した——不幸な事件を招いたのではないか、としかいえない」。
葛飾であのようにしっくりとしていた夫婦の和が一挙にして崩壊する。章子という女がもともと非常な不幸な星のもとに生まれたことが、この『さすらいの歌』でよくわかる。俊子にせよ、この章子にせよ、白秋はよくよく「虐げられてきた女」に縁があったのである。

この『さすらいの歌』を読みかけた十二月十七日の朝はすばらしい冬晴れの日だった。総武線の市川で下車して、タクシーで真間の亀井院へ行った。現在の寺は昭和六年に建てられたもので、むろん白秋、章子の住んだ当時の六畳の間はなかった。二人のここでの生活は大正五年の五月中旬から六月末までの一ヵ月半のことである。西川智泰著『真間の里』によれば、旧亀井院は明治二十一年に火事のため焼失していたので、近所の農家の母家を買いとって寺坊に代えていた。白秋と章子はその一室の六畳を借りて侘びしい日々を過ごしたのだった。

歌集『雀の卵』の「葛飾閑吟集」の冒頭「序に代へて」に、この亀井院が次のように出てくる。「大正五年五月中浣《（ちゆうかん）》、妻とともに葛飾は真間の手古奈《（てこな）》廟堂の中ほとり、亀井院といふに、仮の宿《やどり》を求む。……赤貧常に洗ふが如く、父母にわかれ、弟妹にわかれ、いまだ三界を流浪すると雖《（いへど）》も、不断の寛闊また更に美《かな》しからむ事をのぞみ希ふ。されば玲瓏として玉の如く、朝《あした》に起き、夕《ゆふべ》に寝ねて、いただくはありふれし米の飯、添ふるに一汁一菜の風韻、さながら古人の趣に相かなふを悦ぶ。……おのづから身に驕る宝なければ、常住水に魚鱗の苔を洗ひ、野に出で丘にのぼりて、時に鮮菜の土をはたく。閑雅、閑雅、われ汝《なんぢ》を慕ふ事久し。願くば田園疎林の中、行住念々《（ぎようじゆうねんねん）》汝とともに処して、閑寂さらに寂しからむ」と白秋は書き、芭蕉の「うきわれを寂しがらせよ閑古鳥」の一句を添えて、この「真間の閑居の記」を結んでいる。

現在の亀井院の周辺はすっかり家がたてこんで、道も細かったが、一歩ぬけると真間川が流れていた。そこからぼくは国立精神衛生研究所の前の里見公園に、小岩から移されたという「紫煙草舎《しえんそうしや》」を見に行った。冬の朝のひんやりした空気のなかに、八畳と六畳のふた間に縁側のついたきりの紫煙草舎はあった。まことに「清貧」を思わせるたたずまいであり、当時のものとしては、その他、机、七宝焼の花瓶、金属製の小さな火鉢、各一つがあった。

同じ『雀の卵』の冒頭の「大序」の㈡にこの紫煙草舎での生活が次のように報告されている。「六月の末に真間から小岩村の三谷《さんや》に移つて、其処で新らしい紫煙草舎の閑寂三昧に入つた。哥路《コロ》といふ子犬と、黒い子鴉と村の子供たちが私の朝夕の遊び相手であつた」。

繰り返せばここでの章子との生活が、『雀の生活』と歌集『雀の卵』に結実しているわけである。

そこからまた明るい冬の朝の光のなかを、小岩の三谷《さんや》へ行った。そこは江戸川のすぐほとりで、いまもあちこちに畑の残っている閑寂な土地だった。工場や団地でも建って、もっと騒々しい場所になっているかと予想していたのだが、水神の碑とか善兵衛碑などというものもある、のどかな田舎だった。土手にのぼると江戸川が流れ、犬を連れた女の人が散歩にやってきたりした。対岸は木も多く、見晴らしはよかった。人家もつましい二階建くらいのばかりで、周辺に大きな建物一つなかった。ただ土手の下の道を乗用車やトラックがたえず走った。この車さえなければ、『雀の生活』の閑寂はもっとよく偲ぶことができただろう。道を訊ねた人々もみな下町の人らしくのんびりしていて、一度でいいからこういうところへ住んでみたいと思ったほどだ。ここに現在は里見公園にある紫煙草舎が立っていたわけである。

近所の八幡神社へ行くと「いつしかに夏のあはれとなりにけり乾草小屋の桃色の月」という「葛飾閑吟集」の「三谷に移る」の最初の歌の碑があった。一九六一年に地元の有志が建てたものだそうである。

3　『雀の卵』

1

前章の終りは十二月の半ば、葛飾の三谷《さんや》に、思い立って紫煙草舎（あるいは紫烟草舎）の跡を訪ねたことを書いたが、その後、年明けて一月のはじめ、谷崎潤一郎の「詩人のわかれ」を読んだ。

谷崎のこの短篇に気づいたのは、年の暮れに未知の作家秦恒平が新著『谷崎潤一郎』を贈ってくれたのによる。この章では最初から『雀の卵』の歌に入るつもりだったが、予定を変えて谷崎と白秋の問題に寄り道をすることにしたい。それも秦氏の『谷崎潤一郎』が思いもかけず面白く、こちらの意表をつくものだったからだ。

「戦災で多くの記録を焼失してしまつたので、正確なことは云へないけれども、この短篇を読むと、自分がこれを書いたのは大正五、六年の頃であることが分る。自分はこれを当時の『新小説』誌上に、〈此の一篇を北原白秋に贈る〉といふ献呈の辞を附けて発表したのであつた」と、谷崎はのちになって「詩人のわかれ」のことを書いている。

大正五、六年（一九一五、六年）というと、谷崎は三十歳を越えたばかりで、「神童」、「鬼の面」、「人魚の嘆き」、「異端者の悲しみ」、「ハッサン・カンの妖術」などを発表していた。谷崎は大正四年に最初の夫人千代子と結婚しており、長女鮎子の生まれたのが五年である。

白秋は谷崎より一歳年上、大正五、六年というと、江口章子と結婚して真間に住み、三谷に移ったのが五年、翌六年には本郷動坂に移った。

谷崎はこの短篇「詩人のわかれ」を、三十歳前後の自分たちの姿がありのまま描かれている点で、はなはだなつかしい作品と言っている。彼は登場人物名をアルファベットの頭文字で表わしているが、以下Aは吉井勇、Bは長田秀雄、Cは谷崎自身、Fというのが白秋である。

三月はじめ代地《だいち》河岸の深川亭でTという人の送別会が催され、そこで久しぶりに顔を合わせたAとBとCは、なつかしさに堪えず、そのまま飲みつづけ、吉原に泊って朝を迎え、山谷《さんや》の電車停留所附近を、ぶらりぶらりと歩いているところからこの小説ははじまる。

A、B、Cの三人は、四、五年前、二十代半ばで揃って文壇に登場した「江戸っ児」ばかりだった。三人はかつて自然主義というイズムに反抗し、いままた人道主義の流れにも不満や異議を抱いていたが、すでに昔のようには一致して行動するわけにもいかない状態にあった。

とりわけC（谷崎）は、すでに一家を構えており、いつまでも遊んでいる気にはなれないでいる。「重《ぢゆう》箱《ばこ》」なる店へ押し上って鰻の白《しら》焼きを肴に朝酒をはじめたが、今日一日をこうして不健全に送るのがたまらなく不愉快になってくる。谷崎潤一郎という人はこの頃からすでに後年のような精励恪勤な作家となる下地ができていたわけである。

C（谷崎）は提案する。

「どうだい、いつそかうしようぢやないか。——今日はあんまり天気がいいから、郊外散歩をかねて、葛《かつ》飾《しか》のFの家を訪問しようぢやないか。自動車で行けばぢきだから、晩方までには帰つて来られる。それから後《あと》は、家へ帰るとも待合《タイガウ》へ行くとも、めいめいの自由行動にしたらよからう」。

こうして三人はそろってF（白秋）を訪ねて行くことになる。

「Fの奴にもほんとに久しく会はないからな。この頃一体どうしてゐるか、彼奴《あいつ》の顔も見てやりてえ」。

「彼奴のことだから、や、よく来た！　とか何とか云つて、嬉しがつて抱き着くぜ」。

といったふうに彼らは話し合う。

この小説には以後、当時の谷崎潤一郎の見た紫煙草舎時代の白秋が出てきて、すでに白秋につよく関心を持ちはじめたわれわれにとって、はなはだ興味深い。

Fというのは三人と同じ時代に、同じ雑誌（スバルのこと）に関係した九州生まれの田園詩人でした、というように谷崎は言う。「Fが新宿で女郎買ひをして、三十円もふんだくられたとよ。彼奴《あいつ》も田舎者ぢやないか」と三人は噂して、「Fの間抜けな遊び振り」を嘲《あざわら》ったりしたこともあった。「彼等はFの詩人としての才分に十分の敬意を払つてゐながら、その肌合ひが違ふために、古い友人であるにも拘はらず、あんまり往復をせずにゐたのです」。

「さうしてFは、早くから孤独と貧窮とに馴れて、騒がず焦らず、超然と自己の道を守つてゐましたが、去年の夏から、結婚と同時に市川の町はずれの、江戸川縁《べり》に草庵を結んで、其処《そこ》に侘びしく暮らしてゐるのです」。

「田園詩人のFは、その一軒家の二《ふ》た間《ま》を借りて、夫婦で住んでゐるのでした。小柄な、痩せぎすな、丸《まる》髷《まげ》に結《ゆ》つた夫人が声を聞きつけて垣根の木戸を明けてくれると、三人は庭へ廻つて、古沼の汀《みぎは》に臨んだFの書斎へぞろぞろと上がり込みました」。

谷崎は白秋が、「童顔の二重瞼《ふたへまぶた》の、無邪気な愛嬌のしたたるやうな大きな瞳に微笑を浮べました」と書いている。ここへ来てまでたわいもなくふざけている江戸っ子の三人と、「暖い南国の新鮮な、濃厚な趣味を暗示するやうな、Fの太い唇から洩れる重苦しい訥弁《とつべん》」とは不思議な対照をなしていた。

「ごはごはした木綿の綿入れにくるまつて、長煙管《ながぎせる》で刻みを吸つてゐるFの体は、仏像のやうに円々《まるまる》と肥えてゐるのです。ふつくらとした赭顔《しやがん》の豊頬に、一面に生えてゐる濃い青鬚、やさしい眸《まなざし》の上を蔽うてゐる地蔵眉毛、――それらの特徴は、いかにも彼の血管に暖国の血が流れてゐることを、証拠立てるやうに見えました」。

谷崎はこのように当時の白秋を描写する。

ところが、四人で出掛ける段になって次の間に入り、やがて出てきたF（白秋）は、「間もなく鬚を綺麗に剃つて、紺天鵞絨《こんびろうど》のダブルクロオズに、ピンク色の土耳古《トルコ》帽を冠《かむ》りながら、あたかも長崎の〈阿蘭陀人〉のやうな風采になつて現はれました」。

われわれは葛飾時代の「清貧」の白秋を思い描きつづけてきたが、その「清貧」とはこういう南国の人の「清貧」なのであり、そこが何とも面白く、味わいがある。決して陰惨に想像しすぎたり、みじめにとりすぎてはならないようだ。

四人は「川甚《かはじん》」で飲み、晩の九時頃、柴又《しばまた》の停車場に向かう。白秋はあくまでも地味で健全である。東京まで行こうという三人に、「また今度にしよう」と提灯を手にし、三人の手を一人一人にぎりしめたあと江戸川駅で別れを告げる。

「たうとう帰つて行きやがつた。――」と、Aは言う。「ほんたうになあ、どことなく可愛い男だよ。彼奴《あいつ》ぁえれえところがある。――」。

「BとCとが気が付いて見ると、A（吉井勇）の眼には、その時、涙が一杯に溢れてゐるやうでした」。

小説はこのあととつぜん幻想的な調子に変わる。F（白秋）は綿のように疲れ、腹が減って道の途中で一寸も動けなくなって倒れてしまう。そこにひそひそと囁く幻の声がする。

「Fよ。貧しい、哀れな田園詩人のFよ。お前は少しも落胆するには及ばない。私は今日、お前を試してやつたのだ。お前が自分の守るべき詩の国を捨てて、他人の誘惑にかかるかどうかを、試してやつたのだ。お前はほんたうに、自分の芸術に忠実な男だ。お前は人間の世の浅ましい栄華を捨てて、浄い楽しい詩の世界の、永劫の快楽《けらく》に身を委ねたのだ。私の足に着いてゐる真珠の瓔珞《えうらく》をお前に上げる。お前はその宝石をお前の国の貴族の御殿へ持つて行つて、金に換へてもらふがよい。さうしてその金で、すぐに印度へ行くがよい。印度の国の神々は、印度の国の自然美は、お前の詩によつて歌はれることを待つてゐるのだ。私は其処から、わざわざお前を迎へに来たヴィシュヌの神だ」。

ここでインドが出てきたのは、この日、F（白秋）が、「事によつたら、この夏印度へ行かうかと思つてゐる」という計画を三人に話したせいである。多分実際に白秋はこの頃インドへ行ってみたいと念願したのではあるまいか。しかしそれは生涯実現はしなかった。白秋にはインドに関する詩や童話がどれくらいあるものか、興味あることだ。

2

さて白秋における「母恋い」、「母思い」についてこれまでも触れてきたが、この問題にもう少しこだわってみるために、谷崎潤一郎における「母恋い」の問題にしばらくかかわってみたい。これも秦恒平の『谷崎潤一郎』の刺激によるものであり、秦はこの谷崎における「母恋い」の問題にこそテーマをおいているのだ。

秦は主として「夢の浮橋」と「蘆刈」を対象にしているが、ここでは「母を恋ふる記」を読んでみたい。白秋はひたすら清らかな聖地のような、精神的な母を思った。少しも肉感的ではない母、しかしその母に抱かれたい気持を、白秋が持っていないわけはないようだった。

谷崎の場合はどうか。

いにしへに恋ふる鳥かもゆづる葉の三井の上よりなき渡りゆく

という万葉の歌を谷崎はこの短篇の冒頭に置く。「いにしへに恋ふる鳥」――この「いにしへ」は、若かった母と、幼い潤一郎との二人の「いにしへ」でもあろう。

「母を恋ふる記」は大正八年、谷崎が三十四歳のとき書いたもので、「富美子の足」と同年のものである。谷崎の場合は、母とは決して清らかな聖地のような精神的母ではなく、なつかしい肉感的な母そのものであることが、この短篇からもよくわかる。夢のなかで、少年谷崎はたった一人で田舎の夜道を歩いている。新内の三味線の音が聞こえてくる。その悲しい音色は子供の頃と同じように「天ぷら喰ひたい、天ぷら喰ひたい」といっているように聞こえる。空には月が出、路には磯馴松《そなれ》があって、浜には波が砕けているといった江戸の絵に多くあるような街道を、二年も三年も、ひょっとしたら十年も、歩いて行ったのかもしれないと思う。「歩きながら、私はもうこの世の人間ではないのかと思つた。人間が死んでから長い旅に上《のぼ》る、その旅を私は今してゐるのぢやないかとも思つた」。

少年はこの三味線の女が美しい女であることをねがう。「女の踵は、――この寒いのに女は素足で麻裏草履を穿いてゐる。――これも襟足や手頸と同じやうに真白である」。「ぱたり、ぱたりと、草履を上げて歩く度ごとに、舐《な》めてもいいと思はれるほど真白な足の裏が見える」（谷崎だから、舐めてもいいというところに注目すべきだろう――引用者）。「月の光が編笠を滑り落ちて寒さうに照らしてゐる襟足から、前屈みに屈んでゐる背筋の方へかけて、きやしやな背骨の隆起してゐるのまでがありありと分る」……そのように谷崎はこの女を描く。人間離れがして狐が化けたかと少年は疑う。

少年は近づく。「私はほんたうにうれしかつた。殊にその鼻が、私の想像したよりも遙かに見事な、絵に画《か》いたやうに完全な美しさを持つてゐることが明らかになつた時、私のうれしさはどんなであつたらう」。

少年は「小母さん、小母さんは何処まで歩いて行くのですか」とたずねる。小母さんと呼ぶよりは、実は少年は「姉さん」と呼んでみたかった。「さあ、私の顔を見たければとつくりと見るがいい。私はこの通り泣いてゐるのだよ。私の頬《ほつ》ぺたはこんなに涙で濡れてゐるのだよ。さあお前も私と一緒に泣いておくれ。今夜の月が照つてゐる間は、何処までも一緒に泣きながらこの街道を歩いて行かう」と女は言い、頬をすり寄せてさめざめと涙にかきくれる。

「お前に小母さんだの姉さんだのと云はれると、私はなほ更悲しくなるよ」「私はお前のお母様《ツかさん》ぢやないか」と女は言い、少年ははっと思う。

「母は喜びに顫へる声でかう云つた。」（「お、潤一や、やつとお母さんが分つたかい。分つてくれたかい。――」と言つたのである――引用者）。「さうして私をしつかりと抱きしめたまゝ立ちすくんだ。私も一生懸命に抱き附いて離れなかつた。母の懐には甘い乳房の匂ひが暖かく籠つてゐた。……」。

「母親は〈たしかに母ではあるけれども、また色気あふれる美しい女性〉でもあったというイメージが、谷崎から生涯消え失せずに固執するようになった」と、あるところで野村尚吾も指摘しているが、この点谷崎の場合は、白秋の精神的な母恋いのイメージとはかなり異なると言っていいだろう。「母の懐には甘い乳房の匂ひが暖かく籠つてゐた」と白秋も書きたかったかもしれないが、そのように書くことはあり得ず、もっと肉感的に甘えてみたいような気もした、としか白秋は書くことができない。

女性崇拝という点では白秋も谷崎も共通しているが、白秋は若い母の足のことまで、舐めたいようななどと書くことは決してない。谷崎にとっては若い母は、母でありながら肉感的にも理想の女としてイメージされるのである。

秦恒平は「夢の浮橋」を論じて、さらに谷崎はこの物語のなかで、ついに久しい「母」との一体化願望を創作主題上みごとに果たしたとする。「母を恋ふる記」にもなまなましい母の肉感の描写があり、それはほとんど舌なめずりせんばかりにして書かれているが、「夢の浮橋」その他の作品には、母子相姦の夢さえ見られるという秦の指摘は十分に納得されるだろう。秦恒平はさらにこの谷崎に「源氏物語体験」を重ね合わせるのだが（源氏イコール谷崎として）、これについては秦の著書にゆだねて、白秋の歌集『雀の卵』に白秋の母恋いの歌を見てみることにしよう。

3

『雀の卵』は昨秋以来、二度通読し、いま三度目を読もうとしているのだが、何度読んでも新鮮さを失わないふしぎな歌集である（むしろ『桐の花』のほうが間をあけねば読み返しにくい）。ここには茂吉の『赤光』、『あらたま』のような、眼にも明らかな面白さ、頼もしさもなく、白秋でも『桐の花』の甘くロマンティックな華やぎもない。ひと口に言って非常に地味な歌ばかりが並んでいる。にもかかわらず人を新鮮で神妙な気分にさせるのである。

全体は「葛飾閑吟集」、「輪廻三鈔」、「雀の卵」の三部にわかれている。

このなかで「葛飾閑吟集」がもっともあとの歌であり、白秋自身「私の生活を知らうとする人は〈輪廻三鈔〉〈雀の卵〉と読んでそれから〈葛飾閑吟集〉に引き返して読んでほしい」と巻末で述べている。事実そういう読み方をしたほうが面白いとも言える。「葛飾閑吟集」の冒頭の、

薄野《すすきの》に白くかぼそく立つ煙あはれなれども消すよしもなし

という歌から読みはじめるよりも、「輪廻三鈔」の、

大わだつみの波にただよふ椰子の実のはてしも知らぬ旅もするかも

という小笠原時代の歌から順を追って読むほうがたしかに面白い。この小笠原時代の歌は、何と言ってもまだ、『桐の花』、『雲母集』の流れのうちにとっぷりとひたされていると思われる。この小笠原時代の歌からはじめて、麻布時代、葛飾時代へと読みすすんだほうが、自然でもあるし面白くもあろう。葛飾時代の地味な歌を十分に味わい深く読むには読む側もなお時を要し、さらに閑雅な時のなかにひたらねばなるまい。それにひきかえ、より若々しく、荒々しいと言ってもいい小笠原時代の「輪廻三鈔」でも、最初の「流離鈔」の歌は大へんにダイナミックで入りやすい。

二番目、三番目の歌は次のようなものだ。

小笠原三界《さんがい》に来て現身《うつしみ》やいよいよ痩せぬ飯《いひ》は食《は》めども
珊瑚寄る嶋の荒磯《ありそ》にいとまなみ昨日《きのふ》も今日《けふ》も痩せて章魚《たこ》突く

福島泰樹、河野裕子を少数の例外として（河野裕子の『ひるがほ』もまたぼくには面白かった）、みないささか老人めく二十代、三十代の最近の歌人とは打って変わった、大正はじめの二十代の歌である。白秋はこのときまだ二十代の終りだった。こういう歌ならぼくにもよくわかる。妙に益荒男《ますらお》ぶって居直るか、繊細であろうとしてヘナヘナになるか、泡か煙霧のごとく朦朧としてはかない最近の二十代の歌とはちがった、まっすぐで勁い声がここにはある。大正の二十代、三十代は若々しかった。白秋はうたわねばならぬものを（うたわねばならぬ焦りや義務感ではなくその内容を）はっきりと持っていた。

南海の離れ小嶋の荒磯辺《ありそべ》に我が痩せ痩せてゐきと伝へよ
あるかなく生きて残れば荒磯辺《ありそべ》や俊寛ならぬ身は痩せにけり

愛妻《はしづま》を遠く還《かへ》して離れ嶋に一人残れば生ける心地なし

右の歌は、俊子を東京へ帰して父島に一人残った時のものである。

嶋の子は嶋を広しと海鼠《なまこ》突き章魚《たこ》突き笑《ゑ》らぎ遊び廻《まは》れる

といった闊達な歌もある。東京が恋しいという歌にしても、いたずらにさびしく悲しい歌をうたいはしない。

小笠原嶋ブラボが岬《はな》に巻く渦のこほろこほろに故国《くに》ぞ恋《こほ》しき

まだ引用したい歌も多いが、このあたりで父母を恋う歌を見てみよう。

父嶋よ仰ぎ見すれば父恋し母嶋見れば母ぞ恋しき
ちちのみの父の嶋より見わたせば母の嶋見ゆ乳房山見ゆ

ここに母の乳房のイメージが出てくるが（乳房山というのは母島にある山の名である）、白秋の場合は、むろん谷崎的、母子相姦的な肉感性は少しもない。

母は大抵他の家族とともにうたわれる。

父嶋のそばに兄じま弟じま母のそばには嫁妹じま
帰らなむ父と母とのますところ妻と弟妹《いろと》が睦《むつ》びあふ家

しかしこれも白秋の幻想と希望的情景にすぎず、現実には妻俊子と他の家族はどうしても馴染むことができなかった。東京へ帰ってからの歌にそのことを端的にうたった次のようなのがある。

垂乳根《たらちね》の親とその子の愛妻《はしづま》と有るべきことか仲違《なかたが》ひたり
垂乳根《たらちね》の母父《おもちち》ゆゑに身ひとつの命《いのち》とたのむ妻を我が離《さ》る

歌集『雀の卵』は、はじめの「葛飾閑吟集」から読んで行った場合、まんなかあたりの小笠原からこの俊子との離婚の歌あたりにかけてがもっともクライマックスをなしている。このあたりがもっとも刺激的だと言い直してもよい。

今さらに別れするより苦しくも牢獄《ひとや》に二人恋《ふたりこ》ひしまされり

このように白秋は、俊子と別れようとして、『桐の花』の最後のほうの世界を思い返すのだ。

今さらに別るると云ふに恋しさせまり死なば死ねよと抱《いだ》きあひにけり

このあたりはすさまじい。なぜ光太郎の『智恵子抄』のみ世評高く、この白秋の『雀の卵』のいたましい恋の歌について、人は多く言わないのだろうか。しかしまた、こうしたすぐれた詩や歌にとって、多くの人に知られないままであることのほうが、むしろ幸いであるとも言えなくはないが。

うつし世の千万言《ちよろづごと》の誓言《かねごと》もむなしかりけり今わかれなる
わが妻が悲しと泣きし一言《ひとこと》は真実《まこと》ならしも泣かされにけり
三界《さんがい》に家なしといふ女子《をみなご》を突き出《いだ》したりまた見ざる外《と》に
ほとほとに戸を去りあへず泣きし吾妹《わぎも》早や去りけらし日の傾きぬ

これらの歌もすご味があるが、その次の歌こそ戦慄的であると称してよい。

　貧しさに妻を帰して朝顔の垣根結《ゆ》ひ居り竹と縄もて

こうして父母と自分のつくる親密な世界の垣根を白秋は死守しようとしているのである。谷崎の場合はすでに遠い昔に死んだ母のことだから、あのように書けたということなのだが、白秋の場合は父母は健在だ。あえて言えば、父母と白秋のつくるこの愛の家にもう俊子という邪魔者はいない。妻にみれんはなくはないが、まじり気ない愛の世界は守られたのであり、この後も守られなければならないのである。この家族愛は徹底している。そのようにしながらなお残る俊子へのみれんの気分は、次の「追憶」、「女色」、「憐憫」と小題された十ほどの歌のなかに込められている。

　代々木の白樫《しらかし》がもと黄楊《つげ》がもと飛びて歩《あ》りきし栗鼠《りす》の子《こ》吾妹《わぎも》
　浅編笠すこしかたむけ鳳仙花見入りてし子が細りうしろで

「隼人」の章になると、もうきっぱりと男の世界の歌となる。

　蟹を搗き蕃椒《たうがらし》擂《す》り筑紫びと酒のさかなに嚙む夏は来ぬ
　筑紫の三《み》潴《づま》男子《をのこ》が酔ひ泣くと夏はこぞりて蟹搗きつぶす
　蟹味噌の辛《から》き蟹味噌嚙みつぶし辛くも生きて忍《しぬ》びつるかも

このあたりのまことに男らしい歌はよい。九州者《もん》のもっともいいところがよく出ている。

俊子と別れた秋の、次のような「発心鈔」のいくつかは、前に見た詩集『白金ノ独楽』の発生源となったようである。

あかあかと十五夜の月隈なければ衣《ころも》ぬぎすて水かぶるなり
月の夜に水をかぶれば頭より金銀瑠璃《こんごんるり》の玉もこそちれ
今宵また寝なむひとりかかにかくにわれは仏にあらぬものをよ

『白金ノ独楽』はひょっとして親鸞の和讃にかかわりがあるのではないか。白秋が親鸞の和讃をよく知っていたか、いなかったかの問題でなく、あの和讃の世界に近いのではないかとしばらく前に思いついたのだが、これもよくわからない。ただこの『雀の卵』の後半部分には「いまだ世に親鸞上人おはすとき石の枕に雪ふりにけむ」の一首があり、白秋がこの時代、親鸞の存在を思っていたことだけはたしかなようだ。

かうかうと月は明りてわたれども人の身我は飛ばれざりけり

こうなるともう白秋という人は、詩人そのものであって、どうこう言ってもはじまるものではなく、羨望しておく以外に手はないと言っていい。天成ということばはこの白秋にもっともよく当て嵌まると言える。白秋こそ詩人であるとなると、あとの詩人も歌人もたいていは、わが身のはなはだ苦しい貧寒たる状態に気づかずにはいられまい。

ただならぬ電光の赤き閃《ひらめ》きの下《もと》夜空に揺れて凧ひとつあがる
夜をこめて空に幽かに揺る凧の何かしら放つその火花はも

こうしたおそろしいような孤独の世界をも白秋はぬかりなく捉えていた。次の「変態」二首も面白い。

麗うらと大空晴れて人殺す鉄砲つくる音もきこゆる
そこ通る女子《をなご》とらへてはだかにせう、といふたれば皆逃げてけるかもこうして「輪廻三鈔」は終わり、次の「雀の卵」の世界がはじまる。

4

幽《かす》かなれば人に知らゆな雀の巣雀ゐるとは人に知らゆな

歌はすっかり地味な世界のものとなる。これはあの哲学的散文『雀の生活』と同じ世界である。しかしここでは雀の歌はおき、この章の本題である母恋いの歌を見ることにしよう。

「麻布十番」のうち、

揺《ゆ》れほそる母の寝息の耳につきて背《そが》ひには向けど恋し我が母よ

「雪夜」のうち、

雪の夜に麻布小衾《あさてこぶすま》ひきかつぎおもふは生みの父母のこと

というふうに父母のことがやはりうたわれる。

ははそはの母のおもとの水しわざ澄みかとほらむこの寒《かん》の入り

という歌が「女犯戒《にょぼんかい》犯し果てけりこまごまとこの暁《あけ》ちかく雪つもる音」という歌の次におかれているのが意味深長である。女犯《にょぼん》とはもともと僧が戒律を犯し、女と肉の関係を結ぶことだが、その肉欲の歌のすぐあとに、「ははそはの母」を思うのである。しかし白秋における母はいつも老いた母でしかなく、谷崎の場合のような、若い匂やかな乳房もつ、肉感的な母のイメージはまったくない。

いまあげた歌も冬の歌だが、このあと冬のきびしい寒さの歌がつづく。白秋は南の暖国の人という観念が、われわれのうちにすっかりでき上がってしまっているが、冬の雪の歌、卵のつめたい歌、冬の朝の吸入器の歌もある（ああ、かつてわれわれが子供の頃は、風邪をひくとやさしい祖母や母の手で咽喉《のど》への吸入といふあたたかい治療がなされるのであつた……、しかもそこには風邪をひかぬ他の兄弟をさしおいて、といふ子供らしい特権的、独占的な喜びさえがあつた……）。

「雉子の尾」の章に入るとまた父と母の歌が出てくるが、やはり老いた寂しい父と母の歌である。ここでもまた白秋は何という深い親思いであろうかということにわれわれは驚かされる。萩原朔太郎はまったくというわけではないが、ほとんど親思いではなかった。少なくともその詩に父も母もめったに登場することはなく、出てきても実際の父母というよりも、観念としての父母でしかなかった。朔太郎が「父」というときは、何かより大きい「父」的存在を（ときにはキリスト的父を）指示すると思われる時があるに反し、白秋の場合は体温を持ったほぼ等身大の父であり母だと言える。さらに日本人の父、母の原型がさし示されている。

室生犀星の場合はとくべつの育ち方をしていて孤児意識がつよく、複雑であって、あたりはばからぬ親思いの白秋の詩や歌をどのように見ていたかは興味あるところである。谷崎の場合にしても父は思い出すこともほとんどない。それにひきかえ白秋は、若い頃は別として、父にも母にもひとしく思いをそそぎ、二人をうたいつづけた。

5

「雀の卵」も少し残り、また冒頭の「葛飾閑吟集」が全部残っているが、それについてはのちにゆずるとして、前章でふれた玉城徹による杜沢光一郎歌集解説への疑問をここで手短に書いておきたい。

杜沢光一郎の『黙唱』という歌集では、やはり玉城徹も引用している「しゆわしゆわと馬が尾を振る馬として在る寂しさに耐ふる如くに」というのが二首目にある、四七ページの「馬」の章からがよいように思われる。

勝ち馬も負けたる馬もさびさびと喧噪のなかにからだ光らす

以下である。

すすきの穂・馬のたてがみ・昆虫《むし》の髭、そよめくものらなべて寥しゑ

というのもある。

そのあと「蒴けるどくだみの葉にうちしぶきあゝ欲情をそそる雨降る」にはじまる「梅雨雲」の章に注目した。「母の忌の近まりにつつどくだみは白き十字の花もちにけり」「角膜の手術予後なる父と食ふあはれ眼球の象《かたち》なす枇杷」。こういうのがよい。杜沢が、空虚な自分のことを力なく自嘲的にうたう歌はあまり面白いものではないが、こうした明確な内容をもつつよい歌には注目させられた。

玉城徹の「鴉の群れる空」という解説を読んでいて、白秋という名に行き当たった。『黙唱』の原稿を久しく部屋に置いて、いくぶんわずらわしくないこともなかったが、何とかそれに我慢したのは、「彼が同じ白秋系に属する一人であったから」と玉城は言い、「流派は、わたしにとって大切なものである」と言い添える。流派を大切にすることはそれはそれでよい。しかし玉城はすぐに「流派の芸術が衰えると、イズムの芸術が始まる」と言う。「外から名づけられるイズムではなく、みずから唱えるところのそれ、つまり、ダダイスム、シュルレアリスム、キュビズム等々である」。かつて熱中したいわゆるシュルレアリスムからも遠く離れて、いま白秋についてこういうことを書いているのであるが、今日の歌人のなかで

ももっとも信頼すべき玉城徹が、いとも簡単にシュルレアリスム、ダダイスムなどを斬り捨てようとするのを見るとやはり面白くない気がするのだ。「みずから唱えるところのそれ」と玉城は「自称……」を軽んじて言うが、すべて文学芸術上の主義表明は「みずから唱えるもの」であるし、自ら唱えてなぜわるいのか。それともジャーナリズムに白秋系、アララギ系と名称をつけてもらったほうがいいのか。すべからくわたしはシュルレアリスト、わたしはダダイストと「みずから唱える」べきものだとぼくは信じる。

　玉城はディレッタントと芸術家を区別しようとしてゲーテをもち出し、「正規に芸術を修業すること。客観的芸術の認定。正規の伝承と発達……」等々と書いているが、一体彼は冗談でこう言っているのか本気なのかよくわからない。

「イズムの芸術は、ディレッタントたちの党派の芸術である。たいした才能もなく、正規の修業も積まないものが、党派に参加するだけで、一人前《いちにんまえ》として認められる。流派ではそんなことは通用しない」。イズムの芸術を玉城はこんなに浅い段階でしか理解していないのかと奇妙な思いがする。大体シュルレアリスムは、「才能」というものを否定しようとする運動でもあったわけだ。しかし悲しいかな詩人という存在は、どうしても才能競争をしはじめる。シュルレアリスムの詩人たちも才能を競う誘惑に勝てないところがあった。ブルトンはそのことを嘆いている。本来「共同で他界への道を探ろう」としたのに詩がうまい下手の競争になってしまう。すぐれているかいないかの競争になる。目的は「文学」ではなく「絶対の探求」あるいは「自由の獲得」だったはずである。しかし彼らが元来、才能による差別を否定しようという理想を立てたことは理解していい。また彼らはアール・ブリュットart brutといって生《なま》の芸術を評価した。これは「正規の修業」を積まない人々の、生《なま》にしぼり出した、自発的、自然発生的な詩や絵画を評価しようということだった。「正規の修業」「正規の伝承」とやらでかえってつぶれてしまう、新しい未知のものもある。

この「正規の修業」とやらに玉城徹がこだわっているのが、ぼくにはよく理解できなかった。同じ「流派」ならがまんできるがという玉城の言は、歌壇の事情をまったく知らない者にはよくわからないことだった。「白秋系」という系があることはぼくも知っている。しかしその「流派をこそ」というのは、ひょっとして白秋の真意に反しているのではないかとも思えぬこともない。

ぼくはシュルレアリスムを、その理想的な、若々しく革命的で、しかも絶対を追求した詩人たちの共同の運動として見ることをやめないだろう。「ああ……イズムか!」という眼では見ない。芸術家、あまりにふんぷんと香る芸術家的であるよりも、ディレッタント結構、修業反対結構という気持が心の底にある。脇道に入ったが、ひとこと玉城のイズム蔑視への疑義を呈した。そのように思うぼくは、「批評などなくてもよい」、「わけのわからぬ〈寂しさ〉に信頼する」などという玉城徹の結語にも賛成しない。今日の真剣な歌人たちが孤立感のあまりそう言いたくなる気持はわからなくはないが。

それにしても白秋はわけのわからぬ寂しさなどということは言わなかった。白秋にもむろん寂しさはあったにちがいないが、それはいつも白秋によってつきつめて研究されたと思う。

4　ふたたび『雀の卵』

1

歌集『雀の卵』は五〇〇ページを超える大冊である。大正十年八月、アルス刊、参円八十銭という価格は当時としてはかなりの金額だったと思われる。十七葉もの白秋自筆の挿画も入っているが、今日の感覚でめずらしいのは、歌集の冒頭に六〇ページあまりもの「大序」があることである。ここで白秋は、この本が出来るまでの苦労を思いのたけ語っている。白秋が朔太郎の『月に吠える』に書いた長い序文にも感嘆したことがあるが、この『雀の卵』の「大序」にも感心させられる。いまのわれわれはこういうはげしい情熱の吐露を自制するようになって久しい。

大正六年の『月に吠える』の序は次のように書き出されていた。

「萩原君。

何と云つても私は君を愛する。さうして室生君を。それは何と云つても素直な優しい愛だ。いつまでもそれは永続するもので、いつでも同じ温かさを保つてゆかれる愛だ。此の三人の生命を通じ、縦《よ》しそこにそれぞれ天禀の相違はあつても、何と云つてもおのづからひとつ流の交感がある。私は君達を思ふ時、いつでも同じ泉の底から更に新らしく湧き出してくる水の清《すず》しさを感ずる。限りなき親しさと驚きの眼を以て私は君達のよろこびとかなしみとを理会する。さうして以心伝心に同じ愛憐の情が三人の上に益々深められてゆくのを感ずる。それは互の胸の奥底に直接に互の手を触れ得るたつた一つの尊いものである」。

こういう格調高く、しかも親愛にみちた序文というものもいまではめずらしいものとなってしまった。文の格調と親愛とが、このように両々相俟って現われることはまったくめずらしくなった。格調ある文を書く人はどこか冷たく、また親愛の披瀝はしばしばべたべたしたものに陥りがちなのが当今の通例である。右に引用したところはとりわけ白秋の兄らしき文章で、とても朔太郎より一歳年長とは思えない堂々たるものである。

「君は寂しい。君は正直で、清楚で、透明で、もつと細かにぴちぴち動く。少くとも彼等の（ポオやボオドレエルのということ――引用者）絶望的な暗さや頽廃した幻覚の魔睡は無い。宛然涼しい水銀の鏡に映る剃刀の閃きである。その鏡に映るものは真実である。そして其処には玻璃製の上品な市街や青空やが映る。さうして恐る可き殺人事件が突如として映つたり、素敵に気の利いた探偵が走つたりする」。「根の根の細《こま》かな繊毛のその岐《わか》れの殆ど有るか無きかの毛の尖《さき》のイルミネエション、それがセンチメンタリズムの極致とすれば、その毛の尖端にかぢりついて泣く男、それは病気の朔太郎である」。

白秋がこれを書いたのは大正六年（一九一七年）の一月十日で、「葛飾の紫烟草舎にて」としてある。この序文が書かれたのは、前に紹介した、谷崎潤一郎が吉井勇らと葛飾に白秋を訪ねたのとほぼ同じ時期だと思われる。谷崎と萩原朔太郎のあいだにも特別の親交関係があったが、これについては「谷崎潤一郎と萩原朔太郎」と題する小文を綴ったことがある（一九七四年のもので、七五年、小沢書店刊の『ランボー以後』に収録）。

さて『雀の卵』の「大序」は自著への序ということもあり、この歌集の苦心の推敲の経過を書いたこれもめずらしいものである。

「『雀の卵』が完成した。いよいよ完成したと思ふと思はず深い溜息がつかれた。ほつとしたのである」。

白秋は校正刷の四枚目まで見終わって、よほどほっとしたらしい。

「窓から見てゐると裏の小竹林には鮮緑色の日光が光りそよいでゐる。丘の松には蟬が鳴いて、あたりの草むらにも草蟬が鳴きしきつてゐる。南のバルコンに出て見ると、海がいい藍色をしてゐる（白秋はこの序文を小田原の天神山で書いているのである――引用者）。寺内の栗やかやの木や孟宗の涼しい風の上を燕が飛び翔つてゐる。雀も庭の枇杷の木の上で何かしてゐる。瀬の音もするやうだが、向ふの松風の下から浮々した笛や太鼓の囃子がきこえる。今日は盂蘭盆《うらぼん》の十四日である」。

白秋の安堵の思いがそくそくと伝わってくるようだ。

「長い苦しみであつた。かう思ふとまた、目の中が火のやうに熱くなつた」。

全力をあげて仕事をしたという満足感が、これほど思いのままに述べられた序文もめったにあるものではなかろう。「『雀の卵』此の一巻こそ私の命がけのものであつた」。「私の前に今冷たい紅茶が運ばれて来た。私はぐつとそれを一息に飲み干して了つた」。「蟬の声がする。涼しい海の風が吹きぬけてゆく。私は生きかへつた」。

『桐の花』は若さの自由のうちにつくられた、というより自然に成った歌集であろう。『雲母集』を白秋はある失敗感をもって見ていた。今度の『雀の卵』こそが正念場と思ったにちがいない。今度は自然に成ったというよりつくりあげ、構築する歌集である。

年は重なり、白秋は原稿をもって小田原に移る。

「私の歌はその頃から漸く曙光を見出しかけて来た。すつかり趣が変つて今までの強ひて澄み入らうとした厳《いか》つい不自然さが無くなつて来たやうに思へた」。

はじめ「どうにかして澄み入らう」と白秋は考えつづけたのだろう。それはかえって不自然だった。小田原に移ったのが大正七年三月である。「強ひて澄み入らう」とすることへの反省で、自由がやってきたと思うのも束の間、たちまち歌は出来なくなった。

その間に書かれたのが散文『雀の生活』である。

大正九年六月の江口章子との離別があり、ますます仕事はできなくなった。しかし冬の暮れからようやく「閑雅な寂光」にひたれるようになり、「さうなつて再び、永い間凝《こ》り固つてゐた歌の感興がこんこんと溶けて溢れ出して来た」。

的確な表現を求めて白秋は推敲に推敲を重ねる。「つくづく慕はしいのは芭蕉である。光悦である。大雅堂である。利休、遠州である。また武芸神宮本玄心である。私はどうかしてあそこまで行きたい。風流が風流に了らず、真に自然に還つて、一木一草の有るが儘におのれをその中に置く。さうした自然に任せた、あなたまかせの境地こそ真の芸術では無からうか。私はその心を以て心としつゝある。さうなりつゝある」と、白秋は一種の他力信仰の境地を発見しようとしていた。このときは古神道などはまだ眼中になく、芭蕉や大雅堂が目標として置かれてあった。宮本玄心（武蔵）が出てくるのはご愛嬌というものであろう。

長いこの序文で真に面白いのは次のようなところである。

「それからまた、言葉と云ふものは弾みさへつけてやると、際限が無く跳ね上るものである。これを深く圧へつけなければならない」。

とくに白秋という才ある人は、放っておくとマリのようにはずむ「言葉」を人一倍内にもっていた。この時代の白秋はそれを圧えつける方法を体得しようとしていたと思われる。短歌と『雀の生活』のような散文で、白秋はそれをうまく圧えつけることに成功した。そしてこういう白秋を一般の人はあまりよく知らず、「跳ねあがる」言葉の天才のみを白秋の本質と思いこんでいるのではあるまいか。それゆえ『雀の生活』や『雀の卵』に接して、神妙な白秋をそこに発見し、人は意外なものを読んだような気になるのである。

白秋は改作に改作を重ねる。

「自分で見ても改作毎に素直にありの儘に、その本質に近づいて行つたのがわかつた。愈々《いよいよ》これで動かぬといふ最極まで行くと、全くふたつとなき完成のよろこびが来た。涙が流れて来た」。

このようなことの言える白秋という人の何という素直、そして何と彼の幸せなことであろう。白秋は喜びというものを知る人だったと思わずにはいられない。「それにうれしいのは、渋く寂びしくなりまさる私の観想の中に、再び忘れられてゐたあの『桐の花』の明るさが目に立つて還つて来たやうなけはひがする。それも明るい乍ら以前の明るさとは違つた渋さを見せて、再び私を訪れて来た」。「考へると、退いてゆくやうでやつぱり一段上の螺旋《らせん》を廻つてゐるのでは無いか」とも彼は自信をもって言うのである。「私は今白い搏飯《むすび》を三つ食べて、冷めたい紅茶を一杯ぐつとあほつたところだ」。「たうとう『雀の卵』が完成した。上天に向つて私は感謝する。生きてゐてよかつた。生きてゐてよかつた」。

ここで序文は終わっているが、こういう序文だけですでにわれわれの眼をみはらせるのである。白秋の器量が大きい。勤め人の定年の日の挨拶のような、腰の低い、貧しいだけの序文やあとがきばかりを日頃読まされているわれわれは、この白秋の前に大きく息をつき、胸のひろがる思いをするのだ。

2

「葛飾閑吟集」の最初の歌は、

薄野《すすきの》に白くかぼそく立つ煙あはれなれども消すよしもなし

というのであり、どことなく、うすさみしい歌であるが、次の歌は一転して、次のように清朗なものとなっている。

朝ぼらけ一天《いってん》晴れて黍の葉に雀羽たたくそのこゑきこゆ

そして次の歌は人もけものもいる町の歌である。

絡駅《らくえき》と人馬《じんば》つづける祭り日の在所《ざいしょ》の見えて白蓮の花

この三首のなかには、天と地と人があり、鳥と草と花とけものがいる。さみしいだけではなく、快活さもあり、祭りのざわめきさえも聞こえる。
やがて愛し合う男女もうたわれる。

葛飾《かつしか》の真間《まま》の継橋《つぎはし》夏近し二人わたれりその継橋を
堪へがてぬ寂《さび》しさならず二人来て住めばすがしき夏立ちにけり
おのづから心安まるすべもがと寂しき妻と野に出でて見ぬ
この妻は寂しけれども浅茅生《あさぢふ》の露けき朝は裾かかげけり

今日の歌人成瀬有の雨の歌に感心したことがあったが、葛飾の白秋も雨にひきつけられる。

何の芽か物の芽かをす雨ゆゑに今朝《けさ》ふる雨をめづらしみゐる
枇杷の葉の葉縁《はべり》にゆるる雨の玉のあな落ちんとす光りて落ちたり
雨しづく見のすずしさや庭の小竹《ささ》の揺るるさきより蟹ころび落つ

このような小さな光景に気づき、心うばわれる白秋がいる。

驚きてつと角退《ひ》きし蝸牛《かたつむり》またつくづくと葉に触《さや》るあはれ

以上は市川の真間だが、やがて三谷《さんや》の紫煙草舎に移る。

茂吉には飯《いひ》を食《を》す歌が少なからずあるが、白秋にも飯を食す、あるいは飯《まま》を食《た》べる歌は少なくない。また食欲の詩を多く書いたのは高村光太郎である。茂吉の食欲の歌についてはひろく知られており、ぼくも論じたことがあるので、白秋の飯を食す歌を見るまえに、少しわき道へ入って高村光太郎の食欲の詩を二つ三つ読んでおきたい。

高村光太郎の食欲の詩には、たとえば「ビフテキの皿」（明治四十四年―一九一一年）があって、「失はれたるモナ・リザ」や「根付の国」などと同じ年のものである。光太郎の食欲の詩は、いわば彼の「西洋への激突の詩」と言えるのではないかと思う。白秋も『邪宗門』（この詩集の刊行は「ビフテキの皿」の書かれた二年前で、詩集『思ひ出』の刊行は「ビフテキの皿」と同じ明治四十四年である）において西洋的なものをとり入れたが、それは決して「西洋的なものへの激突」などと言える性質のものではなかった。茂吉も西洋と対面したが、これも激突などというよりも、異様な異常なと思いつつの対面、あるいはのぞき見でさえあった。

茂吉は一人でものを食う。とくに鰻を食う（短歌の批評家村永大和は、茂吉はこちらに背中を向けて食っているようだとぼくに言ったことがある）。

白秋は妻と二人、わびしく米の飯を食う。その時、光太郎は、恋人や妻と二人で、ピカピカ光るナイフとフォークを手にビフテキの皿に立ち向かう。

さても美しいビフテキの皿よ

と光太郎は感嘆する。

厚いアントルコオトの肉は舌に重い漿汁《クレエキイ》につつまれ
ポンム・ド・テルの匂ひは野人の如く率直に
軽くはさまれた赤大根《ラディシュ》の小さな珠は意気なポルカの心もち

ジャガイモと言わず、フランス語でポンム・ド・テルと言うところに、明治末年の光太郎のハイカラぶりがある。高村光太郎という詩人は、本質的にはハイカラなのだとよくよく知るべきだと思う。

光太郎は明治三十九年（一九〇六年）にニューヨークへ留学、翌年ロンドンへ、明治四十一年六月にはパリへ行き、翌年半ばまでヨーロッパに滞在している。荷風がアメリカに行ったのは明治三十六年、四十年にはフランスの汽船「ブルタンユ号」でフランスのル・アーヴル港に着いていた。他方、茂吉がヨーロッパへ留学したのは、それよりも十数年ものち、一九二一年、大正十年の秋も深まってからにすぎない。しかも茂吉のほうが、年齢的には光太郎より一歳上である（白秋はその光太郎よりもさらに二歳下、谷崎と朔太郎はその翌年生まれということになる）。白秋、朔太郎の二人はとうとうヨーロッパには行かずじまいだった。

さて明治四十四年の光太郎の「ビフテキの皿」はさらに次のようにつづく。

冴えたナイフですいと切り、銀のフオオクでぐとさせば
薄桃いろに散る生血

こころの奥の奥の誰かがはしゃぎ出す

　ここのところにあるような何ものかこそ、やや誇張して、光太郎の「西洋との激突」と言ったものである。三行省略して次は、

首祭りに受けて飲む血のあたたかさ
皿をたたいて
にくらしい人肉をぢつと噛みしめるこころよさ

とここには光太郎のカニバリスム、人肉嗜食主義、悪魔主義さえ見られる。「皿に盛りたるヨハネの黒血を」「見よ見よ」と彼はうたう。光太郎という詩人のデカダンスを人は忘れてはいないだろうか。

　翌明治四十五年の八月には「夏の夜の食慾」というのがあるが、ここにはすでにナイフとフォークでなく蒲焼屋が出てくる。

「ぬき一枚――やきお三人前――御酒《ごしゅ》のお代り……」
突如として聞える蒲焼屋の渋団扇《しぶうちは》

　天プラ屋も出てくるが、それにはなお西洋的なコロモが、しっかりとまといついている。これは明治末年のもっともハイカラでキザな天プラであった。

中清《なかせい》の天麩羅《てんぷら》の下地《したぢ》にセザアル・フランクの夜曲を味ひ
又、ほどよく黄いろい衣《ころも》の色はマネエの「鸚鵡《あうむ》の女」を思はせる

「不思議な食慾の興奮は／みたせども、みたせども／尚ほ欲し、あへぎ、叫び、狂奔する」。ベルグソンの哲学……ヒルトの芸術生理学……モオクレエルの「我れ猶太人《ユダヤ》にあらず」……滑稽な「新訳源氏物語」の醜き唇……とならべ、光太郎は哮り立つかのように、「むしろ吐いちまへ、吐いちまへ」と叫ぶ。

そして、あぶらの臭気のない国へ
清潔な水と麵麭《ぱん》とのある国へ
慈悲と不可思議解脱《げだつ》の領する国へ
この食慾を棄てにゆけ

と彼はうたう。このあたりからかつて激突し、それによって傷ついた西洋からの、今度は極端な離脱がはじまると言っていいだろうか。

こうして大正期に入る。大正三年（一九一四年）になり、結婚した光太郎のものを食う歌は、すでに多くの人によく知られた「晩餐」のようなものに変わってしまっている。

暴風《しけ》をくらつた土砂ぶりの中を
ぬれ鼠になつて
買つた米が一升
二十四銭五厘だ
くさやの干ものを五枚
沢庵《たくあん》を一本
生姜《しやうが》の赤漬

玉子は鳥屋《とや》から
海苔《のり》は鋼鉄をうちのべたやうな奴
薩摩あげ
かつをの塩辛
湯をたぎらして
餓鬼道《がきだう》のやうに喰ふ我等の晩餐

以下略すが、愛する女と二人でむさぼるように「餓鬼道のやうに」食い、「われらの晩餐は／嵐よりも烈しい力を帯び／われら食後の倦怠は／不思議な肉慾をめざましめて／豪雨の中に燃えあがる」と言うのだが、高村光太郎流のエネルギッシュな、もの食う詩という点では変わらないが、内実は変わってしまっていた。

茂吉にはこういうところはまったくない。まして、白秋にはこういうところはない。

かつて『トム・ジョーンズの華麗な冒険』というイギリス映画を見たことがあるが、そこには主人公のトム・ジョーンズと女が、肉汁のしたたる肉にむしゃぶりつき、ニッと顔を見合わして健康な食欲と性欲をむき出しにするシーンがあった。明治末年から大正初年にかけての光太郎は、それにもよく似たなまなましく脂ぎった、もの食う詩を書いた。

その時、茂吉は、

浅草に来てうで卵買ひにけりひたさびしくてわが帰るなる

などという孤独な、うらさびしい食欲の歌をつくっていた。

湯どころに二夜《ふたよ》ねむりて蓴菜《じゆんさい》を食へばさらさらに悲しみにけり
山ゆゑに笹竹の子を食ひにけりははそはの母よははそはの母よ

これらは大正二年のものである。妻と二人での食事の歌もごくごくつつましいものである。

妻とふたり命《いのち》まもりて海《うみ》つべに直《たゞ》つつましく魚《うを》くひにけり

これらは『あらたま』の歌であるが、その他、宿直の日の研究室で一人でソバを食べたり、鰻を食べたりする歌があった。

こうして見ると、もの食う歌一つ見ても各詩人の個性には自から明らかな相違がある。茂吉は意外につつましく、光太郎は演技過剰としなければなるまい。

3

白秋はどうか。

まず『桐の花』にものを食う歌はあるか。

『桐の花』という歌集についてよく知っている人の誰もが、ものを食う歌などそこにはないに等しいということを、反射的に思うことだろう。あっても次のようなものが見出されるにすぎない。

ナイフとりフォクとる間《ま》もやはらかに涙ながれしわれならなくに

このナイフとフォークは、光太郎の「ビフテキの皿」のナイフとフォークとは、まったくかけ離れている。また次のような淡い感覚の歌がある。

　サラダとり白きソースをかけてましさみしき春の思ひ出のため

次の歌は少しグロテスクな、もの食う歌である。まえがきに「蟾蜍が出て来た、皆で寄つてたかつて胡椒をふりかけたり、スープを飲ませたりした」とあるユニークな図柄の歌だ。

　しろがねの小さき匙もて蟾蜍《ひきがへる》スープ啜るもさみしきがため

このヒキガエルは若い白秋自身のことかもしれない。

　見れば乞食《かたゐ》は腐れ赤茄子《トマト》をかいつかみひたぶる泣きて食《くら》ふなりけり

これら白秋のもの食う歌は何と光太郎とも茂吉ともちがうことだろう。光太郎の二人しての情欲的なエネルギッシュな食事とも、茂吉が一人で黙々と食べる歌ともちがう。白秋の場合、飯《いひ》を食む歌にしてもさみしさそのものだ。また次の歌がある。

　あかんぼを黒き猫来て食みしといふ恐ろしき世にわれも飯食《いひは》む

それが『雀の卵』の「葛飾閑吟集」ではかなりと言っていいほどにちがった様相の飯《いひ》を食《は》む歌となっている。この閑寂な食事には、生の原型のごときものがある。とくに水田稲作民族の生の原型である。

　現身《うつしみ》と生れたまひて吾がごとか飯食《いひを》さしけむ越《こし》の聖《ひじり》も

　庭さきに雀の頭《あたま》がうごいてゐるそれを見ながら飯食《ままた》べてゐる

後者は、いまは市川の里見公園にある紫煙草舎の畳の部屋で、北原章子とまだ若い白秋が、さびしく食事をしている図である。二人しての食事だが、高村光太郎が智恵子と二人でむさぼり食べている食事とは何とちがう、さびしい、素朴な食事であろう。光太郎の場合のあのすさまじいばかりのオカズの羅列に較べて、ここの食膳には一碗の米の飯しかないかのようである。ここにはいかにも「稲のモミガラをとったばかりの米」を食しているといった印象がある。稲の穂をついばむ雀のような食事でもある。

　　
　櫑鉢に白き蓮《はちす》をひとつ浮けて貧しき朝や乏《とぼ》し飯《めし》食《く》ふ
　この朝や妻と眺めて白玉の米の飯《いひ》はむ白蓮の花

『桐の花』のナイフやフォークとも、カステラとも、腐れ赤茄子《トマト》とも何と異なる米の飯の素朴さだろう。「米の白玉」という章もある。「ましら玉、しら玉あはれ、白玉の米、玉の米、米の玉あはれ」とはじまる長歌で、それへの反歌として「米櫃に米のかすかに音するは白玉のごとはかなかりけり」がある。人の家には米櫃《こめびつ》などというものがある、その悲しさ、あわれさがここにはよく出ている。こういう北原白秋のことを、専門家はさておき、ふつうの白秋読者は意外に知らないのではないだろうか。『邪宗門』、『思ひ出』、『桐の花』の白秋への思いと憧れがつよく、この『雀の卵』の白秋はひっそりとかくされている。そしてどのように抵抗しようとしても抵抗し切れないわれわれ共通の心性の表明が、この「葛飾閑吟集」の米の歌、飯の歌にはある。たとえパンを主として食べている人たちにせよ、心を空しくするなら、祖先以来長く久しく食べつづけてきた米の歌、飯の歌には、つよく心底から動かされないわけにはいかないのではないか。

　ここでわれわれはもう一度『雀の生活』での、白秋が父母と、また妻と食事をしている、おそろしいほどさみしい図を思い出さないわけにはいかない。

「その冬の貧しさは言葉に尽せません。私達親子は眼を見合せて、たゞ心と心ばかりで縋《すが》り合つてゐました。朝の御飯をいたゞく時も、箸は動かし乍《なが》ら、誰も黙つてよう話せません。父はむつゝりと怒つたやうにしてゐます。母はいつまでも手をつけません、さうしてはあと云ふ深い溜息をします。さう云ふ時位、私は、肉親の母の心に深く喰ひ入つてゆく自分の心に、自分と驚いた事はありません。全く私は脊骨がピシ〳〵折られてゆく思ひがしました」。

その貧しさに堪えかねる沈黙を破ろうと、痛々しいことに白秋は、廂から転げ落ちる雀を見つけて、あれ御覧なさいと笑ってみせたりする。と父も母も弟妹《きやうだい》たちも思わずふき出してしまう。

「さうした時は思ひきり子供げて親達に甘えました。弟の箸と私のと較べて見て大きければ嬉しがつたり、三つ子のやうにボロボロ飯粒をこぼしたり、茶碗を引つくら返したり、わざとするわけでも無いのですが、生みの母親の傍に坐つて食べてゐるとさうなるのです。それをまた母が何といふ赤《あか》坊さんだねえお前はなぞと笑ひ乍ら一粒々々拾つて自分の口に入れたり、膝を拭いて呉れたりしますと嬉しくてなりませんでした。親の雀も廂に並んではさうしてゐました。人間も雀もおんなじ事です」。

こういう家族のなかに、他所から、しかも子のない女が入りこむのは難しいに決まっていた。『雀の生活』にも米と飯の描写は非常に多い。「然し、仕合せにも、温かな、ほかほかと湯気の立つ御飯をいただける事もありました。籾殻くさい田舎の玄《くろ》い米でも、あのふつくらした温かさは何とも云へません。雀にも投げてやると雀も寄つて来ました。妻と食べ食べ眺めてゐると、雀も食べ食べ小さな頭を振り立てます。その幾つにも動いてゐる、雀の頭が可哀ゆかつた」。こうした米の飯の食べられる仕合せについてうたった詩もいまはなくなったし、それを素朴に書いた小説もなくなった。小説のなかで米の飯をしみじみと食べている描写など、われわれが読むことができなくなって久しい。現代の短歌ではどうなのか。やはり少なくなったにちがいない。

ものを食べているところで、おそろしいほどの、夢幻的な箇所とは前にも引用した次の一節である。

「私達夫婦が、障子を明け放つて、虔ましいながら貧しい晩餐の箸を動かしてゐる間にも、天には明るい七色の虹の輪が暫くは消えようともしませんかつた。見てゐると、その虹の下の野良路を、一人の子供が濡れみづくになつて泣き乍ら歩いて来ます。その子供の頭にも後光が射して、それは不思議な夕方でした」。

まるで白秋と章子の二人というよりも、裸の男女二人して、夕方の人っ子一人いない野原で食事の箸を動かしているかのようではないか。

「私達が箸を置く頃には、何時のまにか、消えかかつた虹の輪が、ほんの僅かばかり、雨をふくんだ木々の新芽の梢近くにかかつて、それは果敢《はか》ない名残りの色を斜めにぼかしてゐましたが、その木々の濡れた翠いろの中では、まだ雀の声が一しきり滾《なが》れ滾《なが》れしてゐたものです。夢のやうでも浮世です。それがまた悲しいながらも捨てられないのです」（滾は水がころがるように流れることを言う——引用者）。

4

ここまで書いて白秋という人が、その人の心が、ぼくのような者にも少しずつわかってきたようだ。以下、山本太郎の『言霊《ことだま》——明治・大正の歌人たち』の白秋論を再読したので、それについて書いてこの章を終わることにしたい。

「北原白秋小論」には次のようなくだりが出てくる。

「生の悲しみを、言葉の裏に秘める力を、表現力を磨く心の姿勢とする考えを、白秋はかなり若い日から願い求めていたような気がする。いつだったか、ある御婦人連の集りで、白秋のいわゆる葛飾時代（大正五年）の話をし、雀をただ一つの心の伴侶とし、食う米もない生活をしていた事を話したら、みんなびっくりしていた。白秋といえば生涯、悠々と詩や歌をつくっていた巨匠だと思っているのだ。〈冗談じゃない。葛飾の『紫煙草舍』という名だって、食うものがないのでタバコばかりふかしてたって意味ですよ〉と言うと、〈時代がよかったんですねえ〉ときたもんだ」。

『桐の花』と俊子については、山本太郎は次のように書いている。

「〈今思ふと、あの苦しい私の恋愛も、寧ろ我と画いた恋を恋するところに因したものではないか。罪を責め不浄を歎いた当時にも愈々となるまでは三年の間といふもの指一つだに触れはしなかつた〉(昭和八年復刻新版「あとがき」)と白秋は後に述懐しているが、当時の歌をよみ、白秋の罪の意識の表出の仕方を見れば、〈恋を恋する〉などというプラトニックなものより、もっと激しく生々しい体験であった事は明白である。さらに後になり、白秋はあるところに、たしか、自分は女にだまされたのだ、というような意味の小文を書いているが、僕はこうした気持のスリカエが実にいやだ。俊子は大柄な色白の、洋風の顔だちをした美女だったが、たしかにわがままで利己的で虚栄心も強くなかなかエキセントリックな女性でもあったらしい。三崎時代の話を僕は亡き母からさんざん聞かされているし、白秋自身も『桐の花』の巻末の散文詩『ふさぎの虫』のなかで〈あの軽薄なお跳ねさん〉などと評しているが、恋愛そのものは真剣であった」。

白秋の三崎時代については山本太郎は次のように書いている。

「一族が移り住んだのは異人館と呼ばれる三崎向ヶ崎の化けもの屋敷のような所だったが、庭さきが海で、そこから直接ボートをこぎ出してよく遊んだのだそうだ。……ボートを母がこぐ。城ヶ島と三崎の間は流れが早い。〈兄《あん》しやん止めて〉というのもきかず白秋がとび込む。そしてイルカの真似などをして波とたわむれ、突然〈ウーー〉といって溺れる真似をしたりする、びっくりした妹が、腹を出して浮かんでいる兄の方へこいでゆくと、またイルカや鯨の真似をして水をひっかける。ある時は二人で城ヶ島へ遊びにゆき、荒波にあい、海蝕洞へボートごと避難したこともあったそうだ」。

以上が白秋と妹家子（太郎の母）のエピソードで、そのあとに俊子が出てくる。

「金もないのに毎日一度はオシャレをして町をしゃなりしゃなりと練らねば気のすまぬ俊子。イエ（家子）を女中のようにみせかけて連れ歩かねばきげんの悪かった俊子。俊子と二人で一部屋にこもりっきりの白秋に怒りを発し、父親の長太郎がその部屋の回り縁をゲタばきのままドンドンと音させて歩き〈隆吉出てこんか〉と怒鳴った話。生活は、長太郎と鉄雄の魚仲買でまかなっていたが、けっきょくはなれぬ仕事、ダマサレてばかりいたという話など……あげていればきりもないが、この時を境にともあれ白秋は『雲母集』ではっきりと『桐の花』の若き日の哀歓から離れた、という事は言えるだろう」。

隆吉とあるのは白秋の本名だ。

山本太郎によれば『雲母集』や『真珠抄』には『梁塵秘抄』が翳を落しているらしい。

山本太郎はまた『雀の生活』や『小笠原小品』、樺太紀行『フレップ・トリップ』などの散文の重要性について述べている。「詩人自身が〈歌集〉〈詩集〉としてまとめたものは（ことに白秋のように言葉の美を玉のごとく磨きつづけた詩人の場合）、どうしても完成しすぎている。……僕は白秋が自ら詩文、散文と称したもののなかに、いっそう僕等の詩心にふれてくる要素が大量に埋蔵されているのではないかと考えた。……多分、詩とか歌とかをつくる意識から、より自由にときはなたれているはずの詩文のなかでこそ、白秋のイメージは光彩を放っている可能性がある」。

さすがに山本太郎で、わが意を得たりの感がつよい。捜していたこれら白秋の散文作品もおかげでおおいに手もとに集まってきた。いましばらく白秋を読んでやがて対比的に茂吉の散文を見てみることにしよう。

5　『小笠原小品』と『フレップ・トリップ』

1

『小笠原小品』と樺太《からふと》紀行『フレップ・トリップ』を読んだ。樺太というのは言うまでもなくいまのサハリンのことである。二つのうち『フレップ・トリップ』からはじめよう。

『フレップ・トリップ』は先にアルス版白秋全集の第十五巻で読んでいたが、この稿を書く二、三日前、『フレップ・トリップ』の初版を手にすることができた。こういう偶然にしばしばぼくは助けられることがある。しかしこれが一万九千円もするのだ。これでは『フレップ・トリップ』を読んだ一般読者はいま時、というよりも戦後何十年もほとんどいないのではないかと想像される。白秋の『雀の生活』や『フレップ・トリップ』が、再刊されることなく眠ったまま放置されているとは驚くべきことだ。巷にはクダラナイ本が山と積まれ、現代の人々が真に味読すべき『雀の生活』や『フレップ・トリップ』がかくされているのである。このような書物があることさえ知らない読者が多いことは、すぐに想像がつく。これで何の文化国家だろう。白秋についての分析、研究を重ねるよりも、むなしい文明論、文化論、日本語論を山と積むよりも、血の気のない文化政策を並べ立てるよりも、二著を再刊したほうがはるかに意義深い、とはわかり切った話である。白秋というと若干の詩と短歌と、童謡、民謡しか知られていないし、刊行されてもいないというのは実に異常な事態と言わねばならない。

さて初版の『フレップ・トリップ』は昭和三年二月二十一日の発行で、発行元はアルス、装幀はやはり恩地孝四郎で、箱入りのしゃれた本である。丸や三角形を構成した抽象的な図柄の恩地装幀はたのしい。黄色い外箱についた絵はやはり抽象的な赤い丸の図柄だが、それは房になったブドウの絵らしい。「フレップの実は赤く、トリップの実は黒い。いづれも樺太のツンドラ地帯に生ずる小灌木の名である。採りて酒を製する。所謂樺太葡萄酒である」と白秋は初めに書いている。フレップ・トリップのトリップは trip、つまり旅行のことかと思っていたが、まちがいであった。もっとも暗に旅行《トリップ》の意味も重ね合わせてあるのかもしれない。

二度目に読んだが実にたのしい紀行文である。これまで四章、白秋の主として歌集『雀の卵』と、哲学的散文集『雀の生活』を紹介してきたが、それらは思いがけず神妙な、沈静した、内省的な白秋をわれわれに示した。それに反して『フレップ・トリップ』は、明るく、陽気で、マリのようにはずむ幸福な白秋の全開状態を示している。白秋も、白秋の言葉もマリのようにとび跳ねている。憂鬱そうな、重厚そうな、反省的文体を重んじる傾向のあるわれわれの近代文学のうちにあって、この『フレップ・トリップ』はまさに群を抜いた異色のものと言わなくてはならない。

心は安く、気はかろし、
揺れ揺れ、帆綱よ、空高く……

この二行で『フレップ・トリップ』ははじまっているが、この二行はリフレインとしてしばしば繰り返される。

「おそらく心からの微笑が私《わたし》の満面を揺り耀かしてゐたことと思ふ。私は私の背後に太いロップや金具の緩く緩くきしめく音を絶えず感じながら、その船首に近い右舷の欄干にゆつたりと両の腕をもたせかけてゐる。／見ろ、組み合せた二つのスリッパまでが踊つてゐる。金文字入りの黒い革緒のスリッパが」。

そのあとにまた二行が来る。

心は安く、気はかろし、
揺れ揺れ、帆綱よ、空高く……

旅のはじめから白秋は読者をたのしい気分にひきこもうとして催眠術を行使しているのである。われわれはよろしく快くその催眠術にかかるべきであろう。

大正九年、『雀の生活』を刊行、その直後妻の章子と別れた白秋は、十年に菊子と結婚、「ようやくにして家庭的な安息をえて、久しく遠ざかっていた歌作に還ることができた」（藪田年譜）。信州に旅をし「落葉松」連章を成す。訳童謡集『まざあ・ぐうす』を刊行。大正十一年、民謡五百余章を書く。斎藤茂吉との互選歌集を刊行。長男隆太郎の誕生。大正十二年五月には、前田夕暮、古泉《こいずみ》千樫《かし》らと千葉県印旛沼に、吉植庄亮《よしうえしょうりょう》を訪ねているが、この吉植庄亮とともにフレップ・トリップの旅をしたので、庄亮とはとくに白秋は気が合ったようである。九月、大震災。

大正十三年四月、「日光」を創刊。

大正十四年六月、長女篁子《こうこ》誕生。

フレップ・トリップの旅はその直後の盛夏八月のことであった。実際、白秋は安心し切っての旅だった。『フレップ・トリップ』の巻頭口絵には、津軽海峡の船上で写された、白い中国服にトルコ帽の白秋の写真が出ているが、誰が見ても五十歳くらいの恰幅に見える白秋は、このときまだ四十歳にすぎなかった。

2

この旅は、鉄道省の催した樺太観光団に参加してのもので、白秋は初めは誘われても気が進まないでいたが、妻にすすめられ、「急に足元から鳥の立つやうな騒ぎになつて切符を申込んだ」ものだった。南国生まれの白秋は、それゆえに北方には一つの憧憬をもちつづけていた。「ただ未だ見ぬ北方の煙霞に身も霊もうちこんで見たかつたのである。殆ど境涯的にまで、さうした思無邪《しむじや》の旅ごころを飽満さしたかつたのだ。南国生れの私として、この念願は激しい一種の幻疾ですらあつた」と彼は書いている。白秋と庄亮らを乗せた高麗丸《こままる》は、八月七日、横浜港を出帆した。

「ハロウとでも呼びかけたい八月の朝凪である。爽快な南の風、空、雲、光。

なんとまた巨大な通風筒の耳孔だらう。新鮮な藍と白茶との群立だ。すばらしい空気の林。

なんとまた高いマストだらう。その豪壮な、天に沖《ちゆう》した金剛不壊力の表現を見るがいい。その四方に斎整した帆綱の斜線、さながらの海上の宝塔。

ゆさりともせぬ左舷右舷の吊り短艇《ボート》の白い龍骨。

…………

しかも、見るものは空と海との大円盤である。近くは深沈としたブリュウブラックの潮の面に擾乱《じようらん》する水あさぎの白の泡沫。その上を巨《おほ》きな煙突の影のみが駛《はし》つてゆく。

北へ北へと進みつつある。

ハロウ、ハロウだ」。

何という明るく陽気な白秋がここにはいることか。ここには時折、大正時代風の言いまわしもまじって、いまの感覚からはいささか古めかしく紋切型表現に見えるところもあるが、読んでいて実に快い。あの

『雀の生活』からこの洋上の快活にまで白秋は脱け出してきたのである。われわれはすでに、この白秋が、やがて国民詩人ということでどうしようもない多忙な生活にまきこまれ、その果てに『黒檜《くろひ》』と『牡丹の木《ぼく》』にまで行きつく経過を知っている。のちにほとんど失明といった状態にまで視野を閉ざされることになる白秋は、この大正十四年（一九二五年）には広海原の大天空のもとに莞爾として立っていたのだ。

「かうして海洋の旅を続けるのは、私としては小笠原渡航以来十三年ぶりのことである。だが曾ての南の空は明るかつたが、私の眶《まなじり》は重かつた。今の潮《うしほ》は暗いやうでも、私の心は晴ればれしい。人生の浮沈といふものは一向に測りがたいものではあるが、兎《と》に角《かく》今の私は平穏である。少くとも幸福である」。

さてこの文章で触れられている小笠原にあって、白秋はどのような生活をしていたのか。まずそれをふり返っておきたい。

白秋が妻俊子、その友人の藤岡伊和、加代の三人の若い女とともに小笠原父島に渡ったのは大正三年（一九一四年）の三月三日のことである。『小笠原小品』の一篇「油虫」には次のようにある。

「小笠原父島大村、牧師ヂヨセ・ゴンザレスの旧宅、今は、内地から移住してゐる若い詩人Kが仮寓……この家の家族は若い主人と内地から一緒に来た若い三人の女性と、島で雇つた女中が一人、都合五人である。／ここに註をして置くべき事は連《つれ》の三人の女性は皆病人で、二人は肺結核の初期、一人は肋膜炎の徴候がある事である。女中は若いけれども白痴である。真に健康なのは主人公一人であるが、これが極めて快活で一番無邪気である」。

しかしこのときの彼が単純に快活であったわけがなく、『フレップ・トリップ』には正直に「南の空は明るかつたが、私の眶《まなじり》は重かつた」としてあるのである。

『小笠原小品』には「油虫」のほか、「正覚坊」、「小笠原の夏」、「黒人の夢」、「正覚坊と禿」、「小笠原夜話」と、全部で六篇の紀行文が入っていて、すべて面白いが、そのうち「小笠原夜話」がいちばん小笠原の現実を語っているようである。「〈聞いて極楽、見て地獄〉と申しますが、決してあぁいふ離れ島などに内地の人が、永く住めるものではありません」と白秋はここでも正直である。

小笠原もかつては極楽島だったかもしれない。しかし明治になって日本の版図になるとすっかり破壊されてしまった。「小笠原夜話」における白秋はのちのような日本万歳主義に陥っていない。明治になると小笠原には、「警察権と行政権とを一緒に兼ねた王様のような島司といふ者が来る。サーベルがガチャガチャ鳴る、小面憎《こづらにく》い驕慢な小役人がのさばる。こすつからい喰ひつめ者の小商人が入り込む。繁雑な文明の余弊と、官僚的階級思想が瀰漫《びまん》する、島の民主的極楽境は一方から言へば殆ど滅茶々々になつて了ひました」との指摘がなされている。「内地人が入り込み、人口が殖えるとまた島全般に亙《わた》つてもいよいよ繁雑《やゃこ》しくなりました。遊女屋も出来るし、警察も出来るし、裁判所も建てば監獄を建つ、従つて罪人も生ずる」。

これは沖縄などの場合も同じであったろう。琉球の平和は島津藩によって、ついで日本国によって破壊された。いまは禿鷹のような日本の商社が食いものにしようとどこまでも入り込んでいて、悲惨だった戦跡を観光ルートにしようとするのも本土人である。

「商人の狡猾と好譎《こうけつ》とは、殆ど日本中捜しても、あれほどのところはありますまい。物価は東京の三倍以上だし、物資は欠乏してゐる。たまに予定に三日も遅れて内地からの船が来れば、その以前に早や、島には米も無ければ、味噌醤油もなく、菓子も無ければ酒もない。島民は半死半生です」。

島民はとくに肺病を恐れていた。肺病患者が八丈島あたりに寄港する頃にはもう電報が小笠原まで飛んでいる。「ハイビヤウナンニンユクチユウイセヨ」。その島に白秋は、病気の妻を癒そうと、「殆ど命懸《いのちが》けに身を投げ出して、保養の地を求めに」行ったわけであり、「その間の私の心労といふものはなかつた」。「やつと金の工面をして二人だけは内地へ帰し、一旦は妻と居残りましたが、その妻をもまた二ケ月の末に帰し、いよいよ最後の一人となつて踏み止まつた時、私はそれこそ一文なし。処は絶海の離れ島です。人情は冷酷、金は無し、これからの苦しさは全くお話はできませぬ」。

現在の小笠原はどうなのか。先日テレビで、片や東京から小笠原に職を見つけて渡った青年たち、片や小笠原の高校を出て東京に就職する若者たちの番組があったが、どちらへ行っても地獄なのではあるまいか。いまの小笠原が別天地とは思えないが、どうなのか。

「そののち一と月経つて私はまたやつとの事で帰航の船に逃げ上りました。さうして帰つてくると、妻はもう貧乏がいやになつたから別れたいと言ひます。何の為に私はその二三年命を投げ出して苦しんだか。――その後の私は全く、一時は全世界の女性を呪つて了ひました」。

にもかかわらず、トンカ・ジョン北原白秋は根底的に明るいのである。他の五篇の紀行文は、こんなにも憂鬱な環境にありながら、底抜けに面白くおかしい物語を求めるこの詩人の性情をよく表わしている。文中に妻と二人の女たちのことがほとんど出て来ないのも注目されてよいことで、かわりに帰化人上部辺《ウエブヘン》理《リー》の娘のいたずらなリデヤとか、名古屋の風変わりな商人の通称天然老人《てんねんろうじん》とか（彼と仲の悪い変然老人というのも出てくる）、異形の黒人、ポッポッペイの話などがふんだんに出てくる。白秋は愛すべき人物をどこにいてもすぐに見つけ出す。それはのちの『フレップ・トリップ』の船上でも同じことだ。

3

ポッポッペイは「食人種の血を統《う》けた」といい「彼の面は、青銅色の、まるで閻魔大王を黒くしたやうな、見るから獰猛《どうもう》と醜悪とを極めてゐる。が然《しか》し、彼とても人間である。額に二本の角も無ければ、下顎に恐ろしい牙も尖つてゐる訳ではない」。

「彼は淫蕩で、剛腹で、執拗で、痴鈍で、粗暴でしかも又子供のやうに無邪気で素直であつた」。

このポッポッペイのような自然人に白秋はつよい興味をもった。ポッポッペイは文明人でもなく、文盲で、何の素養もない。彼は慾心の奔騰に乗じては、禽獣のごとき所業もあえてするかもしれない。しかし人真似はしたことがない。「彼はまた自分が何らかの天才者であるかないか一度だつて考へたり、威張つてみたり、悄気《しょげ》たり、泣いたりした事が無い。今に見ろなどと、夢のやうな将来を予期してがんばるよりも、彼は今日だけを思ふ存分に生きさせる」。

このポッポッペイに、トルストイ、ドストエフスキイの名を聞かしても、馬鈴薯《ばれいしょ》、大根、八《や》つ頭《がしら》の類かと思っていっしょに頭から塩をつけてかじってしまうだろうと白秋は言う。白秋の反文明思想、反文化思想とでも呼ぶべきものがここにはある。

「ポッポッペイはぢつと腕を拱《こまね》いた。頭の上に高く椰子の葉がしやらしやらと鳴る。しやらしやらと鳴ると五色の光が細かに細かに降り注いで来る。滴る光を頭から浴びて、彼は汗をたらたら流して立つ。而して其処には彼の外に誰一人も居なかつた」。

山は高い。
が、島は小さい。
宇宙は広大である。
大海は涯しがない。

ここにもう一行「人間も小さい」とつけ加えるべきだろうが、これはポッポッペイの覚悟というよりも、白秋の悟達であろう。

小笠原には三月三日に渡り、最後に残った白秋も七月には東京麻布へと帰ってきた。小笠原にはけたたましい鶯ばかりで、雀さえもいなかった。

この小笠原への旅に較べれば、大正十四年八月の樺太旅行は、何一つ心にわずらうことのないと言っていい平安、晴朗な旅だった。

高麗丸は当時のロシヤとの国境安別《あんべつ》に着く。言うまでもなく樺太は日露戦争によって二つに分割され、北はロシヤ、南半分が日本領となっていた。

「鮮かな緑の低い丘陵、そのところどころの黒と立枯れのうそ寒いとど松林、それだけの眺めの下に、ぽつぽつと家が五六戸。冬ならば、とても荒まじいであらうところの辺土である。／これが日露国境の安別かと思ふと、鬼界ケ島にでもまざまざと流されて来た感じである。……／見てゐても激しい荒波である。それも強雨の霧しぶきの中の浜辺で、あちこちと奔走してゐる黒い人影までが、つぎつぎと吹き飛ばされさうに撓《たわ》んでゐる。／ぼう、わう、わう。／あ、犬が吼えてる、吼えてる」。

「ぞろぞろと汚らしい男女の童どもが出て並んだ家の戸口には、軒ごとに紙製の日の丸の旗が掲げられてあつたが、それも紅が流れにじんでもうピラ〳〵になつてゐる。髭むじやの男の顔も、そそけ髪の淫らがましい女の顔も、むさくるしい二階の窓から好奇らしく私達を眺めてゐた。それはたつた一軒の旅館兼料理屋らしかつた。襖の染点までが浅ましかつた」。

一行は巨大なパルプ工場を訪ね、その後真岡《まをか》、多蘭泊《たらんとまり》、本斗《ほんど》と泊りを重ね、次に真岡から樺太庁の所在地である豊原まで、おんぼろ自動車で樺太横断を試みる。ここのところが『フレップ・トリップ』全体のなかでももっとも生彩を放つところだ。

ぼろぼろの幌《ほろ》とタイヤの自動車がやってきて一行有志六人は驚いてしまう。「ひどい自動車である。幌は破れ、車体は彎《ゆが》み、タイヤは擦り減り、しかもごろた石の凸凹の山坂道を駛《はし》り上るのである。揺れるの揺れないのでない。これが樺太横断を決行しようとする私たちの使用車だといふのだから驚く」。

しかし白秋はこの旅をも心底から愉しんでいる。少し長いが引用しておこう。

光、光、緑、緑
キャベツ、キャベツ、キャベツ、キャベツ、キャベツ。

おや、パルプだ、小舎だ、あ、紅だ、紅だ。陽炎、陽炎、陽炎。

崖だ、椴松《とどまつ》だ、熊笹だ。あ、谿々、や、虎杖《いたどり》だ、
と、パンクだ。

「やつたな。」と揃つて飛び下りる。

と、また私たちは、高原の、一路坦々たる、大虎杖の林の中に在る私たちを見出した。

……………………

しんしんと虫の音がする。

さらさらと何かの葉ずれがする。

強い強い草いきれである。青、青、青。

そこで六人が、A、A、A、A、A、Aの形に帽子を脱いで駆け出して見る。麦稈、パナマ、ヘルメット。光、光、光。

「あ、紫だ、や。」

「ブシの花だよ。」

アイヌのブシ矢の塗料の有毒植物のブシの花の新鮮さ。

私はすなはち葡萄入りパンをかぢり出す。

ひゆう、へう。……

あ、ほととぎすが翔る、翔る。

……………………


おそらく、私たちを乗せた巨大な甲虫は、今は一千五百尺以上の山中を驀進してゐる。

霧は霧を追つて奔つた。風は風を吹き落して奔つた。

と、遙かに、思はぬところに海の一面が見えた。

あ、黒い黒い韃靼海。

真夏の巻雲。

まさしく、自動車は逆行しつつある。と思ふ刹那にまた山頂の一角を繞つた。椴松の原野がまた眼下に見えて、今度はひた降りに疾走する。


と、とつぜん「君とォわかァれて、コラサ」「安来せんげェ……エェ……ン……ンン。コラサイイ」と安《やす》来《き》ぶしが聞こえてくる。「や、赤、赤、赤、黄、黄、黄、白、白、白。／安来ぶしだ、／三味線だ。／飾り屋台だ。／や、や、や、襷（たすき）だ、紅だ、姉さんかぶりだ、浴衣だ、赤い蹴出しだ。白足袋（しろたび）だ。や、や、や、や。／一、二、三、四、五人」。

白秋のこの表現スタイルは、どうやら当時の未来派の表現法の応用らしく、『フレップ・トリップ』のはじめのほう、北海道の小樽の港の風景描写のところで、「そこだ、現代の未来派でやつつければ」と彼はことわりながら次の五行を書いている。

鴉、鴉、鴉、鴉、
灰色、灰色、灰、灰、灰、亜鉛、亜鉛、亜鉛、尖塔、電柱、
線、線、線、
＋×△□、！　！　！　！　！

幽霊、H_2O 過酸化マンガン。チリチリチリン。

ここは半ば揶揄《やゆ》的に未来派風表現をつかっているのだが、その後は揶揄としてではなく、すばやく過ぎ去る風景をとらえるため各所でこの方法がとられている。『フレップ・トリップ』の白秋はことさら一語を二つ、三つ重ねて、映画的手法を模した表現を用いる。

人っ子一人いないこのしんしんとした原生林の途中で、一行は三味線の、白粉《おしろい》こってりの、紅の襷の鰌《どじょう》すくいに出くわして驚く。しばらく行くとお祭りをやっている村にぶつかるのだが、白粉の女たちはこのお祭りから浮かれ出てきたのだった。

それはわびしい原生林のなかの生活者たちのお祭りだった。「ビールやサイダアのビラがある、〈ひやむぎ〉と書いた貼紙、店は開け放して、長い床几(しょうぎ)が二三脚、硝子(ガラス)の簾(すだれ)、造花の軒飾り、祭りの提灯」。どこへ行っても日本人は日本人の祭りのまねごとをする。どこへ行っても安来節とひやむぎと白粉はついてまわる。清水村逢坂《おうさか》というところだった。「何でも、そこらの山林にゐる伐木人夫どもが、たまに酒でも飲みにやつて来ようといふ、ほんの五六戸の部落らしかつた。それでも何といふ寂しい夏の祭りであらう」。

樺太の原生林の祭りは、北九州柳河の祭りではない。しかしこの原生林の村でも、祭りとなるとお白粉をつけた女たちがあらわれて三味線を弾き、「安来、千軒……」となるのである。

いよいよ私達の自動車は最端の峠をその麓の坦道へと迂回し初めた。
だが、その山腹のお花畑の美しさは、その紅は黄は紫は、全く何に譬《たと》へよう。たしかにそれらは高山植物の気品と清香とを充ち満たしてゐた。
ああ、光がのぼる、のぼる。
ああ、また、なだれる、なだれる。

風だ、光だ、反射だ、影だ。
その中へ目がけて、私たちの巨大な昆虫はまつしぐらに驀進する。
と、また、山火事に焼け黒ずみ、また雪に雨に白く晒された椴松、白樺、落葉松の疎林が、ほうほうと寒い梢を所在に震はしてゐる。その閑寂、その地《ぢ》の華麗。

この「樺太横断」の章は散文の紀行文というより、現代の詩人吉増剛造の、前へ前へと疾走する長詩を読んでいるかのような感じを与える。さて自動車が豊原に着くとサーカスがかかっている。「ちらと眼に入つたのは、天幕の前、象だ、象の子だ、小ひさい、背中に金と赤との印度織りの鞍掛けを着せられて、垂れ下つた両耳の、長い灰いろの鉤鼻を揺つては振り振り客呼びしてる。や、や。／〈あ、君、象の子がゐる。象の子がゐる。〉」といかにも白秋的な気のきいたしめくくりである。

ロシヤ人のパン屋の一家の出てくる「イワンの家」はまた一篇の短篇小説と称してよい。ちょっと顔を赤くして手をあげるパンの売り子、イワン。底抜けに気のいいロシヤ人たち。「〈左様《さよう》なら。〉／そしてまた鳥打帽をつかんだ。そしてまた顔を赤くして笑つた」。

敷香《しきか》の村でも白系のロシヤ人たちに会う。セーニャ、イフェミヤ……この子らのママは神戸へ行って商売をしたがっている。「この肥つて善良な七面鳥」はやがて安物の蓄音機を出してきて、窓際の小さな卓《テー》子《ブル》に据えると、大きなラッパの口を白秋たちのほうへ差し向ける。とそこからも「安来千軒ええええん……う……う」である。

最後は猛烈なばかりの旅のハイライト、海豹島探訪記である。

ともかくこの『フレップ・トリップ』には、幸せでエネルギッシュな白秋の声が充ち満ちている。現代の詩人は誰もこのように手放しでものが書けなくなった。この若々しい爆発的な歓喜の書を読むことのできたのはぼくとしてもめずらしくもありがたい体験だった。この『フレップ・トリップ』にはアンドレ・ジッドの『地の糧』を思わせるものがある。「巻末に」とある文章の十行余を引用しておこう。

フレップ・トリップ。樺太葡萄の紅い実と黒い実。
八月の日光、南風、波濤、
丈余の蕗と虎杖《いたどり》、
パルプと断截機、
燦爛たる楡の微笑、火焔菜と燕麦、緬羊と白樺、驟雨、驟雨、驟雨、
黒とどの原生林、
露人の家々、
ツンドラ地帯の極楽園。
ああ、海豹島、三万の膃肭獣《オットセイ》と三十万のロッペン鳥。
今思うても実に愉快な旅行であつた。
若かれと私は叫ぶ。
若かれ、若かれ、若かれと。

4

現代の歌人たちは悲しくも老いてしまった。二十代、三十代の歌人たちまで、その多くは何か疲れ、自棄的、自嘲的になるか、小さく老いかたまっているように見える。明治の啄木のようにも、大正時代の白

秋のようにも若々しい歌人たちの存在することを聞かない。喜びと若さをうたう歌人たちのいることを知らない。白秋の快活を思わせる人を知らない。『フレップ・トリップ』のような散文を書く人を見たことがない。これは残念なことではあるまいか。誠実な悲哀の表明だけでは何ともわびしくはないか。断崖を背にしてふんばるという姿勢は長つづきはしない。悲愴感をテコにするだけが誠実ではあるまい。白秋の快活も誠実の表われなのにちがいない。

初めのほうで船が安別にいよいよ着こうとして天気が悪くなり、夜に入って本降りになり、終夜荒れに荒れる。十三日の朝、白秋と庄亮はとくべつにあつらえて、ほかほか湯気の立つ白い飯に味噌汁、沢庵《たくあん》を嚙んで朝食をとる。いつものオートミールとフライエッグスと一二杯の珈琲という洋式朝食ではどうもしっくりゆかない。やがて二人は東洋式、西洋式の薬の話から、芸術論に入って行く。そこで当時の歌壇の用語だった「写生」や「実相観入」を批評しているところが面白い。「写生」は単なる「写生」であって、「伝神」とか「実相観入」に転用するのはちょっと変だと白秋は言う。「写生」の語義を「内観」にまで利用するのは考えものだという主張である。東洋の芸術精神は実を徹して虚に放ったところにある。実相の観入というのはもっと立体的な内観的な象徴的なもので、「平面描写の写生」とは異なる。「写生」という用語はありのままの「平面描写」と受けとっておいたほうが混乱がなくてよい。そのように言う白秋は茂吉らの「写生」説を批判しているかのようである。

それよりも面白いのは、白秋が芸術家の分業主義に疑問を発しているところであろう。

「いつたい、この頃は芸術でも教育でも何でも彼でもあまりに専科的分業的になり過ぎてゐる。で、いよいよ偏狭になり不統一になりやしないかと思ふね。我々にしたところで、詩人とか、歌人とか、やれ民謡作家だとか、童謡詩人だとか、一面からばかり見て、手つ取り早く何かに片づけられて了《しま》ふが、これは少々擽《くすぐ》つたいものだな。何故一個の芸術家と見ないのかな、兎《と》に角《かく》迷惑至極なものだよ。人体から云つても解剖的にばかり見るのは近代医学の悪弊だな」という白秋の説にはいまも聞くべきところがある。これが書かれたのは大正十四、五年だが、少なくとも大正の半ばまでは、詩も、短歌も、小説も、評論も、演劇も互いに非常に近いところにあった。各々の作家たちは同じ雑誌に仲間として互いに競い合い、また一人の作家が、詩と歌を、詩と小説を、歌と小説を同時に書いていた。また俳句も誰もがひねった。その代表は詩、和歌、小説、そして重要な翻訳も数多くやった鷗外であり、佐藤春夫であったと言えるだろう。いまのような分業主義こそが異常事態なのではないか。

ところでぼくの関心は大正期の白秋であり、昭和期の白秋には晩年の二歌集をのぞいていま関心がそれほどない。紀行文一つとりあげても、『フレップ・トリップ』以後の「木曾川」（昭和二年）も、『フレップ・トリップ』以上に白秋が踴躍して飛んだ、ドルニエ・メルクール機での「芸術飛行」の記録「天に翔る」にも関心が向かない。「天に翔る」のあまりに手放しの狂躁的な文章にはついて行くことができない。その熱に浮かされたようなウワゴト的文体は、『フレップ・トリップ』の解放感、幸福感とは別ものの、書きとばしにすぎない。

こうしてぼくの関心は大正十四年の『フレップ・トリップ』から、いきなり昭和十五年八月の歌集『黒檜《くろひ》』と、白秋死後、昭和十八年四月にまとめられた歌集『牡丹の木《ぼく》』にまでとぶのだが、昭和期の白秋がどのような経路を辿ったかの要点だけは、藪田年譜を参照しつつここで見ておきたい。

大正十五年——昭和元年（四十一歳）

この年で重要なのは、大正七年三月以来の小田原生活を切り上げ、五月に東京下谷の谷中天王寺町に移ったことであろう。この年、童謡集を三冊まで出している。

昭和二年（四十二歳）

大森の馬込の赤屋根の洋館の家に移る。アルス版『日本児童文庫』と、興文社版『小学生全集』の係争にまきこまれる。木曾川旅行。「日光」廃刊。

昭和三年（四十三歳）

妻子を伴って二十年ぶりに故郷の柳河に帰り、郷党をあげての歓迎を受ける。ドルニエ・メルクール機で福岡県の太刀洗から大阪まで飛ぶ。

昭和四年（四十四歳）

三月末、南満洲鉄道の招きで当時の満洲、蒙古を四十日旅行する。童謡集、童謡論集、この年各一冊、以後も数冊刊行。アルスから『白秋全集』全十八巻の刊行決まる。

昭和六年（四十六歳）

満洲事変の年、五月、東京市外砧村《きぬた》（現在の世田谷区砧）に移る。

昭和七年（四十七歳）

国民歌謡集『青年日本の歌』を刊行。十月、長篇叙事詩「建速須佐之男命《たけはやすさのおのみこと》」を発表。短歌の季刊誌「短歌民族」を創刊。

昭和八年（四十八歳）

鈴木三重吉と絶交し「赤い鳥」との関係も絶つ。成城学園紛争に加わり小原国芳を擁護する。

昭和十年（五十歳）

多磨短歌会を結成、「多磨」を創刊する。随筆集『きょろろ鶯』を刊行。小河内《おごうち》村を訪れ「山中哀傷吟」を成す。

昭和十一年（五十一歳）

二・二六事件の年、十二月、国民歌謡集『躍進日本の歌』を刊行。（――『邪宗門』、『思ひ出』、『桐の花』、『雀の卵』、『雀の生活』、そして『フレップ・トリップ』の時代から白秋はあまりに遠くに来てしまった）。

昭和十二年（五十二歳）

「上梓の運びになつた故大手拓次詩集『藍色の蟇』（編集・逸見享、序文・北原白秋、跋文・萩原朔太郎）を親しく墓前に報告するため、逸見享とともに上州磯部温泉に赴く」（藪田年譜）。大手拓次が白秋主宰の「朱欒《ザンボア》」に口語詩二篇（「藍色の蟇」「慰安」）を発表したのは明治四十五年（一九一二年）のことだった。大正五年、初めて白秋から手紙をもらった拓次はそれから十年して白秋その人に会っている。三月、改造社の『新万葉集』の審査員となる。福助足袋の社歌作成のため堺に赴く。七月、日中戦争はじまる。『新万葉集』の審査をはじめたが、九月初旬、視力に異常を覚える。

ところで茂吉の昭和十二年十月十九日の日記には次のようにある。「北原白秋ハ伊豆長岡ニ滞在、大橋松平附添、新万葉ノ選ヲシテヰルトゾ。白秋ハヤハリ傍ニ附添、世話人ノ要スル人間ナリ。細君ニアラザレバ、門人、或ハタイコモチノタグヒ等々」。茂吉は白秋は女々しいと思いこんでいたが、白秋はこのとき実際に眼疾のため附添を必要としたのであった。十一月十日、駿河台の杏雲堂に入院、糖尿病、および腎臓病による眼底出血ということが判明する。

昭和十三年（五十三歳）

一月七日、退院。「薄明微茫の生活」。

昭和十四年（五十四歳）

皇紀二千六百年奉祝歌詞創定委員となる。交声曲「海道集征」、長唄「元寇」の制作。（——当時の戦争体制のための詩人となったわけである。この事実は消すことはできない）。

昭和十五年（五十五歳）

杉並区阿佐ヶ谷に転居。八月中旬『黒檜』を出す。

昭和十六年（五十六歳）

三月、海道東征聖地巡歴。日向《ひゅうが》の狭野《さの》神社から高千穂まで。日本の戦争支持のための神国思想体制の確立に協力する白秋がいる。五月、芸術院会員となる。十二月、太平洋戦争開戦。

昭和十七年（五十七歳）

二月、病状悪化、慶応病院入院。三月、杏雲堂に移る。四月退院。五月、萩原朔太郎の死を知る。九月、少国民詩集『満洲地図』を刊行。十月六日、柳河写真集『水の構図』の序文を書く。「大東亜戦争少国民詩集」を「週刊少国民」に書きつづける（——このときぼくは小学校の六年生だったが、これらを読んだ記憶はない）。十一月二日、白秋は永眠した。

このように白秋のその後を見るとき、いっそう『小笠原小品』、『雀の生活』、『雀の卵』そして『フレップ・トリップ』の白秋こそなつかしく、また愛すべきものに思われてならない。

6　茂吉の白秋論

1

「短歌」の七七年五月号を見ると「わが歌の秘密――断章風に」という玉城徹のエッセーが出ていて、ぼくの玉城のシュルレアリスム観批判への反論のようなところのある文章であることがわかり、興味深く読みすすんで同感するところも少なくなかったが、「西脇順三郎はブルジョワ的な虚無主義的ロマンチストであろう」などというきめつけはほとんど何も言っていないに等しい、ということは言っておいたほうがいいかと思った。西脇の戦後の詩集『近代の寓話』、『第三の神話』、『失われた時』などを読めばこのようなことは言えないだろう。実はぼくはちょうど一年前にかなり長い西脇論、『田園に異神あり』を書いたばかりで、玉城徹の「ブルジョワ的」とか「虚無主義的」とか「ロマンチスト」といった曖昧なキマリ文句では、西脇の何ものも捉えることはできないとはっきりと言える。むしろ戦後の西脇は野原を選んだとか、曲がっているやわらかい自然の発見とか言ったほうが西脇そのものに近い。ロマンチストというよりもいっそ独特のレアリストと言ったほうが西脇に当たっているのであり、レアリストの眼で現実の思いがけぬおかしみを発見することこそが西脇の本領なのだ。

ぼくはこれら戦後の西脇の詩を好む。それは胸のひろびろしてくる読後感をいつも与える。佶屈の反対である。五月号には玉城の新作二十一首も出ており、第一の歌に「胸はひろびろとある」とあるが、西脇の詩を読むと胸はひろびろとしてくるのであり、そういう詩を書く詩人を「ブルジョワ的」とはとても名づけることはできない。西脇には進歩主義的なところはなく、政治主義的なところも少しもないが、彼を「虚無主義的」と呼ぼうとすればこちらの口元はゆがむであろう。西脇の詩を読むと現実の面白さに眼は向かい、この現実も悪いばかりではないという気になるのである。

玉城徹の新作「むねのつけね」二十一首も興味深く二度三度と読んだが、玉城の歌は、清らかではあるが、歌という箱のような容れ物に、見聞と感懐を何かギュウギュウと詰め込んでいるなという感想を抱かずにはいられなかった。その点スタスタ歩いているかのような西脇詩とはちがう。

頭とは何ぞと問ふにジャコメッティ端的に応《いら》ふ胸の付け根

を読むと、何かもう少しほしいような気がぼくにはする。ここに少し冗句がどのような形でか付いていれば（この歌全体は玉城徹の joke の詩でわるくない）、一首の充足感も得られたかもしれないが、この形では一首の歌としての満足感が得られず、軽い焦燥感が残る。歌という箱のなかに詰め込みすぎている感がある。そこに彼の歌の充実があるのかもしれないが、ちょっと苦しいには苦しい。西脇のジャコメッティの出てくる詩とはやはり大分ちがう。西脇のジャコメッティの詩は細い針金のような男が野原を走っていて、もう秋だと叫んでいる。

「ブルトンとシュル・レアリズムの仲間たちは、……仕上りの良さを否定したはずだった。しかし、じっさいは彼らは、仕上りにひどくとらわれていた」と玉城は指摘するが、それはそのとおりだったと思う。「現実の断片性を示すはずのフロッタージュの手法さえ、ある完成のイメージを示している」（玉城）とはこの間のエルンスト展を見ても言えることだ。だが短歌における玉城徹の規準とする仕上りと、シュルレアリストたちの詩や絵画における仕上りとは異なる。シュルレアリストたちは仕上りにとらわれるところもあったとは言え、仕上りを気にかけまいと努力はしたし、新しい容れ物、新しい様式を、より無秩序、より反伝統的に求めつづけたことはまちがいない。歌人の場合の、歌壇を気にした定型の枠内での窮屈な冒険や仕上りの良さ、悪さとはあくまで異なる。玉城の歌を見ると、歌という定型内でいかにも窮屈げに見える。息苦しく、何か無理をしている印象が残る。彼はかつて詩を書いた時期があることでもあり、長歌を書く気はないのだろうか。また散文詩を書く気はないのだろうか。詩や歌の様式に敏感な彼は、このことをどう考えているのか（玉城徹はこのあと注目すべき長歌をいくつも書いた――飯島）。

　アジェンデもヴィリー・ブラントも倒されき気高きまでに宥和的なりしかば

これだけでは不満である。物足りない。窮屈であり、「気高きまでに宥和的なりしかば」だけではいかにも一面的で不正確ではあるまいか。これだけではちょっと言ってみたというのにとどまりはしないか。「気高きまでに」という言い方はあまりに曖昧である。それに較べれば、

　指の腹てのひらに草しげく生ふそをいぶかしみ毟りては捨つ

というのは、奇怪な内容と感覚の歌だが、それが思いつきという印象でなくこちらに突き出されてきているのはさすがだと言わねばなるまい。玉城徹の現代という時代の頽廃へのつよい拒否感、拒絶意識がここにはするどく出ている。

その次の「一杯のまぼろしの水まどろみてゐるわが前にひえびえと来つ」も鮮明な印象を残す。彼の歌は二度三度と読むに価する歌である。にもかかわらず窮屈げという感じは拭えないのはどういうわけだろう。

「楽天的なひとびとが考えるほどには、現実とことばとは対応していないのである」という玉城の持説はそのとおりだろう。言行一致、実感第一とはなかなか行かないのである。実感と表現は別ものと見たほうがましである。「まことに逆説的に聞こえるかもしれないが、ことばが現実を知るのでなく、現実がことばを理解してやる必要がある」という玉城の言は、人によっては奇怪に聞こえるかもしれないが、歌であれ詩であれ、言葉に向きあって格闘したことのある人には実によくわかる言い方である。言葉がどれだけ現実を写しているかではなく、現実とは切れたものとしての言葉の世界をこちらが見つめ、それをわかろうとすることを考えるべきであろう。「一枚の紙のなかにおのれを発見すること」と言ったのはアンリ・ミショーである。自分の書いてしまった言葉のなかに何かが見えて来るかもしれぬ。あるときは、言葉は、詩や歌は、現実とはかかわりの薄い別の生き物に似ている。現実に嫌悪を抱く時でさえ、言葉という生き物を眺めることは快いことすらあるのだ。言葉が他界から来た別の生き物と思われる時もあるのだ。言葉を「自由自在に扱い、使用して」、自分の現実を表わすとはたしかに傲慢すぎる。

おしまいのほうも面白く読んだ。いま時このような古風でロマンティックな「詩人の覚悟」を述べる人のいることに、軽い驚きを覚え、思わず微笑が浮かんでくる。彼がゲーテを持ち出すときも同じである。ぼくはゲーテは読む気にはならないが。

ともかくこの末世に短歌という器をもって必死に踏みこたえているこの歌人の力みぶりを見るのは一壮観である。ぼくはこの五月号の新作と評論を読んだあと、かつて感銘をもって読んだ玉城の著書『近代短歌の様式』を取り出し、とくに「白秋的および茂吉的」を精読してみた。

2

「白秋的および茂吉的」の冒頭の「世界文学の堕落を日本の文学が救うことができるであろうか。それがもし可能であるとすれば、短歌的なものによる以外にみちがあるまい。短歌のみがそうした精神の高貴を保っているように思われる。もし、こうしたひそかなたのみが無ければ、わたしが今日《こんにち》なお文学などに、そして殊更短歌に対する執着を失わずにいられる道理がない」という名高い一節は、いまこそぼくにもよくわかる。これは玉城徹のドン・キホーテ宣言であった。この一節を読んで嘲笑う人の多いことを、彼はひそかに期待している。先ほどの歌には「気高きまでに」という句が出てきたが、今日「精神の高貴」などと言えばまず失笑を買うに決まっている。それを知りながら玉城という一個のラマンチャの人は馬上に高々と父祖伝来の古い一本の槍をかざしたのだった。

　こういう玉城には、白秋系というよりも茂吉系と見えるところがある。茂吉のいきみ、力み、糞がんばりのようなところがこの歌人にもあるが、力み、いきみ、肉薄主義と滑稽、おかしみはつねにあい携えてやってくるものにほかならない。茂吉は幻想を排するが、茂吉もドン・キホーテ的であり、ドン・キホーテはつねに古い槍をかざしていて現実と幻想をとりちがえるのである。

　この論文中「茂吉が『桐の花』から大きな刺激を受けたことは事実である。白秋・茂吉時代にとっての第一原因——最初の一突き——は『桐の花』であった」という箇所は重要であろう。『桐の花』の印象主義などではなく、そこにおける白秋の意識的様式選択にあった」というのも聞くべき言である。

　白秋・茂吉の比較において、玉城は、『赤光』に「ほそし」という語が目立つとし、『桐の花』は「なつかし」であるとする、その見方は的確で面白い。的確な言葉はつねに面白いのだ。よくわかるものは面白い。「この〈細し〉という感じ方はどんなものであったのか。それが単なる繊細鋭敏の神経的なものを表現しているのでないことは、だれも疑うものがあるまい。そうした客観的なものではなく、独自の生命感の主観的な表出が、この〈細し〉なのであった」というのはその通りであろう（傍点——引用者）。

伽羅《きゃら》木《ぼく》に伽羅《きゃら》の果《み》こもりくろき猫ほそりてあゆむ夏のいぶきに

この細いところに生命感を詰め込む窮屈さから茂吉の輝きが出て来たように、玉城徹の歌も何か詰め込んでいる、という印象がつよい。茂吉は管のようなものに詰め込み、玉城は何か箱のようなものに詰め込んでいるといった印象がある。

短歌という細い管のような、狭苦しい箱のようなものに詰め込むとき、生命感は輝くと茂吉や玉城徹のような歌人は信じている。それが必ずしもうまくは行かず、窮屈げに見えることも多いのだが、そういうものらしいということはよくわかる。

こうした時、白秋の「なつかし」という歌を読むと、にわかにはりつめた緊張が溶けて行く。白秋は狭い管や箱にぎゅうぎゅう詰め込むようなことはしない。いきみも力みもしない。

玉城は次の二首を引いている。

薄青きセルの単衣《ひとへ》をつけそめしそのころのごとなつかしきひと

野に来れば遠きキャベツの畑をゆく空ぐるまの音もなつかしきかな

玉城徹の「白秋的および茂吉的」という論文は非常な活力にみちた力作であり、白秋・茂吉に関心ある人のぜひとも読むべきものである（空ぐるまは、からの車——引用者）。

3

さてこれから茂吉の大正期の散文を読みたいのだが、これまでずっと白秋の散文を読んできたわれわれの眼には、これがまったく別種の散文だということがわかるはずである。まず岩波版『斎藤茂吉全集』の第五巻の、「一口ばなし」から「温泉嶽雑記」まで、十二篇の随筆をぼくは読んだが（これまで読んだものもあり、初めてのものもあった）、この際、このなかの「白秋君」という大正八年六月の随筆から見て行くのがいいのではないかと思う。

大正八年、この年の白秋は小田原の天神山、伝肇寺にあり、『雀の生活』を雑誌「大観」に連載しはじめていた。ようやく物心ともに窮迫状態から救われようとしていた頃である。むろん章子夫人の時代であり、まだ大正九年の新築祝いの夜の破局は迎えていない。

「北原白秋君は、じつに不思議な人である」と、茂吉は書き出している。「黒い鴉に帽子を作つてやつて喜んでゐるところなどは、それから酔ぱらひて大道に寝ころんだり、門人を集めて高座にのぼつてひどく威張つて見たり、さうかと思ふと雑誌が二三冊めに改題したり、門人と喧嘩して結社を解散したり、歌壇を去るなどと宣言したりするところは、鉄富豪、米穀相場富豪などの裟婆界に打つて出て、眉間の皺一つで瞬刻の結論に達しようとするともがらから見たら、白秋は我儘な一童子にも等しからう。その童子が、あれほど自然を理解し味ひ表現しうるのは奈何《いかん》のわけか。あれほど『ことば』のニュアンスを理解し嚙みこなし、おのが物として果すのは奈何のわけか。これを不思議と思つて其のゆゑよしの分析を成就したと思ふのは、やや呑気に過ぎるやうに僕は思ふ」。

茂吉がこれを書いた頃は彼のいわゆる長崎時代だった。五月には長崎に来遊した芥川龍之介、菊池寛に会っている。病いを得て温泉嶽《うんぜんだけ》や古湯温泉に療養に行ったのは翌大正九年のことである。

さて茂吉は白秋を富士山にたとえる。これを書いた時は、のちに較べれば茂吉は驚くほど白秋に好意的で、白秋を讃めている。「富士はうぶで、秀麗で、処女の乳房で、愛鷹足柄の連山が日光をうけ其の山襞の光輝と陰影との交錯からくる動運の相とはちがふ。白秋君の芸術はいかにしても富士の秀麗である」。

昭和期になってからの、口をきわめて白秋を批判する茂吉の文章、白秋を軽佻、増上慢と非難する文章はやがて紹介するが、この時はこれほどまでにも白秋を高く評価していた。

さてあの神妙で、つねに涙ぐんでいるかのような『雀の生活』の文体とは、この文章はまったくちがう。茂吉は白秋のように一直線にひたむきに、懸命に涙をためているかのように訴えようという散文ではなく、また『フレップ・トリップ』のように思いわずらうこともなく、陽気に軽快に文章をドライヴして行くようなところはまったくなく、ああでもない、こうでもないと言葉を探してこねあげているような、触覚的、彫刻的散文である。白秋のあけっぴろげの散文はこちらも読むのに抵抗少なく、スピードをもって読めるが、茂吉の散文は読むのに時間がかかる。しかも真意はどこにあるのかと疑いながら、かくされている部分まで読みとらなければと思いつつ読まされる。茂吉の散文は、何かをかくしている。それに対して白秋はあけっぴろげだとまず言うことができる。果たしてあけっぴろげとは、かくしていることの別の様態ではないか、との疑問が起きてくるほどにである。

茂吉にはしかも何かずけずけとものを言うところがあり、そこにちょっと東北的な性格を感じる。「びろうどの洋服を著こみ、赤いねくたいを首にぶらさげ、そして歌集桐の花を完成した。『桐の花』は日本が自慢していいと思ふ」。そこまではいい、茂吉はたしかに『桐の花』には脱帽した。だがその次に人を突き放すようなことを茂吉は言う。「『雲母集』で飛躍したが、『雲母集』にはく
ずがある」という言い方はやはり当時でも相当刺激的だっただろう。その上、『雲母集』はアララギの真似だと茂吉は言いたかったかもしれない。しかしここでの茂吉はまだ白秋を讃める態勢である。「びろうどの洋服でも、西行芭蕉に交流して、心ゆくばかりの歌をこのごろ作つてゐる。日本は実に不思議な人を生んだものである」。

この「白秋君」は茂吉の長崎時代のものと言ったが、うち十行ほどは東京で書き、あとは長崎に着いてから書いたもののようである。これは白秋論なのに、ここで茂吉は長崎までの車中の模様やら、窓から見

える景色のことまで書き、あまつさえ次のようなことまで書きつけるのである。「五時五分長崎著。あくる日病院に行つてみると、入院中の病人が二人死んでゐた」。

ともかく短い白秋論だが、ごった煮であり、無遠慮であり、自分のことも十分書きこんであり、それでいて実に面白く何度でも読める。「白秋君は歌壇をやめると宣言したが、あれは宣言しても白秋君にはい い。詩でも文章でも行くところまで行くからである。僕のはちがふので、僕のは自滅で、宣言して滅ぶのとは趣がちがふのであつたのである。痴呆に陥つた狂者が、遺言もなにもせずに黙つて死んで行くやうなものである」。さらに「僕の私信がいつぞやの読売新聞の一日一信に出て、僕は少し動悸したことがある。あれには僕の滅亡の条件がちつとも出てゐないから僕の心中が分からないのである」とある。白秋なのか白秋でないのか、ともかく誰かの手で、茂吉の私信が発信者の了解なく新聞に出たことがあるらしい。ともかく「白秋君」というエッセーはそこで尻切れトンボにプツンと終わっているのだ。

4

茂吉は白秋について大正期にも昭和期にもいろいろと書いているが、その代表的なもの二つ三つをここで見ておきたいと思う。一つは『茂吉全集』第六巻所収「北原白秋君」という昭和十一年（一九三六年）十月七日に書かれたものである。茂吉はこのときはもう白秋をよく思っていない。そうなってからかなり日が経っている。茂吉は雑誌「多磨」をひらいて白秋の写真をまず眺める。「多磨の九月号に、北原白秋君飛行機に乗るところの写真が載つてゐるといふことを友人が教へてくれたので多磨を出して見ると成程載つてゐる。前よりも少しふけたが、眼鏡などをかけて、なつかしい明朗な顔をして写真に映つてゐた」。

人間としてはまだ「なつかしい明朗な」人と茂吉は白秋を思っていて、昔のことは忘れていない。茂吉はついでに「多磨」を見て行く。すると白秋の書いた「多磨手記」なるものが見つかり、そこに白秋が「アララギびと」について次のように矢を放っているのを発見してしまった。茂吉はたちまち怒り心頭に発する。白秋は次のように書いていた。

「かのアララギびとは、創刊前からあさましい石くれを飛ばした同一人であるが、風声鶴唳《かくれい》にもおびえるといふことは驕《おごり》を極め過ぎた平家の昔にはあつた。自重なさるがよからうと思ふのである。／兎も角、多磨は多磨として新興の意気に燃えきつてゐる。いかに此の多磨に反感を持たうとも悪口の為めの悪口は見よいものではない。またいかに無関心を装はうとも、それだけ関心したといふことにもなる。多磨はさうした未練者にかまはず進むべく進むのである」。

「多磨」は前年の六月に白秋の主宰で創刊されていた。「多磨」と「アララギ」の比較、あるいは対立の問題について論じるのはぼくの任ではなく、ここではともかく茂吉がこの白秋の「多磨手記」に、例によってつよく反応したということを見ておきたいのだ。そして茂吉が自派あるいは自分が非難されたとき、どのような反応の仕方をするかを見ておきたいのである。茂吉は白秋にどのように言いかえしているか。

「これで見ると、アララギが多磨の発刊を嫉視して、四時《しいじ》邪魔でもしたやうに取れるが、白秋君はよく気を落ちつけて自分の足元を見るがいい。そして〈アララギびと〉などと云つてゐるが私も〈アララギびと〉の一人だといふことは白秋君がいくら万年童心でも知らぬ筈はあるまい。また、論戦をしようとするなら論戦らしい態度を極めるべきである。蔭でいふ厭味たらたらは余り女性的で好ましくないものである」。

茂吉には抜きがたく「白秋は女性的で弱虫」という頭があった。これはずうっとそう思っていたと思われる。これを書いた昭和十一年十月七日の茂吉の日記には次のようにあって実におかしい。茂吉はしぶい顔をして大真面目にこの二行を書いたにちがいない。

「夜話『白秋』ノコト（コレハ発表見合ハスベシ、白秋ハ弱虫ナレバナリ）」。

さて元へ戻って、「一体アララギの毎月の歌壇評といふのは、土屋文明君の考で銘々が分担してやることになつてゐる。多磨を批評する順番に当つた者は、自分の考で多磨を正直に批評するだけである。悪いと思へば悪くいふし、善いとおもへば善くいふだけのことである。土屋君は其等の意見に掣肘《せいちゅう》は加へない。お互の意見を尊重してゐるので、白秋君のやうに、『下命』などはしないのである。さういふ下命的で無い点が多磨とはちがふのである」と茂吉は言う。

この下命、下命的というところもおかしい。実におかしくなってくる。茂吉の散文を読んでいると、時々とてつもなくおかしくなってくるところがある。

また次の箇所。

「白秋君は、門人から、〈白秋先生の偉大な全人格〉とか〈大白秋精神〉とか、〈大詩聖白秋〉とか、〈芸術の父、詩歌壇の救世軍主〉などと云はれて、それでも少しく気が引けると見え、〈感激が節度以上に弾んだと思ふ個所は、その直情は真実であるにもせよ、よそ目も如何と思はれるので削除するやうに下命した。身うちが親爺のことをあまり馬鹿褒めするものぢやないよ〉などと云つてゐるが、さうはいふものの内心大に悦に入つてゐることが、削除した残りでこれ等の形容詞がついてゐるのだから、先づ推測することが出来るといふものである」。

このあたりも実に面白い。茂吉はこう書いていくうちにますます昂奮してきたのではないかと思われるのは次のようにもあるからである。茂吉という人は悪口まで愛嬌のある人であった。いまから見ての話であるが。

「さういふ訣合《わけあい》だから、私個人としてはアララギの若手に希望することは、多磨のことなどは彼此云つて貰ひたくないのである。折角いい気持でゐる白秋君の気持を乱すことは罪なことのやうにも思ふからである。併しこの私の注文もまた無理なことで、若手の気勢はもはやそんなところにはゐないかも知れぬから、白秋君もそのつもりの方が将来無難かも知れぬ。さもないと悲鳴をあげる度数がもっと多くなるであらうから」。

茂吉はあれこれと書いたが、結局この「北原白秋君」は発表されなかった。それも「白秋ハ弱虫ナレバ」武士の情けで見逃してやったと、茂吉は心中の憤懣を無理になだめたのであったろう。

5

このように白秋、茂吉は互いを睨《にら》み合っていたが、もともとはそうではなかったことは、たとえば木俣修の『白秋研究』のⅡ「茂吉と白秋――白秋に宛てた斎藤茂吉の手紙――」を一読しただけでもわかる。たとえば大正二年十二月三日、東京青山南町五の八一の茂吉から、相州三浦三崎桃見寺内白秋に宛てた手紙は次のようなものである。

「御来書ニ接シ候《ママ》ヘシトキ嬉シクテ涙落チ申候、今迄ヒソカニ敬礼絶エザル貴堂ニ賞メラレ候《ママ》ヘシトキノ小生の心御推察下サレタク候小生モ仰セノゴトク地上巡礼ノ心ヲ持シテトホクトホク行クベク候。コノ念常ニ焚焼《ふんしょう》シテ止マズ候。杢太郎氏ニモ、小生ノ歌ニ面白キモノ時々アリト云ツテ頂キ候皆アリガタク候敬具」。

ここで「御来書」とある白秋の手紙もまた読んで実に興味深い。

「赤光拝誦、涙こぼれむばかりに存候。純朴不二、信実にして而かも人間の味ひふるき兄が近業のごとき は当代にはまたとあるべくも無之候。兄は万葉以来の人、赤光は礼拝仕るべき歌集なり。小生ごとき不純鈍才の徒は寧ろ慚死すべきのみ。幸に御自愛下されたく候。なほあらためて心より真実なる尊敬を兄にさゝぐ。以後深く兄に親しみたし。無礼御ゆるし下され度候。（大正二年十一月十七日三崎にて）」。

むろん白秋はしばしば「アララギ」に歌を寄せていたし、茂吉も白秋の「ザンボア」に歌を出し、「アルス」にも寄稿を求められたこともあった（実現はしなかったが）。木俣氏は次のように言っている。「大正十年という時期にはもう白秋と『アララギ』派歌人とは人間的にも文学的にも遠く相離れてしまってい る。茂吉ほどではなかったが白秋の手に親愛の手をさしのべて、つねに白秋の歌の寄稿を乞い、その作品を褒めていた赤彦が白秋の歌を酷評したことに端を発して、白秋と一大論争を行ったのは大正十二年である。もはやその頃は白秋対『アララギ』は犬猿の仲となり果ててしまっていたのである。茂吉は洋行していたが、赤彦からの報告などによって、いよいよ白秋から心が離れて行った。殊に大正十三年、白秋が主となって『日光』という雑誌を創刊した時、『アララギ』派の古泉千樫、石原純、釈迢空などが、『アララギ』を脱退して、それに加わった報を得ていよいよその白秋への冷度をました」。

こうして昭和十一年になっても白秋は依然として「アララギ」を非難し、茂吉もまたしつこくそれへのウップンばらしのような文を草するということがあった。

やがて昭和十七年十一月二日、白秋は没した。朔太郎が死んでわずか五ヵ月あとのことだった。白秋の死に際して茂吉は「北原白秋君を弔ふ」というかなり長い文章を「短歌研究」に発表した。

先にふれたようにすでに大正のごく初めの頃から、白秋、茂吉には親しい交流があったが、茂吉もこの追悼文でこの時期をふりかえって、「そのような交流があつて、まことに楽しい時代であり、私が大正六年の暮に長崎に往くやうになるまでは、一般歌壇とも親しく、白秋君とも親しく交つてゐた」としている。だが、この親しさも十年しか続かなかった。前出木俣氏の報告しているような事情（短歌の専門家なら誰でも知っているであろうような事情であるが）から「精神的にも白秋君と疎遠にならざるを得なかつた。私は大正十四年に帰朝したが、子規全集がアルスから出てゐるにも拘らず、白秋君が子規を罵倒したり何かするるので、をかしな事をすると思つて私は見てゐた」。

この二人がふたたび親しい気持を見せあうには実に昭和十五年まで待たねばならなかった。少し長いが茂吉らしい文章なので引用しておくことにしよう。

「昭和十五年二月二日夕、読売新聞社で皇紀二千六百年賀歌を募集し、旧派歌人をも交へて私等もその選者に依頼せられたとき白秋君と同席したのであつた。その時の君の選の態度の丁寧親切なのを見て私は強く感動した。君は天眼鏡《てんがんきよう》を以て一々のぞきながら、自分の選した歌は大きな字で書直して持参してゐた。その晩、会がまだおしまひにならぬのに、君は、斎藤君今夜は附合へなどといつて、日本橋辺のある静かな家に私を連れて行つた。部屋には炬燵《こたつ》がかかり万事が綺麗で且つ豊かな感じであつた。そのうち老妓一人来てしきりに白秋君の久しく見えぬのを責めてゐた。白秋君のことをハアさんハアさんと呼んでゐるのも私には珍らしかつた。この芸者がもつともつと若かつたころからの馴染で、感慨無量の話が続出した。そのうち若い芸者が一人来たがそのため座敷が特別甘美になるといふわけもなく、私等を若干もてなして、間もなく帰つて行つた。酒がまはるにつれ、疇昔《ちゆうせき》十日会（かつて白秋・茂吉もそのメンバーだったそういう集まりがあった――引用者）のかへりに二人で夜ぢゆう街上を歩いたことを想起し、親愛の心の頓《とみ》に深まるのをおぼえた。私は元のやうに酒が飲めなくなり、また酔つては体に悪いので、白秋君を促してその家を出たが、その夜は昔ながらの白秋君の温情に接したのであつた。……これが白秋君と二人で親しく歓談した最後であつた」。

女のことを書く茂吉は面白いが、ここでは追悼文なのに、ばかに力をこめて芸者のことなどを書いている。ちょっと鷗外の短篇「追儺《ついな》」を思い出させるような老妓が生動している。

さて白秋の通夜に茂吉は行っている。そのときの茂吉をまだ中学生だった山本太郎が見て記憶しており、後になって次のように書いた（『言霊――明治・大正の歌人たち』のうち「茂吉のデーモン」より）。

「斎藤茂吉の姿を、遠くからそれとなく眺めた記憶が残っている。昭和十七年十一月阿佐ヶ谷、北原白秋家翼屋。あとにもさきにも、茂吉に接したのはそれ一度きりだと思う。

そこには腎臓病の悪化に伴う心臓喘息と、前夜まで苦しく闘っていた白秋の、いまは安らかに永眠した遺体が横たわっていた。菊の香りが焼香の匂いにまじって少しつよすぎるぐらい廊下を流れていた。お弟子さん達のおし殺したような嗚咽が、冬を予感する昆虫の翅音のようにかすかに震えていた（中略）。

まだ旧制の中学生であった僕は、部屋の片隅で、次々とあらわれる弔問客をものめずらしげにみつめていたが、手をあわせ型どおり瞑黙し、遺族に慰めの言葉をかけて立ち去る人々のなかで、ただ一人、焼香のあと別に瞑黙するでもなく、口のなかで何かぶつぶつつぶやき、〈おお〉とか〈ほう〉とかいった言葉を低く発しながら首をいくらかかしげるようにし、いつまでも坐ったまま、白秋の顔を凝視して立ち上がらない人が印象的であった。あとにつかえた客が少し困ったように敷居のところで立ちどまっていても、その人は一向におかまいなしで、ずいぶん長い間、遺体を見つめていたが、やがて、遺族に頭をさげると黙ったままゆっくりと立ち去っていった。〈斎藤茂吉さんですよ〉と隣に坐っていた母がそっとささやいた。当時はまだ『赤光』一巻さえひもどいたことのない僕だったが、茂吉の名前ぐらいは知っていたので、子供心にもかなり変わった人だなという強い感銘が残った」。

6

山本太郎はいつまでも坐ったまま、死んだ白秋の顔を凝視しつづけていた茂吉の姿をこのように伝え、さらに「あのとき茂吉は白秋の何をそんなに凝視していたのだろう。医者の眼だったか、歌人の想いだったか、それらふたつながらにまじりあった、同期の人の死への答礼だったか、それらはすべて推測のかぎりではない」とつけ加えているが、茂吉は先の「北原白秋君」を初手にして実に少なくない機会に白秋攻撃、白秋批判をしているのである。「北原白秋君を弔ふ」の先ほど引用した箇所では、「子規全集がアルスから出てゐるにも拘らず、白秋君が子規を罵倒したり何かするので、をかしな事をすると思つて私は見てゐた」ぐらいで実にあっさりとした触れ方だが、これは『茂吉全集』第十二巻の「北原白秋の正岡子規評」（昭和三年九月の執筆だが、白秋死後三年目の昭和二十年四月になって単行本『文学直路』に発表された）という文章を見れば、とてもとてもそんなあっさりしたことではなく、茂吉の憤懣には猛烈なものがあったのである。次には「近年多磨を発行するやうになつてから、白秋君の気持は随分変つてゐたし、歌風なども、私とは遠く隔つたやうに思へた」と「北原白秋君を弔ふ」には書かれてあるが、これも『茂吉全集』第十四巻の「白秋君の歌を評す」（やはり昭和十二年六月に書かれながら、未発表のまま、昭和二十年四月、『文学直路』に発表された）や、「白秋君の近作」（昭和十六年五月の執筆であるが、同じく『文学直路』に発表された）を見れば、とてもとても「歌風なども、私とは遠く隔つたやうに思へた」といった程度のものではなく、白秋の歌をめちゃくちゃに徹底的にけなしたものであった。

白秋の死顔を見たとき、これらの文章はみな未発表のまま筐中《きょうちゅう》に収められていたわけである。茂吉の胸のなかには白秋という同時代の、忘れようとしても忘れられぬ同期の詩人へのむらむらとした愛憎の念が渦巻いていたことだろう。しかしそれも相手の死んでしまったいま、「おお」とか「ほう」といった声をあげるよりほかなかったのである。茂吉はライヴァルの死の前で、心中こもごもと湧き起こるものに堪えて茫然としていたのでもあったろう。

さて先に茂吉による三つの白秋批判の文章の名をあげたが、ごくごくかいつまんだところでその内容を紹介しておくことにする。

「北原白秋の正岡子規評」は、アララギが子規をかつぎあげているのは「ひいきの引き倒し」であり、子規は「偶像化されてゐる」、自分は「茂吉君あたりのやうに（子規を）盲信したくない」と言い立てる白秋に対して、茂吉が「至心一徹を以て論ずる僕等の長いあひだの運動に、贔屓の引倒しなどといふものは無い」、「僕等には、子規の偶像などといふものは無い」、また「〈盲信〉とは一体何であるか。貴君等には

〈盲信〉といふやうなことが意識的にも存在するかも知れんが、僕にはそんなものは存在し得ない。僕にとつては〈盲信〉でなくて、〈正信〉である」と怒りたけって反駁したものである。茂吉にとって、子規を批判されたり軽視されたりすることは、いまさら言うまでもないことだが、がまんのならないことであった。

たしかに昭和期になってからの白秋には、大正期における神妙な白秋とは異なって、いささか軽佻なところが目立っただろうことは十分推察がつく。白秋は南国の人で、かつ大事にされて育った人であり、富と名声にも無邪気に浮かれるところもあったろう。茂吉は「白秋氏の増上慢的態度」とまで言う。「はじめから子規は詩人でないの何のと極《き》めてしまひ、自分は子規よりも長年歌を作つたとか、子規のやらなかつたことをやつたとか、境涯芸術の修業を積んだとか、さういふ態度では子規の文学は分からぬのである。与謝野一派のものならばそのくらゐの程度でも分からう、子規の文学は分からぬのである。子規の文学、即ち『写生』の骨髄といふものは、さういふ増上慢的態度では分からぬ文学である。自然のまへに飽くまで謙虚で、はからひを絶して自然随順を極めなければ分からぬ文学である。想像がどうの幻想がどうの、浪漫的精神がどうのといつてゐるやうでは、第一接近をも容《ゆる》さぬ境界である。……『明星』の方がどれだけ清新で若々しかつたか知れぬと白秋氏は大に力むが、これはもはや時運の批判が済んでゐる筈だ。あの程度の聯想と空想と装飾とからなる清新や若々しさなら、今でもざらにあるではないか。幼稚な初心者流は一たびはああいふところに彷徨するものである。何の驚くことはない」。

茂吉はかなり長いこの駁論で、蒲原有明と白秋との対話を引用したりして、いろいろなことを言っているが、要は右のようなことに尽きるだろう。引用したかぎりでは茂吉の語気ははげしく、いかにも茂吉の言のみ正論と聞こえるかもしれないが、ここで茂吉の言っているアララギ派の「自然随順」が、やがて戦争体制や天皇への「随順」というレベルにまで一気に跳ねあがるのは、これを書いてわずか数年後のことでしかなかったということは、今更ながらではあるけれど、やはりつけ加えておかねばなるまい。よくよく心落ち着けて、茂吉の言は読まねばならない。茂吉の文章は人をひきずり込もうとする文章だからだ。また茂吉の昭和前半期の歌も概してあまり面白いものとは言えず、白秋は昭和十年代には『黒檜《くろひ》』、『牡丹の木《ぼく》』の歌をつくったのであり、茂吉の勢いのよい駁論に、ただただ感心するわけにはいかないのである。茂吉はまた詩歌における「想像、幻想」性をむやみに貶《おと》しめているが、このことも言葉どおりには受けとめることができないのである。それらをめぐってはぼくも前著『萩原朔太郎』においての茂吉への言及で、かなり筆を惜しまず書いたつもりだが、依然として今日でも「写生・写実」と、「幻想・想像」の対立対比は、詩や歌の不朽の大問題でありつづけているわけだ。

ともかく昭和期になってからの茂吉と白秋のあいだには、このような明確な対立があったので、白秋の死に際しての茂吉の心中には実に複雑なものがあったにちがいない。

茂吉はまた白秋の歌についても実にずけずけと物を言った（ただしこれもまた思い直してのことであろう、白秋の死の時まで未発表のままであった）。ここでも要は、「作者は、自然にむかふならば、もっと遜《へりくだ》つて、つつましくするのが善いのではなからうか。白秋君のやうに、ただ落着き払つて繊細繊細と行つたところで、決して自然と同化出来る筈のものでは無いと僕などにはおもへる」とし、繊細繊細よりも一気の肉薄を茂吉はよしとしたのである。この繊細主義は今日の若手の歌人をもひきこんでいるものであって、茂吉の繊細主義批判はこの際大いに参考になる。俎上にのせられたのは、一つは白秋の「葉はこみて見のこまごまとある枝のかへでの日ざし風きざむなり」という昭和十二年六月の「多磨」の歌で、茂吉はこれをさんざん批評したあげく「実に軽浮で不愉快」な作ときめつけるのである。「小きざみな軽浮なもの」、「風光の分析学」、「自然に肉薄した表現ではない」、「日本語の活《い》きの衰へたときの言ひまはし」、「取りすました大家風な言ひまはしだけで、あとは何にも無い」と、批判はなおも痛烈を極めているが、この歌に限れば茂吉の批判はなかなか当たっていると思われる。

「肉薄した表現ではない」――この「肉薄」こそは茂吉の場合、単に歌にとどまらず、彼のすべての散文にも当てはまる性格と言わねばなるまい。細かいところに一挙に全エネルギーを通そうという「肉薄」のいきみ、力みがないものには、一片の価値も彼は認めない。繊細な断片イメージを優雅らしく勿体《もったい》ぶって重ねた、ひょろひょろした歌などには一顧の価値もない、と茂吉は思ったにちがいないが、ぼくもいまの若手のある人々の歌に同じことを言いたい。小ぎれいなレース編み歌人だけではなく、最近の水彩画的、星菫派の詩の新人たちにもこのことを言いたい。

まだまだ「白秋君の近作」など、いろいろ茂吉による白秋批判はあるが、われわれは早く大正期の茂吉の随筆に戻って行かねばならない。「肉薄」と「滑稽」という茂吉の二大要素が、それらの随筆にも手にとるように見られるだろう。その代表は周知の名高い「ドナウ源流行」や「接吻」といった滞欧随筆(大正十四、五年発表)だが、そのまえに大正のごくはじめの、それほど人の論じない随筆から読んでみたい。

7　茂吉の「夏日偶語」など

1

このあいだパウル・クレーの日記を初めて読んだ。これはまったく他動的な力によることで、どうしても『クレーの日記』（南原実訳）に眼を通さねばならないことになった。二段組で四百五十ページもあって少し億劫《おつくう》であったが、実際に読みはじめてみるとこれが面白くてならず、二日間で読んでしまった。時々こういう本が現われる。訳が出たのは一九六一年、もっと早く読むべきだった。

次の箇所を読んでいて、玉城徹を思い出し、また茂吉のことを連想した。この続き物を書いているので、何かことがあっても、何かを読んでも、自然に頭はそのように働く（クレーが、ゲーテだけがドイツ人でもまあ救いのあるドイツ人だという意味のことを言っているところでも玉城徹を思い出した）。

さてクレーは次のように書いていた。

「個人画廊ではタンハウザーがすばらしい。そこでは、新協会（第三回目）と、〈青い騎士〉という、さらに過激なセツェシオンの画展が見られたのです。私は、イデーを見失うことなく、瞬間の偶然をあてにはすまい。才能がそなわっているような器用なみせかけはやめたいと思う。たとえグレコであっても、博物館のお気に入りの画家に満足しない人々がいます。私はそのような人々をこそ相手に精進したいのです。

つまり、私のみるところでは芸術の太初ともいうべきものがある。そして、それはむしろ民族学のコレクションや、子供部屋に見出されるものなのです。読者よ、笑い給うな！　この根源的な芸術は子供でもでできることなのです。そしてまさに子供でもできるということに、叡智がひそんでいるのだ。子供は、大人がよけいな手を出さなければ、それだけすばらしい絵を描いてみせるのです。だから、子供の天分がそこなわれないように、幼いうちから注意しなければならない。同じようなことは、精神病患者の作品についてもいえる。子供っぽいとか狂気の沙汰であるとかいっても、それはここでは悪口にならない。むしろ世間とは逆の真実をさし示しているのです。こういったことに深く思いをめぐらすべきだと思う。およそ今日改革しようと欲するならば、いま言ったことの方が、全絵画館よりもはるかに大切なのです。つい昨日までつづいてきた伝統は、いまやことごとく砂に埋もれてしまったのではないだろうか。えらそうな顔をした自由主義者の群が大いなる歴史の流れの中で倦怠の代名詞と化するとき――このときこそ大いなるときが訪れたわけなのです。私は、志あるものとともに来るべき改革を押し進めたいと思う」。

そのあとでクレーは、志あるもののうちでもっとも勇気あるものは、カンディンスキーだと言っている。このようにクレーが言い、決意したのは一九一二年のはじめのことであり、彼はまもなく「青騎士」展に出品しはじめる。タンハウザー画廊はミュンヘンにあり、クレーもミュンヘンに住んでいた。もともと彼はスイスのベルンに育ったが、絵を志してからはミュンヘンへ出た。彼がバウハウスの教授としてワイマールに移ったのは一九二一年である。翌二二年にはベルリンでクレー展がある。残念ながら彼はウィーンに住んだことはないようだ。ただ、一九〇二年と一九二六年にローマやフィレンツェに遊んだことがある（このあたりは茂吉に関係がある）。一九一六年、クレーは一兵士として第一次大戦に召集を受ける。一九三三年、ナチの迫害を受け、職を奪われ、もはやドイツにとどまることができず、年の瀬もおしつまる頃、生まれ故郷ベルンへ帰る。三七年、ヒトラー政権はクレーの作品百点余を没収し、そのうち十七点に頽廃芸術の烙印を押してミュンヘンで展示する（茂吉が滞欧中にヒトラーの擡頭を経験していることはよく知られていよう）。

さきほどの『クレーの日記』からの引用は、玉城徹とぼくの論点の双方を包んでいるもののように見える。クレーはフォルムを求めて「修業」した。しかもクレーの「仕上げ」はすばらしいものである（最近になって二〇年代、三〇年代のシュルレアリスムの絵画を見ると、仕上げのよくないのは、華麗な花火の残骸のように色褪せて見えるのを如何ともしがたい。それが運命であったが、思いつきだけが残っているのは痛ましい）。と同時にクレーは全博物館、全絵画館という伝統を砂に埋めようというのである。いまや「伝統」も「自由主義者の群」も倦怠の代名詞となる時と、彼は一切を白紙還元《タブラ・ラサ》の状態に返す若々しさのうちにある。「伝統」と「自由主義的傾向」の双方に懐疑的なところがユニークだ。彼が子供や狂人の芸術まで認めようというところは、無意識無秩序を重視する意見である。生の芸術《アール・ブリュット》に近い。クレーは一八七九年生まれだから、この時三十四歳だった。とすればクレーはわが茂吉より三歳年長である。

クレーがこの「子供部屋宣言」とでも名づけたい文章を書いた一九一二年は、明治四十五年（大正元年）で、茂吉は東京帝大医科の助手をし、「アララギ」に『童馬漫語』を連載し、白秋の雑誌「ザンボア」に「蔵王山」十七首を発表したりしていた。

この年の「アララギ」九月号の随筆が「一口ばなし」である。わずか三百字余のもので、『茂吉全集』第五巻の第一ページに載せられてあるが、これは茂吉の散文の原型のようなもので、ここには茂吉的なるものの一切が備わっていると思われる。実に面白いから次に全文を引いておこう。

「桑《くは》は蚕葉《こは》の意ださうである。桑の歌としては万葉巻七譬喩歌《(ひゆか)》に〈足乳根《タラチネ》乃《ノ》母之《ハハガ》其業《ソノナル》桑《クハ》尚《スラ》願《モネガヘ》者《バ》衣《キヌ》爾《ニ》著《キル》常《ト》云《イフ》物乎《モノヲ》〉といふのがある。桑葉は特別に面白くもないが桑実は今から想へば何となしいい気持を起させる。己《(おのれ)》の国では一般に〈クハゴ〉といふがあの色とあの味とをおもふと、性慾の目ざめて来た頰の赤いそして眼のまるい娘が聯想《れんそう》される。娘は畑の雑草をとりに行つてゐる。手の動くのが止んだ。娘は側にあつた蟻の穴に指を入れながらゆうべ見た若い衆の事をおもつてゐたのである。そこに黒く熟んだ〈クハゴ〉がひとつ、ぽたりと落ちたさうである。

イチジクといへば無花果の事ばかりと思ふが寛永年間無花果がはじめて長崎に伝来した以前は、天仙果《いぬびは》は矢張りイチジクといつて居たさうである」。

この短い文章に、実に茂吉的なるものがぎっしりとつめこまれていることは驚くほどである。まず『万葉集』が出てくる。それも「母」の歌でなければならない。このとき茂吉の母いくは病床にあり、これを書いた翌年五月に死去している。茂吉は母思いで、母という文字を書けばその向こうに母いくのことを思ったであろう。「桑葉」が出てき、「桑実」が出てくる。これは茂吉に必ず生地山形の金瓶《かなかめ》を思い出させたにちがいない。「桑葉は特別に面白くもないが桑実は今から想へば何となしいい気持を起させる」のでなくてはならない。この茂吉にとっての「いい気持」というのが問題である。われわれはこれから大正期の茂吉の散文を読んで、いたるところでこの「いい気持」と、その逆の気持を彼が吐露し披瀝するのに立ち合うことになるはずである。早くその実際のところを見たいが（たとえば「花を嗅ぐ」という随筆で、西洋の男女が花を嗅いでいるのを見て、茂吉は〈僕にはそれがもう駄目だつた〉と言う。そしてウィーンでは、冬の朝、青い玉菜を山のように積んだ箱ぐるまを引く馬車を見て、彼はひどく感服する。「いい気持」がしたのだ。これが「玉菜ぐるま」である）、ここではまずこの「一口ばなし」のその先を見よう。

「桑実」を「己の国」では〈クハゴ〉というがと言い、そこから茂吉は突然一人の娘を連想し、それは「性慾の目ざめて来た頰の赤いそして眼のまるい娘」であったと言う。「母」から「桑実」に移り、そこから「性慾の目ざめて来た娘」に移るのだが、これらは茂吉にとってすべて「いい気持」を起こさせるものであった。

のちにヨーロッパに行っても、どこへ行っても、茂吉は「娘」の存在に眼をつけたはずである。もちろん茂吉ばかりではないが、茂吉が「娘」と書くと、その「娘」はみな「性欲の目ざめて来た娘」としてなまなましく、重く輝くばかりに生動するのである。

やはりここで大正でも後期の作だが、「香港娘」という一篇（大正十四年）を読んでおこう。「ミュンヘンの町に大雪が降つて、その次日《つぐひ》は、からりと天気になつたから、太陽は美しい光を放射した」とこの随筆は書き出されている。

いま年譜を見ると、大正十年（一九二一年）末、茂吉はヨーロッパに着き、パリ、ベルリンを経て、ウィーンに行き、ウィーンではウィーン大学神経科学研究所に教授マールブルグを訪ね、神経科学研究所創立者オーバーシュタイナー（茂吉には「オウベルシュタイネル先生」という随筆がある）に会い、ここで研究に従事する。大正十二年（一九二三年）夏には、ミュンヘンへ行き、ミュンヘン大学シュピールマイヤー教授の教室に入る。十一月、ヒットラー事件勃発。

パウル・クレーをたまたま読んだことからはじめたが、実に惜しいと思うのはクレーのいたミュンヘンに茂吉は行ったわけだが、クレーは一八九八年から一九二〇年まで、途中たびたび旅をし、また兵士として戦線に赴いたものの、主としてミュンヘンに住みミュンヘンで描いていた。クレーがワイマールへ移ったのは一九二一年である。茂吉はクレーがワイマールに移ったその翌々年にミュンヘンへ行ったのであった。茂吉は西洋の絵画につよく興味をもっていたが、クレーの名はどの随筆にも出て来ないようである。茂吉はクレーを知っていたかどうか、ひょっとして彼がクレーの絵をミュンヘンで見かけたことがあってもおかしくないと空想される。ともかくクレーが二十年近くもいたミュンヘンに茂吉は行って、かなり長く住んだ。

2

さて「香港娘」は次のやうにつづく。

「その日の昼過ぎに僕は為事用《しごとよう》の買物をするために教室を出て行くと、石炭をつんだ小さい荷車が止まつてゐた。先きに立つて荷車を挽いたのは媼《おうな》で、こちらを向いて休んでゐる。あとを押して行つたのは若い娘《むすめ》で、今しやがんで石炭のこぼれを拾つてゐる。ひろひ終つて面《おもて》をあげてこの娘は、かがやくやうな顔をしてゐた」。

この娘に茂吉はたちまちひきつけられる。大正元年に「性慾の目ざめて来た頬の赤いそして眼のまるい娘」のことを思った茂吉は（むろん東北の山形の山の中の娘である）、それから十年余のちにミュンヘンで一人の娘の顔につよくひきつけられる。このとき彼はもう四十歳を過ぎている。

「僕はたちまち物に憑かれたやうになつて、動き出した荷車と並行して歩いた。娘は、まぼしさうな目付をしてこつちを見た、その一瞬に、電光のごとく僕は恋愛をした」。

ここで「物に憑かれたやうに」、「電光のごとく」というのがいかにも茂吉らしい。「電光のごとく僕は恋愛をした」というところでわれわれは思わず微笑せずにはいられまい。またその次のところで、「けれども、あはれあはれ、話はそれでおしまひである。なぜかといふに、僕は為事用《しごとよう》の針《はり》を買ひに店の戸をくぐつたからである」。

夜になってもフュルステンホーフという珈琲店へ行ってしきりにその娘のことを思う。「あの端麗で、豊かで、何とも彼とも云ひやうのない、かがやくやうな娘」をどう書き記していいかわからず、彼はとどのつまり「ヴェニスの美術院《アカデミヤ》にある、ジョヴァンニ・ベルリニの、彼の俯目《ふしめ》がちな、端麗な童貞女馬利亜《マリア》を以て、辛うじて」がまんする。

ドイツを去る半年前というからこれは大正十三年（一九二四年）はじめの経験であろう。十三年の後半はヨーロッパ各地を廻り、香港を経由して日本へ帰る。

「船は東海の国へ向つていそいだ。僕は香港の茶館で、ジョヴァンニ・ベルリニの美しい女ももう無益《むやく》だといつて、香港娘のひくい鼻をきゆうつとつまんでやつた」。

しかし注意すべきことは茂吉はもともと恋愛主義者というわけではなかった。大正八年の「思出す事ども」という、先師伊藤左千夫を追憶する文章を読んでもそのことが言える。

「当時先生は〈千里（岡千里）は此頃恋をして居る〉といつて、非常に同情してゐた。先生の恋の経験と相共鳴したのである。然《しか》るに当時の僕は、千里君の歌に感服せなかつたのみではない、〈恋〉などにはてんで同情が無かつた。寧《むし》ろ、〈きたなきもの〉に触るやうな気がして居たのである」。

「当時先生は」とあるのはいつ頃のことか、明治も末のある日であろうが、「一口ばなし」を書いた大正元年にも、茂吉は恋愛主義者とは言えなかっただろう。あるいは母が死に左千夫が死んだ前後から、茂吉は女というものにめざめ、恋愛という感情がわかり、また歌い出したのではないか。これは『赤光』をもう一度読んでみる必要があるであろう。彼が真に恋愛主義者になったのはもっと後年であろう。

「一口ばなし」に戻ろう。ここにいる「娘」に茂吉が抱いているものは、「恋愛」的なものではなく、異性への「観察」に近い。「性欲に目ざめて来た娘」を茂吉はじっと観察しているのであり、その観察のしかたは〈クハゴ〉（桑実）を観察しているのに近い。しかし、観察して「いい気持」になるのである。茂吉には恋愛はわからずとも性慾の何たるかはよくわかっていた。

「娘は畑の雑草をとりに行つてゐる」と書きながら、茂吉はここでわれとわが臨場感のなかにひたる。これはその時の「娘」がなまなましく見えていて書いている文章であり、時制は現在進行形となる。茂吉はいま見ているかのように書く。「手の動くのが止んだ」。まるで眼前に見ているかのようだ。だがまた客観の筆法に戻る。「娘は側にあつた蟻の穴に指を入れながらゆうべ見た若い衆の事をおもつてゐたのである」。客観の筆法などと言ったが、娘がそんなことを思っていたかどうかは誰にもわからない。しかし茂吉にとっては絶対にそうでなければならなかった。この「蟻の穴に指を入れながら」という箇所はエロティックな感じを読むわれわれに与える。まだ若い茂吉の、なまぐさいような性欲のかげりが、この一ページの文章には照り映えているかのようである。「そこに黒く熟んだ〈クハゴ〉がひとつ、ぽたりと落ちたさうである」。この〈クハゴ〉はすでに熟してしまった一人の女のように見えてくる。

「一口ばなし」にはもう一つ茂吉的な語が出てくる。それは「長崎」である。「寛永年間無花果がはじめて長崎に伝来した以前は……」というところだが、『万葉』ではじまった「一口ばなし」という文章はこの「長崎」で終わるのである。「長崎」は外来文化文明の象徴である。茂吉の文章、茂吉の頭のなかには、この『万葉』と「長崎」が、「故郷金瓶」と「東京」と「ヨーロッパ」とが、いつも複雑に混じり合っていた。ぼくはどうも詩だけではなく、他のジャンルでも、文学だけではなく建築や美術その他でも、こういう東西の多くの異質のものが混じり合っているものにつよくひかれる。文化的純血主義は面白くない。茂吉は彼のヨーロッパ経験(実際のヨーロッパへの旅のみをさすのではない。ニイチェも、近代医学の勉強も全部を含めて)がなければもうそれは茂吉ではない。歌人のヨーロッパ経験——今日の歌人でも、その人に内的なヨーロッパ経験を含む人にぼくは関心を持つ。やまとごころの純血主義だけではいくら「清らか」であるようでも頽廃する。こういうわけでぼくは今日の歌人では玉城徹に関心を持つのだろう。あまりに純粋な、まじりけのない、ただひたすらの敷島のやまと心の短歌のうちにある歌人には近づきにくい。純血主義の陶酔、美辞麗句短歌には、ちょっと鳥肌が立ってくる。短歌的なものとヨーロッパ的なるものとの格闘のうちに茂吉はいたし、白秋の「多磨」の最後の一人だった玉城の歌もあるのだろう。ジャコメッティが出てきてもおかしくない。出来上った、仕上げのできた短歌もさることながら、その「仕上げ」よりも「格闘」こそが見ものというべきだ。ぼくは天草の崎津という小漁港で、ひなびた漁師の家のちまちまとひしめくなかに、フランス人神父が建てたという、すっきりとヨーロッパスタイルのゴシックの天主堂が立って、それが海に映っているのに感動したことがあるが（小雨の降る日だった。まさに東西の文化と自然が渾然としていた）、東京なら東京という近代都市の建築物のただなかに、一行の詩がひっそりと立って、雨に打たれている眺めもまた、何かシンボリックではないことはない。ヨーロッパ経験というのはヨーロッパ観光旅行の詩や歌のことではない。もっと深く、血の流れたものだ。ヨーロッパでなく、中国でも、アフリカでもよい。そして土屋文明のような人には、こういうことがよくわかっていた。数年前朔太郎のことを調べている時、昭和十六年（一九四一年）の土屋文明が、「都新聞」（いまの東京新聞）に、古来、外来文化との接触があった時期に、歌もゆたかになったと書いているのに眼をみはったことがある。

3

さて『茂吉全集』第五巻には、いま読んだ「一口ばなし」のあと、題目は「左千夫先生のこと」（大正二年）、「長塚節氏を憶ふ」（大正四年）、「書斎」（大正四年）とつづき、これらが茂吉大正初期の散文の代表ということになる。

この時期のものとしてはそのほか実に興味深いものとして、『茂吉全集』第九巻所収「アララギ」連載の『童馬漫語』がある。

『童馬漫語』には大正元年のものとして、「28夏日偶語」があり、「31寸言」「33偶語」（大正二年二月）、「68若山牧水氏の言」（大正三年十月）、「78生活の歌」「79口語短歌」（大正三年十二月）、「82言葉のこと」（大正四年八月）、「93街上漫語」（大正四年十一月）、「96短歌作者」（大正四年十二月）などがあり、それらが右にあげた第五巻の四篇と同時期のもののうちでぼくの関心をひくものである。
また同じ巻の「独語と論争」の章に「若山牧水氏の〈赤光に就て〉を読む」があり、『きよろろ鶯』に収められている白秋の牧水論とこれとを合わせて読むと面白そうである。
ここで大正元年の茂吉についてはすでに少し触れたので、二年から四年までについての茂吉の年譜から若干をノートしておこう。

大正二年（三十二歳）
五月二十三日、母いく死去。七月三十日、伊藤左千夫死去。長野県上諏訪でそのことを知った茂吉は八月一日帰京した。十月、『赤光』刊行。佐藤春夫とはじめて会う。

大正三年（三十三歳）
四月斎藤輝子と結婚。島木赤彦の上京。六月から茂吉は「アララギ」の編輯発行人となる。「良寛和歌集私鈔」を「アララギ」に連載（やはり第九巻に入っている）。七月、第一次大戦勃発、茂吉の海外留学は延期となる。

大正四年（三十四歳）
二月から編輯発行人は赤彦となる。二月八日、長塚節死去。

ちなみに同時期の白秋の年譜をもう一度復習しておくと、大正元年八月十日、俊子との姦通罪は公判で免訴となる。『桐の花』の「哀傷篇」を「ザンボア」の九月号に発表。大正二年、『赤光』と同年に『桐の花』刊行。三浦三崎に移住。「城ヶ島の雨」の作詩。大正三年三月、小笠原父島に渡る。七月、麻布へ帰る。俊子と離婚。九月、雑誌「地上巡礼」創刊。詩集『白金ノ独楽』を刊行する。大正四年一月、萩原朔太郎に招かれて前橋へ赴く。「ARS」創刊。歌集『雲母集《きららしゅう》』を刊行。翌年がこれまで何度も言及してきた葛飾の紫煙草舎時代であり、『雀の生活』を書きはじめたのはそれより二年後の大正七年である。

これだけのきわめて簡単な年譜でも、この時期が、白秋・茂吉にとってきわめて重大な時期だったことがよくわかるし、それはまた日本の近代の詩、短歌にとっても実に重大な時期だった。

さて、「二口ばなし」は大正元年九月号の「アララギ」に載った。「夏日偶語」はそれよりひと月前の八月号である。これも実に面白い。これを書いてから「二口ばなし」を書いたと思うとなお面白い。このようなことを茂吉が書いているのには実際驚いた。

「暑い暑い。おれの心は饐《す》えるかも知れないな。礬紅《ばんこう》で塗つた憲兵屯所の門に柔かい雨が降つてゐる。猫柳は銀いろをしてゐる。石の間から水が湧いて水面がゆらいでゐる。腹の赤いゐもりが幾つもゐる。霜が降つて豆柿がだんだん黒くなつてきた。山のはざまの川原が白じろと見える。酸をふいた塩膚子《ぬるで》が食べたいな。酸いさうでござりますと或る和尚が云つて呉れたつけが、菴摩羅《あんまら》の実を食べた可哀い少女の眉寄せが見たいな。とりとめもないことが頭のなかで廻転する」（あんまらとはマンゴーのこと）。

「夏日偶語」はこう書きはじめられているが、「暑い暑い」とはじまっているのに「霜が降つて豆柿がだんだん黒くなつてきた」というのはどういうことなのだろう。茂吉は大体これらの文章を非常に早いスピードで書いたのであろう。やがて見るが、大正十四、五年のあたりの散文の制作には驚くべきものがあり、大正十四年の三月二十三日に「ドナウ」を書き、四月二十二日に「玉菜ぐるま」を書き、翌二十三日に「ピエテル・ブリユーゲル」を書き、二十四日に「蟆子《ぶと》」を書きといった具合である。「ドナウ」、「玉菜ぐるま」、「紙幣鶴」、「花を嗅ぐ」、「寝衣」、「養老院」、「ピエテル・ブリユーゲル」、「接吻」、「蟆子」は雑誌「改造」大正十四年六月号に一挙に掲載されたものである。いずれもが傑作である。実際『茂吉全集』の分厚い第五巻は充実していて面白い。それでいてこの巻は決して重苦しくない。第九巻に入っている「夏日偶語」は、暑い夏のさかりに汗みずくになってこれも一気に、前後関係をかえりみることなく、うわごとのようにして書いたものであろう。そこが面白い。ここでも茂吉は無心になるとたちまち「山」、つまり蔵王の麓の村を思い出すのである。見るがいい。ここにも「少女」が点景として出てくる。「和尚」は丁寧な物言いをしているが、これは隣家の窿應和尚のことではないだろうか（七六年の七月、ぼくは一人で上山《かみのやま》に、そして金瓶に行き、宝泉寺にも行った）。

この「夏日偶語」は大正元年（一九一二年）だから本章冒頭のパウル・クレーの「子供部屋宣言」と同じ年の執筆である。ミュンヘンでは「青騎士《ブラウエライター》」の運動ははじまったばかりだったし、パリではアポリネールが詩集『アルコール』を出そうとしていた。二十世紀の詩を方向づけたと言われる『アルコール』は一九一三年の刊行だから、『赤光』、『桐の花』と同年の刊行ということになる。萩原朔太郎は神経症に悩み、『月に吠える』の詩を準備していた。ともかくこの数年はきわめて重要である。ヨーロッパや日本の近代詩にとっても、近代短歌にとっても。ひょっとしてこの数年が黄金時代である。

「夏日偶語」は次のようにつづく。「真夏の日光だけが少しまばゆいと歌つた女歌人がゐたことを覚えてゐるだらう。おそろしい女だとおもふのもよいが、その女にもまだ生殖細胞が生きてゐたことを思つてくれたまへ。蚊やり香をもらつて来た。香をたくと蚊の奴らがぽたりぽたり落ちるのだ。わかい精神病学者が這入つて来た。鼻の穴を一寸ほじらうとしたがやめた。さうして、〈君、Analtypusといふことを知つてをるかい〉といつた」。

とりとめのない「山」への思いから、女歌人へと移り、急に現実へと戻ってくる。東京帝大医学部の附属医院の医局へと戻ってきたのだろう。そこでAnaltypus（この語は、よくわからない）の話になる。ぼくは、今度はじめてこの「夏日偶語」を読んで少々驚いた。これは狂人のモノローグを模したような語法である。飛躍が多く、目的性が稀薄である。次にまた飛躍して茂吉の記述はもう戸外に出ている。

「小石川柳町の電車停留所のところの紙屋の暖簾《のれん》は真赤である。市ケ谷見付から頤鬚《あごひげ》の限局性に生えた男が二人いつしよに電車に乗つた。兄弟かと思つてよく見るとさうでもない。おれは四谷見付まで其鬚が大江千里か柿の村人の鬚に似てゐるやうだとおもつてきたが、よく見るとその頤鬚の周囲が綺麗に剃つてあつた。これはどうしても今までの日本流でない」（柿の村人とは歌人なら誰もが知る赤彦のこと）。

実につまらない現実について熱心に記述しているところが興味深い。ノレンが真赤だとか、頤鬚の周囲が剃ってあるとか実につまらないが、われわれはそれに向けられた茂吉の視線にぐっと引き寄せられて、何度でもこれを読まざるを得ないのである。「一口ばなし」とこの「夏日偶語」の二つから、大正期の茂吉の散文ははじまっていると言っても言いすぎではあるまい。物事のディテール、細部に向けた茂吉の視線はまことに執拗で、ねばっこく重い。そこから滑稽さがいつも引き出される。現実も幻想も道化的であり、茂吉の文中で、人ミナ道化ヲ演ズルのである。

「夏日偶語」は次のように終わるが、この記述もまったくおかしい。これは偏執狂であり、偏執狂的批判（！）ではないか。

「おれは毎日二時間づつも電車に乗つて、大ぶ年を経たが、何一つ覚えたやうにも思はれない。何かおぼえたさうなものだと考へてゐると、〈おれは到底《とうてい》運転手にはなれない〉といふことが心に浮んで来た。足拍手をとつて浪花節をうたふ位はまだしもだが、椅麗な女と見たらどんな場合でも一瞥をのがさない程の余裕が出来てゐる運転手が多いのである」。

これは一九二〇年代はじめ、若いシュルレアリストが散文の自動記述でやった夢の記述にそっくりではないか。自動記述《オートマチスム》はすばやく筆記する。茂吉がこんなものを書いているということの発見は大きな成果だった。茂吉の散文の根は写生というよりも意外にこういうところにあるので、中原中也のダダ時代の習作のようなものだ。中原の「ウハキはハミガキ／ウハバミはウロコ／太陽が落ちて／太陽の世界が始まつた」という初期の詩みたいなものである。あるいは次の「古代土器の印象」みたいなものである。

認識以前に書かれた詩——
沙漠のたゞ中で
私は土人に訊ねました
「クリストの降誕した前日までに
カラカネの
歌を歌つて旅人が
何人こゝを通りましたか」
土人は何にも答へないで
遠い沙丘の上の
足跡をみてゐました

泣くも笑ふも此の時ぞ
此の時ぞ
泣くも笑ふも

これは中原の未刊詩篇の一つで、一九二四年のノートの一篇だが、二四年というと茂吉のミュンヘン時代であり、ブルトンらの『シュルレアリスム宣言』発表の年だった。それより早く一九一二年に、茂吉は「夏日偶語」のような、ダダの詩を思わせる、一種の「認識以前」の記述を行なっていたと見るとなかなか面白い。茂吉もまた「泣くも笑ふも此の時ぞ」という、絶体絶命の境地に何度となく参入せずにはいなかった人だと思われる。

さて次の「偶語」は、大正二年二月の記述である。

「茫々たる大劫運《だいごううん》のなかに流れ、旋火輪《せんかりん》の流転より解脱し得ざるわれ、なほ雪ふれる竹林にしみじみと放尿しゐたることをよろこぶ。こよひも更けたり。明日の勤めより我が心円《まど》かに離れて小野五平翁の将棋の話読みゐたることをよろこぶ。泰西人の書ける瘋癲学《ふうてんがく》を読めば、一枚半にして腹の底より大きなる欠伸《あくび》出でたり。微かなる我が歌よ、この欠伸の如かれ」。

白秋も白秋流のインファンティリズム（幼児性）のうちに生涯あった人と思われるが、こうして三十二歳の茂吉の「偶語」を読むと、先の「夏日偶語」といい、これといい、茂吉もまた茂吉流のインファンテイリズムのうちに、生涯閉じこめられていた人だったと言いたくなる。子供はまた太陽に執着するものであることは、その幼児の絵に必ず太陽（旋火輪でもあろう）が出てくるのを見ても明らかであるが、三十二歳の茂吉は太陽について次のように書くのだ。

「予は奥州の山村に生れて十五まで居た。太陽は山から上つて山に落つる。月は山から上つて山に入る。今でこそ赤き入日とか緑金の斜陽とか云はれても平気であるが、赤銅のいろして出づる月や、紅団々して落つる太陽などは全く東京に来てから我目に入つたのである。明治廿九年浅草に住んでゐた頃は、歓喜と讃歎とを以てこの天中の二物に対したものである。その時の心持を何とかして表現して見たくて耐らなかつた事のあるのを今でも覚えてゐる。その後、露伴ものに読み耽つた事があつたところが偶然にも、〈日輪すでに赤し〉の句を発見して、ひどく喜んだ事を今でも覚えて居る」。

そのあと茂吉は、「馬酔木」に左千夫の次の歌を発見して喜ぶのだ。

あめつちはねむりにしづみさ夜ふけて海ばらとほく月紅《あけ》にみゆ

そして次のようにつづける。「その時分予《よ》は、無暗《むやみ》に紅い太陽の歌を詠んでゐた」。

4

大正二年、五月二十三日、母いくが死んだ。『童馬漫語』では「40似而非《えせ》悟り歌」にその時のことが少しだけ出てくる。

「四月以来かなしい心に住してゐた。短歌の事からしばらく心が離れてゐた。郷里に帰つて母上を火に葬《はふ》つた。山腹の酸つぱい温泉に身を浸した。山深く入つて通草《あけび》の花のほのかに散るのを見た。あわただしく帰つて来て床の上に仰向《あおむけ》になつて天井を見つめてゐると、身も心も疲れてゐる」。

同じ年の七月三十日、次に大切な左千夫が死んだ。

茂吉の追悼記「左千夫先生のこと」は「アララギ」の大正二年十一月に出たものだが、ここに左千夫が茂吉らのことをつねづね心配し、「斎藤君もああ子供では病院やるのも面倒だらう」と言っていたことが述べられているのも、さきほどのインファンティリズムを証していて興味深い。茂吉はまさに童馬であった。この追悼記はそれほど力のこもったものとは思われず、われわれは大正八年の「思出す事ども」という左千夫追悼の力作を読まねばならないが、そうは言うものの、「秋の一日代々木の原を見わたすと、遠く一ぽんの道が見えてゐる。赤い太陽が団々として転がると、一ぽん道を照りつけた。僕らは彼の一ぽん道を歩まねばならぬ」という決意表明はいつ見ても美しい。またひきつづく次の三行をわれわれは読む。美しすぎる決意表明だけではなく、次の三行をつけ加えずにいられないのが茂吉という人であった。

「先生の安らかなお体をば寝棺の中に納めまうしたとき、奥さまが先生のふだん用近眼鏡二つを棺の中に入れられた。この近眼鏡二つかけられて、而して先生は子規先生から近眼の人は迂《う》であると批評せられたのであつた」。

8　茂吉の「ドナウ源流行」など

1

この頃、いくつもの短歌や俳句の結社やグループの雑誌を寄贈されるようになった。ずっと眺めて行くとよく歌会や吟行の予定の記事や、またその成果についての報告の記事に行き当たる。そういう時かすかに羨ましいような気がし、またすぐに、ぼくにはそういうところで、つまり大勢の人の前で、作品をつくることなど到底できないとも思いかえすのだ。五年ほど前までは「鰐」とか「櫂」といった詩のグループに参加していたが（ここでもむろん会合はあったが、その席で詩を作るようなことはなかった）、その後はどのグループにも属することなく一人でやってきた。ただぼくが脱けてからの「櫂」では、同人一堂に会しての連詩の試みをずっとつづけている。こういうわけでぼくは連歌とか連句とか連詩とか、共同の詩作に興味や憧れに近いものを覚えながら、自分ではそれは困難と思い、西洋の詩人がするように、一人で、孤独な密室（？）で詩作をしているのである。

こうしてヨーロッパ人を中心とするオクタビオ・パスらによる（パスはメキシコ人だが）Rengaの試みと、パスのその時の体験的詩論というか報告を、ぼくは実に興味しんしんと読んだのだ。《Renga》という共同詩集は、一九七一年にガリマール社から刊行された。肝心の連歌のほうは訳がまだないが、幸いに同書所収のパスの「動く中心点」という詩論には橋本綱による訳がある（「ユリイカ」七二年十二月号）。（この《Renga》というメキシコの詩人とヨーロッパ各国の詩人による連詩の試みについては、七七年初めの「國文學」現代短歌特集号における宮柊二との対談でも話題にし、宮氏は少なからず関心を示した）。

さて「西洋の諸信条に反する行いである〈連歌〉は、われわれにとっては一つの試錬、小さな煉獄であった」とパスは言う。「それは自我の屈従であった」とも。

「出来るだけ良く書くこと。他の人達（というのはメキシコのパスのほか、イタリアの詩人エドアルド・サングィネティ、イギリスの詩人チャールズ・トムリンソン、そしてフランスの詩人ジャック・ルーボーであり、四人は一九六九年三月三〇日から四月三日まで、各国からやってきて、パリのセーヌ左岸にある小さなホテルの地下室に集まった――引用者）より上手であるためではなく、私自身も他の人達をも映し出しはしない一つの作品を練りあげるのに協力するために、気持を和らげて紙に向うこと、エクリテュール（記述）の中に己を消すこと、個人であり、私自身であることをやめること」。

みんなの前で書くことは、パスにとっては圧迫感と羞恥感そのものであった。

「――羞恥感。私は他の人たちの前で書き、彼らは私の前で書く。何かしら、カフェで素裸になるとか、外国人の前で排泄したり、泣いたりするような感じ。日本人は、公衆の前で裸になって入浴するのと同じ理由、同じ流儀で〈連歌〉を考え出したのである。われわれにとっては、浴室もものを書く部屋も厳密にプライヴェートな場所であり、そこへは一人で入って、あまり自慢できないこと、あるいは輝かしいことをかわるがわる行う」。

しかし、四日間の試みののちパスは次のような結論を得る。

「ある人たちは、〈連歌〉は封建的武士道的な残存物であり、社交界の遊びごと、過去の遺物であるとして告発するだろう。私はこうした非難が日本では根拠のあるものか否か知らない。だが西洋では〈連歌〉

を実際に作ってみるのは、意義のあることであろう」。

　それは「作家、および知的所有物という概念に対する解毒剤」となり、「自己への、作家への、及びそのいくつもの仮面《マスク》への批判」となるだろう。「われわれにとっては、書くことは恥ずかしいと同時に神聖でもある病《やまい》なのだ。だから公に書く、他人の面前で書く、ということは耐えがたい体験に思われる。けれども何人かと公に書くというのは、それとはまた違った意味をもっている。すなわち、複数の人間の言葉を表示するための他の空間——声の、時間の流れの、異なる伝統の、合流点をつくり出すこと」ということなのだ。

　四人の詩人はそれぞれ異なる伝統を持つ外国人同士であり、それぞれの国語を持ち、それによって書いた。メキシコ人パスはスペイン語で、トムリンソンは英語でというふうに。

「〈連歌〉——それは書くにつれて消えてゆく詩、消されて、どこへも導いてはくれない道。果てにわれわれを待つものは何にもない、終りはなく、始まりもなかった。すべてが道なのである」とパスはいくらかパセティックにこの論文を閉じている。ここで「道」となっているのは仏訳によるもので、スペイン語原典では「経由」ということばがつかわれているそうである（清水憲男による）。

　日本人ではあるが、われわれ詩人は、もうはるかにパスの詩作態度に近い態度で書いている。一人で書き、原稿を出版社に送るか渡すかし、およそひと月後に活字になった自分の詩を一人で読み、そしてどこかにしまい込み、詩集をつくるときまたとり出して一人で眺める。それだけだ。時に他人の書いた自分の詩への批評を読み、感心したり、バカバカしいと思ったり、時に腹を立てる。

　オクタビオ・パスが、止むにやまれず連歌の試みをした気持はよくわかる。作品が自分の自我と結びつき過ぎてきたことに焦立ったのだ。誰の所有物でもない、「蛇のしなやかさ」のような、あるいは「日本の笛の流麗さ」のようなもの（ともにこの詩論中の言葉である）を作り出したかったのであり（このあたりは白秋でも言いそうではないか）、夢のような詩作、消え行く道のような何かへの経由のような詩作をしたかったのだろう。彼らは（そしてわれわれも）あまりに詩作において孤独で、自我と向き合いすぎている。彼らは一人が四行か三行、四人合わせて十四行のソネットを二十七篇作った。パスはこのソネットという西洋の伝統的形式と、短歌形式をかなり近いものとして比較している。

ところで四人でどのような合作を行なっているのか、その実例を二つ三つ試訳してみることにしよう。訳すことの難しい詩であって、あくまで試みである。

2

まず冒頭の詩は、第一連がメキシコのパス、第二連がイギリスのトムリンソン、第三連がフランスのルーボー、最終連がイタリアのサングィネティで、四行、四行、三行、三行のソネット形式の典型的な形をとっているが、もちろん脚韻などの押韻はされていない。集まって最初の詩なので、その挨拶のようなところがあり、四人とも少しかたくなっているのが読んでわかる（第一連にメトロが出てくるが、このパリのホテルの地下室のすぐ側を地下鉄《メトロ》が通る音がしきりにしたそうである）。

太陽は凍てついた骨の上を歩む。
地下室において。懐胎の時よ。
メトロの口はすでに蟻塚。
夢想は止み、ことばが始まる。

そして物たちのしぐさ抜きのお喋りはぎごちないものでなくなって来る
（何本もの柱の溝彫り）の　垂直に立った唇の下に

集まってきた影が　古い石の皺に
インクのしみをつける時。

というのも石は多分、一本の葡萄の木だからだ
蟻たちが自分の酸を投げつける石
この洞穴に用意された一つのことば

王子たちよ、墓と聖遺物匣《ばこ》よ、わたしは亡霊の唾をこねまわした。
わが顎はあの砂の音節《シラブル》を噛んだのだった。
わたしは西洋のガラス窓にとっての聖遺物匣であり水時計であった。

一連目の「懐胎」は「構想」でもあり、「蟻塚」は「雑踏」でもある。三連目の「洞穴」は「地下室」を指していよう。次に掲げる詩は集のなかほどの一篇である。第一連が英語で書かれ、二連がスペイン語、三連がイタリア語、第四連がフランス語で書かれている。

灰と終末
雲のかかった月の出。波、空しい
奔入、一つの幻のしみが入り込む。
わたしはお前の身体からわたしのほうへと向きをかえた（時刻だ）
お前はお前の身体の位置からわたしを見つめる（時間の外）
（わたしはお前の脆い膝のために蜜の虹のことを書いた

わたしが喪に服した映画館での砂漠のシモンだった時
真夜中　親切な通行人はわれわれに道を教えた）
暗闇の外の　一本の暗い道のなかに　われわれは入り込んだのだった
一枚の吸取紙の上のインクの歯のように
（そうしなければならなかった　セピア色の月は漠とした明るみの中にあった）

終りのほうでセピア色、としたのはセーシュ——本来は烏賊の墨の色のこと。三番目の作品は集の後半からとった。いまあげた作品は変則ソネットだったが、三番目も二行、四行、四行という変則的なものであり、すでに後半の詩はお互いの影響か、いずれの連にも各国語が混じり合ってきている。

夢でいっぱい？　韻律でいっぱいだ！　超現実的ナルシスよ
川と建物はお前を見捨てる
《いくつもの夢に擦りへらされて》わたしは別の蜜蜂たちのほうへと向かう
（教訓的な嵐よ、人口調査の蛸どもよ）
検算練習は一つの穏やかな薬だ
チョークの軋りは　一人の唇のない巫女《シビラ》だ
湖のナルシスか　海岸で
幾何図形を引いているユークリッドか？

外は河　そしてその沈める宮殿たち、
外は汽車、飛行機、《出発だ》——だが外はどこにある？
わたしはまたお前の河を泳ぐ
わたしは眼をしっかりと閉じる
生まれなかった息子たちの　ぼんやりした顔立ちのなかに
お前の淡水の牡蠣たちのなかに、自分自身を見るために。

後半になると四人はリラックスして、詩法も大胆になってくるのがよくわかる。宮柊二との対談の際には急なことで実例をあげることができなかった。ここにさんざん苦心して試訳したのはわずか三篇だが、実例がどんなものかの参考になるかもしれない。

3

前置きにと考えて書きはじめたオクタビオ・パス紹介が長くなってしまったが、このメキシコの詩人には、短歌をどうしても連想させるような（またある時は俳句を思わせる）短詩がかなりある。その若干をこの際見ておきたいと思う。

手もとにはニュー・ダイレクションズ・ブックに入っているオクタビオ・パスの《Early poems 1935–1955》と、ガリマール社のポケット版の仏訳詩選集がある。前者はスペイン語と英語の対訳で大へん便利である（一九八二年にメキシコへ行った際にスペイン語の全詩集を入手した）。

訳者は仏訳ジャン゠クランス・ランベールとバンジャマン・ペレ、英訳者はミュリエル・リューカイザーら、なかにウィリアム・カーロス・ウィリアムズも加わっているから、豪華訳者陣である。パスがどのような欧米の詩人に好まれているかがわかる。

オクタビオ・パスは一九一四年、メキシコシティに生まれ、父親はインディオの血をひきメキシコ革命にかかわった人。母親はスペイン人で、アンダルシア系とされる。パスは二十三歳の時スペインに渡り、一年間共和派の支持運動をする。四四年アメリカ合衆国へ、四五年、メキシコの外交官としてパリに滞在、アンドレ・ブルトンに紹介される。先の《Renga》も亡きブルトンに捧げられている。

五一年、インドに旅行、翌年、しばらく日本に来る。五八年、林屋永吉の協力により、芭蕉の『奥の細道』のスペイン語版をメキシコ国立自治大学から刊行した。

一九六二年から六年間、駐インド大使としてインドに在ったが、六八年、当時のオルダス大統領の学生運動弾圧に抗議して辞職、以後各大学で教鞭をとっている。詩集には『鷲か太陽か?』、『太陽の石』、『サラマンドラ』他があるが、ここで見たいのはそれ以前の初期の若干の詩篇である。

透明な石英に彫られたトラロックの面《マスク》

化石となった水
老いたるトラロックはそこに眠る
嵐を夢見ながら。

同じく

光りに触れられて
石英は滝となる。
その水の上に浮かぶ、子供、神さま。

物たち

物たちはぼくらの側に生きている、
がぼくらは　かれらに無知だ　かれらはぼくに通じていない
時として互いに語り合う。

まっぴるま

時間は透きとおっている。
小鳥が眼に見えぬものなら
その歌の色を見ることができるだろう。

婦人

毎夜　彼女は井戸のなかへ下りて行き
毎朝　ふたたびあらわれる
腕に別の爬虫類を抱えて。

戸口のまえで

人々、おしゃべり、人々。
一瞬眼をこすった、
月が高いところに、ひとりぼっち。

ヴィジョン

眼を閉じてわたしは自分の内部を見た。
空間《エスパシオ》、空間《エスパシオ》。
そこにわたしはいたり、いなかったり。

若い頃こういう詩を書いていた一人のメキシコ人が、やがて《Renga》の試みをするようになったのは自然のなりゆきだった。さらにシュルレアリスムは、催眠術まで利用して詩作し、非反省的非熟慮的に、無意識的に、可能な限りすばやく書くことによって、自我を超越した詩に到ろうとした。共同で橋を渡り、どこか別の地点へ（他界へ）行きまた帰ることが目的だった。このシュルレアリスムとパスとの一九四〇年代における出会いがあった。パスは日本の連歌のうちにシュルレアリスム的なものを見る。ぼくはかつてミクロネシアのある島の島民たちの詩の作り方を知ったことがある。島の代表選手たちは沖へ沖へと泳ぎに泳ぐ。もう力つきはて自我意識も反省意識もなくなる。そのとき沖合いで円陣をつくって吐く言葉が彼らのポエジーとなった。さらに日本の南島、沖縄や宮古群島、八重山群島でのオモロ、アヤグ、ユンタなどの歌謡に思いは及ぶ。

オクタビオ・パスはガルタへの道を辿る。しばらく前に翻訳の出たパスの『大いなる文法学者の猿』（清水憲男訳――新潮社、創造の小径叢書）の第一ページ目は次のように書かれていた。

「最良の方法は、ガルタへの道をえらび、それを再び歩いてみること、つまり歩くにしたがって道を創造することだろう。そして、私自身気づかぬまま、ほとんど無意識のうちに終着点まで行くことだろう――〈終着点まで行く〉ということが何を意味するのか、またこんなことを書きながら自分が何を言わんとしたのかも気にせずに歩いてみることだ。私はもうとっくに街道の外れ、ガルタへの小径を歩いていた」。パスが、こうした一種の「道」についての文章を書いた直後に、Rengaの試みをしたことは興味深い。探索も詩作もともに「道」の発見にほかならないであろう。

「私は出会うために歩いていた――だが一体何と出会うというのだ。その答えはその時も判らなかったし、いまもって判らない。だからこそ〈終着点まで行く〉と書いたのだろう。つまりは見極めるためだ、終着点の後ろに何かあるかを確かめるためである。しかしこれも言葉の遊戯だ。終着点の後ろには何もありはしない。もし何かがあれば、それは終着点ではなくなってしまう……」。

パスがすぐれた詩人だという確信を持つにはこれらの十数行だけでも足りる。またパスが東洋の精神から学んでいること、同時にシュルレアリスムに参入したことが推察できるであろう。これを読みながら、われわれは一方で茂吉の「ドナウ源流行」をどうしても思い出さないわけにはいかない。ここで「中央公論」の大正十五年（一九二六年）四月号に発表された「ドナウ源流行」を読みなおしておくべきだろう。

パスの辿るガルタへの道のガルタというのは、前出の『大いなる文法学者の猿』の訳註によると、インドの北西部ラージャースターン州のジャイプルの近くにある廃墟の町で、かつてはヒンズー教徒の聖地の一つだったらしい。パスは一九五一年にインドのニュー・デリーに数ヵ月滞在し、ついで一九六二年に六年もの間インドにいた。ガルタへはそのとき行ったのだろう。大使を辞任したのち、客員教授としてケンブリッジ大学に招かれ、ここでガルタへの旅の省察は書かれた（一九六九年頃か）。

4

茂吉がドナウ源流行を試みたのは、大正十三年、一九二四年のことであり、それから二年後の東京で執筆はなされた。

「この息《いき》もつかず流れてゐる大河《たいが》は、どのへんから出て来てゐるだらうかと思つたことがある。維也納《ウインナ》生れの碧眼《へきがん》の処女《しよじよ》とふたりで旅をして、ふたりして此の大河の流《ながれ》を見てゐた時である。それは晩春の午後であつた。それから或る時は、この河の漫々たる濁流が国土を浸して、汎濫域の境線をも突破しようとしてゐる勢《いきほひ》を見に行つたことがある。それは初冬の午後であつただらうか。その頃活動写真でもその実写があつて、濁流に流されて漂ひ着いた馬の死骸《しがい》に人だかりのしてゐるところなども見せた。その時も、この大河の源流は何処だらうかと僕は思つたのであつた」。

「ドナウ源流行」はこのように書き出されている。

茂吉は、四月十八日の午前七時半の汽車でミュンヘンを出発する。汽車はアウグスブルクに着き、ついでオッフィンゲン駅を過ぎる。

「あたり一面は落葉樹林で、また伐木《ばつぼく》が盛にしてある。土手には菫が沢山咲いてゐる。そこの小流の汀には菖蒲のやうな草がもう萌えてゐる。それから、川柳の背の高いのがそのあたり一帯にあつて、花はもう盛《さかり》を過ぎてほほけてゐる。僕は、〈これは何かの流に近くなつて来たのだな〉とおもつた。もう少し行くと、果してドナウが直ぐ傍を流れてゐた。僕は心のはずむのをおぼえた」。

ウルムに着く。ゴシックの伽藍の塔に昇って、そこからドナウを見る。「僕の振《ふ》りさける国は一帯《いつたい》の平原であるが、平原に村落があり、丘陵が起伏し、森林の断続がある。そこをドナウはゆるくうねり、銀いろに光つて流れてゐる。そのながれが遠く春の陽炎《やうえん》のなかに没せむとして、絹糸《きぬいと》の如くに見えてゐる」。

茂吉の川を見る文章は実にこころよい。

ウルムを立ってさらに西へと向かう。エーヒンゲン駅には夕方五時半に着いた。

「ここで黒まはし著た羊飼の帰路につくところを見た。しばらく行くと汽車はドナウの直ぐ傍を通つた。ドナウは青野と畑と丘の間を極めて平淡にながれて居る。〈ははあ。だいぶ細くなつて来たな〉かうおもひながら、暫く流を見てゐる。極く平凡だが、よく見ると水量が多くて流が可なり早いのであつた」。夜の十時三十分、ついに汽車はドーナウエシンゲン駅に着く。「僕は月光を浴びて汽車から降りた」という一句には、千万の思いが託されているようだ。

旅館に入り帳場の若者に、ドナウはどのへんを流れているかと尋ねると、「流《ながれ》は直ぐ近くにある。これはBrigach《ブリガッハ》川である。この流をしばらく下るとBrege《ブレーゲ》川がこれに合する。ドナウはそこから始まる」という答えが返ってくる。

「なるほど川は直ぐ近くを流れてゐた。僕はそこの石橋を渡らずに右手に折れて、川に沿うて行つた。明月の光は少し蒼味《あをみ》を帯びて、その辺を隈なく照らしてゐるが、流は特に一いろに光つて見えてゐる。それは瀬の波から反射してくるのでなく、豊富な急流の面からくる反射であつた。川沿の道は林の中に入つて、川はしばらく寂しいところをながれた。うすら寒いので、僕は外套の襟を立て、両の隠しに堅くにぎつた拳を入れて歩いて行つた。深い林が迫つて来たとおもふと、水禽が二つばかり水面から飛び立つた」。

このあたりの茂吉の文章も何度読んでもこころよい。ぼくは一体に、孤独な歩行者が、未知の土地を手さぐりで行くことを書いた散文が好きなのであるが、茂吉のこの歩行の記録もこころよい。

ここでいかにも茂吉らしいのは小声で「浪花節のやうなもの」をうたうところである。

「林が尽きて月が見えたかとおもふと、また急に流《ながれ》の面が光り出した。向ふが開けて、平野のやうになつてゐる。月光の涯は煙つてゐるやうでもある。僕は一寸立止つたが、〈ドナウもこれぐらゐ細くなればもう沢山だ〉と思つた」。

茂吉も「終着点」をめざしてこんなところまでドナウをさかのぼってやってきたのである。それが何であるかはわからないが、「終着点」へと引き寄せられるのを如何ともしがたい。

「そして其処の汀の草のうへに尻をついてゐると、幽かに水《み》の香《か》がしてゐる。佐賀県の山中（古湯温泉での湯治——引用者）にゐた時嗅いだあの水の香と同じだと僕はおもつた。たまに水が音を立てたりした。これは岸のところに出来る渦の音であつた」。

今度は「僧霊仙《れいせん》」のことが意識をかすめる。

5

茂吉はただ一人、自然のただなかに立って一種の至福を覚える。反面、白秋のような人が孤身、未知の山中に立って幸福感にひたる、というようなことはちょっと考えられないので、白秋は賑やかでなくては楽しまない。また愛する女性と二人でなら孤独もまた（堀辰雄が言ったのだったか、アインザァムカイトではなく、ツヴァイザァムカイトというのがあった）受け入れることができるだろう。このとき茂吉は一人でいることのよろこびを味到することができた人なのだ（ただ白秋の最晩年の歌には少しちがった面が見えるかもしれない）。

茂吉は夜半をとうに過ぎた時刻に川のほとりの歩行をやめて旅舎へと帰ってくる。「僕は自分の部屋に行つて料理を食べながら麦酒を飲んでゐると、〈籠つてゐる〉感じで気持が好い。ことに段々と澄徹の境を離れるところにいかにも安気《あんき》があつた」。さきほどまでの夜の川のほとりの「澄徹の気」も、旅舎での「安気《あんき》」もともに孤身が味わう幸福感である。パスもガルタへの道を一人で辿った。ただパスの思弁的あまりに思弁的な歩みは、自我の分裂と、反省と、それへのたたかいの連続で苦しい。それは次のような歩行だ。

「歩きだしてから一時間と経っていない。街道を右に逸れ、ごつごつした岩肌を見せる丘のほうへ曲り、山峡を登りつめる。この山峡の干からび様は先ほどの丘に引けをとらず、人を寄せつけないどころか、むしろ憐れみをそそるようなひどい荒廃ぶりだ。骨だらけの光景。寺院や住居の跡、砂に埋れた中庭に続くアーチ、背後には石ころと塵芥の山だけの入口《ファサード》、途中で断ち切られた石の階段、穴のあいたテラス、巨大な肥溜と化した池、そうしたでこぼこだらけの所を通り過ぎると、今度は何一つ遮るもののないなだらかな平原に向う下り坂になる。尖った石で固められた細道なので、たちまち草臥《くたび》れてしまう。もう午後の四時だというのに、地面はまだ灼けつくような暑さだ。小灌木、有棘植物、ぐったりと萎れた野菜が眼に入る……」。

このあたりはまだまだ、歩行者はただ眼と化していて読みやすいが、たちまち「書く」という行為をめぐっての、あのフランス的、多分にフランス的な執拗な反省的思弁となり、自我と他者をめぐっての堂々めぐりの思考となる。メキシコの詩人と言っても、パスは決して素朴な詩人ではなく、ヨーロッパとくにフランス的教養と思考法が身にくいこんでいる。それと本来の野生とが複雑に絡み合っているのである。「しみ、茂み、インクのしみ。消し跡。線、それと文字の葛でがんじ搦めだ。母音の構図と、その絆に溺れている。子音の鋏や、鉤爪で嚙まれ、啄まれている。記号の茂み、記号の否定。馬鹿げた身振り、怪奇な儀式。今豊潤なものも、やがては失せてなくなり、記号が記号を喰う。茂みの砂漠に、たわ言は静寂へと変り、残るは文字の砂原だけだ。……他者がお前と絡み合って私になる、私が他者と絡み合ってお前になる、お前が他者と絡み合って私になる。破壊、私は粉々になった自分《おのれ》の上に横たわる。私はおのれの破壊を住処《すみか》とするのだ」。

正直言って、オクタビオ・パスのこうした記述のあとに、茂吉の「ドナウ源流行」を読むと、まずほっとするのだ。パスも茂吉も共通して「空虚と充溢」、「欠落と充満」の交替に喜びまた苦しむタイプである。茂吉は何よりも集中だ。生きること、凝視すること、すべてを集中が律していた。それに反して白秋は放心だったとまずは言うことが可能だろう。しかしその茂吉はパスとはちがって「浪花節のやうなもの」をうたい、一人旅舎で「安気」な気分にもひたることができる。茂吉とフランス風思弁癖は少しもかかわりがない。同じようにかなりくどく思弁はするにしても。

ただオクタビオ・パスも、こうした思弁に反抗するかのように野生とエロティシズムを持ち出す。ラーマ王妃シーターが出てくる。訳註は次のように書いている。「魔王に誘拐されながら夫王への貞節を守りぬいたため、ヒンズー教徒の間では妻の理想とされる女性像だが、本書に登場するシーターは著者の奔放自在の想像力で、独得なイメージに変っている」。このシーターの出てくるところはエロティックである。パスはまた茂みのなかへと入りこむ。「大いなる猿は高い茂みに跨がり、こんもりと茂った小さな森を見下ろして、毛むくじゃらの尻を掻きながら自分に言い聞かせる。〈いい眺めだ。まさに知力の敗北だ〉」。オクタビオ・パスもエロスと自然のただなかにひたることによって、「知力の敗北」をこそ祈願しているのに相違ない。

茂吉とて、ことは同じであろう。やがて「ドナウ源流行」にもあらわなエロティシズムが現われてくるだろう。と言うよりも、道を辿り、川の源流にさかのぼるという人間の行為自体が、何かエロス的行為のように思われるのである。

さて一夜明けて、茂吉はまた出掛け、川上のほうへと歩いて行く。

川はしかし依然として水量豊かで、わけなくまたぐことのできるほど細くはならなかったが、「底にこもる不可犯《ふかほん》のこの厳《きび》しさはおのづから大河の源流を暗示してゐたから、僕は心中に或る満足をおぼえた」。

このへんでまあ満足しておこうとしたのだろう。このあたりの茂吉にも愛嬌がある。

「僕は二時間半はたつぷり歩いただらう。さう見積つて汀を離れて丘をのぼつて来た。そこに村から村へ通ずる道があつた。そこまで来た。限界が開けたから、森は暗黒の色を帯びて幾重にも畳なはつて見える。その緩慢な曲線は何かの膚のやうであつた。その奥の奥に川の源があるのであるが、さういふ落葉がくれの水、苔の水の趣味は差向きここに要求しなかつた」。

このあたりのエロティシズム。また意外に淡白なあきらめ。

やがて帰途につく汽車は出発するが、果たして「汽車のなかで僕（茂吉）は幽かに淫欲のきざすのを感じ」る。

「汽車はドナウに沿うて走り、イムメヂンゲン駅までは元来た同じ道を戻るのである。ドナウは午後の日を受けて飽くまで白く光つてゐる。そして平野のなかを、流れるか流れぬか分らぬやうな工合で流れてゐる」。

汽車はしばらく走ってシンゲンの停車場に着くと、「可哀らしい娘がひとり乗つて」、果たして「僕の前に」腰掛けるのでなければならない。

6

ガルタへの道を辿った日のことを、オクタビオ・パスはケンブリッジの宿舎で次のように書いている。「土がやや盛り上った所に植えられた樵の樹々の枝や葉の間を夕陽が滑っていく」。そこで彼は次のように思う。「(あの盛り上った所は、さながら大地の陰部だ。事実、カレッジの小天文台のドームと、起伏のある運動場のあたりに繰り広げられている風景は女を思わせる、／煖炉の炎が揺れて、夜半の波のうねりのなかで照し出されたり暗くなったりしている王妃シーターの陰部、あるいは二重に見える蝶のようでもある)」。

また祭りのあと酒が廻って眠りこんでしどけない女たちを彼は見つける。「あちこちに散乱する真珠が、眠れる白鳥のような乳房の間で、月光に照り映えていた。女たちは河そのものだった。太腿は河岸、陰部と下腹の起伏は風に吹かれる水のさざめき、臀部と乳房はその流れを包むように取りかこむ丘と突起、その顔は蓮の華、その欲望は鰐《わに》、曲りくねった肉体は流れの河床だ」。訳者の清水憲男は「女たちは河そのものだった」という箇所に訳註をつけて次のように書きつけている。「タントラ仏教では、女性の肉体を水の比喩で表わす。一九六七年のパスの実験的な詩『空《くう》』はタントラ仏教を十分に踏まえたものだが、そのなかに〈……お前の肉体の幾つもの河〉という表現が見える」。

人は河に、河は人に似てくる。人は道を歩き、道は消え、人も消える。

また川ということで思い出すのは、かつての大岡昇平の小説『野火』である。『野火』を久しぶりにとり出してみると、果たして八の章が「川」となっている。

「幾日かがあり、幾夜かがあった。私を取り巻く山と野には絶えず砲声が響き、頭上には敵機があったが、私は人を見なかった」。

「私」、田村一等兵はフィリッピンの島の野をさまよう。

「草の稜線が弧を描き、片側が嶮《けわ》しく落ち込んでいるところへ出た。降りると、漏斗状の斜面の収束するところに木が生え、狭い掘れ溝《みぞ》が、露出した木々の根の間を迂《まわ》っていた。空谷《くうこく》はやがて低い崖《がけ》の上で尽き、下に水が湧いていた」。

「私」は岸に伏して、心行くばかりその冷たい水を飲む。水は流れとなり暗い林に入りこんでいた。やがて「川は気まぐれに岸に当って淵《ふち》を作り、または白い瀬となって拡がった」。

「死はすでに観念ではなく、映像となって近づいていた」。「私」はこの川岸に、手榴弾により腹を破って死んだ自分を想像する。「私は吐息した。死ねば私の意識はたしかに無となるに違いないが、肉体はこの宇宙という大物質に溶け込んで、存在するのを止めないであろう。私はいつまでも生きるであろう。／私にこういう幻想を与えたのは、たしかにこの水が動いているからであった」。

一切は消え、水が残る。

さて次の九の章、「月」に、女のことが出てくる。大岡昇平の場合も同じであった。つまりパスや茂吉と同じだった。「私」は何人かの女のことを思い出す。さらに十の章、「鶏鳴」に次のようなくだりがあるのに気づき、なるほどと膝を打ちたい気持になる。

「褐色の石がごろごろした河原を、私はどこまでも下って行った。……川は次第に広く、岸に草原が発達して、芒《すすき》が輝き出した……」。

「一つの丘があった。両側を細い支流に区切られて独立し、芒が馬の鬣《たてがみ》のように、頂上まで匍《は》い上っていた」。

「その形を私はなぜか女陰に似ていると思った」。

川と死、川と女体というテーマは、多くの文学作品に見られるところだろう。安東次男の『澱河歌の周辺』にも蕪村をめぐって同じような川と女体のアナロジーの分析があった。淀川は横たわる女体に見えてくる。その途中に遊女の里、橋本もある。

おそらく『万葉集』にも、『折口信夫全集』にもそのような同じ構造の川と女をめぐる歌や探究があることだろう。オクタビオ・パス、茂吉、大岡昇平など、これまで自分が好んで読んできた詩人や作家が、同じように徒歩による単独行で、ある「源」を追い求めてさまよっているのをこうして確認することができた。

9　白秋の弟子の一人をめぐって

1

白秋の随想集『風景は動く』を手にすることができた。この本は大正十五年六月、アルスから発行されている。「巻末に」というあとがきによると、大正十四年の四月から十五年の四月に至る随筆や感想を集めたものである。この時期は、茂吉がすさまじい勢いで「返忠」、「香港娘」、「ドナウ」、「玉菜ぐるま」から、「森鷗外先生」、「念珠集」（この章の終りに釈迢空の「念珠集」書評を、また次の章では迢空の茂吉論・白秋論を読むつもりにしていて、ぼくはいまめずらしく『折口信夫全集』をあちこち読みはじめている。ここには迢空の貴重な大正十五年前後の歌論もある）を経て、「ドナウ源流行」、「マインツの一夜」にいたる随筆を書いた時期と、ぴったり重なっている。またこの間に、八月から九月にかけて、白秋が樺太（サハリン）を旅し、紀行『フレップ・トリップ』を書いたことについては、さきに多くの紙数を費して紹介したとおりである。

『フレップ・トリップ』の執筆と、「ドナウ源流行」のそれがほぼ同じ時期だったというのは面白い。その二つが、実にちがった表情をしているのである。白秋は仲間とともに、愉快に、陽気に、いささか躁的でさえあり、茂吉は一人、夢中になって、ぶつぶつと呟いたりしながら、少しくテンカン質的と言えようか。

さて『風景は動く』の「巻末に」によると、白秋は小田原から東京谷中《やなか》の天王寺に移ったばかりである。とすればこの本は大方は小田原で書かれたということだ。

「天王寺の墓地の横、珠数の珠磨る人々の長家の隣が、今の私の新居である。日本の古風な廂《ひさし》のふかい家、庭には菩提樹も若葉してゐる。椎、碧梧桐、櫨《はぜ》、楓、それに朴《ほお》や木蓮、日かげは笹にも石にもこぼれてゐる。

——〈風景は動く〉

私自身の風景も動いて来た」。

白秋は移ってきたばかりの谷中天王寺についてこんな風に紹介している。あの小笠原と葛飾と小田原の時代は終わったのだ。

さて、『風景は動く』の初めのほうには、「短歌と新風」という、「日光」大正十四年四月号の文章が出てくるが、これは白秋が端的に新しい、革新的な歌の出現を期待している文である。

「方今の歌壇ではあまりに革新的冒険を忌み過ぎる。伝統に執して謹厳な手法を矜持《きょうじ》するのみでは、遂には何も固定して了ふ。観照や表現にも、黒田清輝氏あたりの試みられた紫派の運動にだけでもまだ或る二三の派の短歌の時代は進んでゐない。感覚風の歌は動物的だなぞといふ人が歌壇に今でもゐるのを思ふと、少なくとも芸術発生以前の草莽《そうもう》時代への逆転である。美学の一頁でも読んで見るがいいのである」。

大正十四年と言えば、西脇順三郎がロンドンから帰国した年のことであり、翌十五年には、西脇を中心として日本のモダニズム、シュルレアリスムの詩の動きも起ころうとしている時期で、その時に「黒田清輝」とはいかにも古めかしいが、白秋の言わんとするのは歌壇にはいまだに「枯淡の枯淡、水墨の淡墨が多過ぎはしないか」ということであった。「いつでも思ふことだが、まだ年少気鋭の士が宗匠頭巾《そうしょうずきん》をかぶつて、こほこほと空咳をしてゐる間は歌壇はいつまでも冬枯の曇天である」。

白秋の頭のなかには、依然として「アララギ」が強力なライヴァルとして居坐っていると見るべきだろう。「アララギ」のよく言う「写生」については白秋は次のように述べる。

「写生には徹したがいい。寧ろ克明な写生を徹して象徴へ抜けたところに、省略したところに、真の神采《しんさい》を把握し得られよう。芸術は実相そのものを単にレンズで写したものではない。芸術的誇張と見えるものこそは生きた個の生きた観照であらう。俳諧は幻術也と其角も云つた」。

「雪は白、若葉は緑ときめてかかつて、恐ろしく動じないのが今の一般歌人の観照態度のやうな気がする。我と物との間に空気が満ち、光線があり、陰影が匂つてゐることも知らないでは新しい観照は為《な》されまい」。

この時期の白秋は幸福である。『フレップ・トリップ』の旅に出る直前のこの幸福な白秋は、「白い家禽」といった長い随筆を書いている。

「晩春初夏の印旛沼の風光を観ようと思つて、この四月の下旬に、私はまた私の友だち（吉植庄亮のことであろう――引用者）をたづねた。紅い椿がまだ往還わきの豚小屋の屋根に落ちたまり、方々の苗代田《なわしろだ》には粒々した薄黄の籾のいつぱいが蒔きちらされ、すぺすぺと鋤き返して準《な》らした黝朱《うるみ》色《いろ》の水田や、塗畔《とはん》や、廻り出した水ぐるまや、蛙のこゑや、まつたく面目を一新してゐた。養魚池の水面は乳銀色に平らかに明り、残りの枯葦がいくらか白茶いろにまばらにそよいで、却《かえ》つてまはりの河楊《かわやなぎ》や枸杞《くこ》やでろ楊《やなぎ》の芽生を引き立ててゐた。そればかりでない。夏はもう水中の払子藻《ほつすも》や、水鼈《とちかがみ》や、なぎすぶた、菅《すげ》、黒三稜《みくまり》などの緑に萌えて、そこらの畔《くろ》や土手の斜面などには蓬が伸び、車前草《おほばこ》が出、たんぽぽがほほけ、すかんぽの穂がとくに紅みかけたのも、もう既に春のそれではなかつた。野へ出ると、見渡すかぎりが青々と色を変へて、その荻や莎草《くぐ》や葦の芽ばえの間々には白菫や、名の知れぬ黄いろい花が群居し、野芹がまたしみじみとした香気を湿らす傍には馬糞がそこらに乾いてころがつてゐる」。

初夏の風景をこのようにデッサンしておいて、そこに動いているものたちを投げこむ。

「その所謂《いわゆる》出津の葦野《あしや》をすばらしく威勢のいい葦毛の若駒が大きな大きな円周をゑがいて飛びまはると、後からは茶褐色の飼犬が盛んに吼え立てながら蹤いて駈ける。ところで何処かでモオタアボートの爆音がする。鶩《あひる》が啼く。鶏が啼く。鵞鳥が騒ぐ。そこへ恰度《ちやうど》行きあはせた私も幸福であつた。と、芽ぶき楊のそばを、まだ生きて尻尾のピリピリする金鱗の鯉を左右の手に一匹づつつかみ、汚れたハンチングに頸に手拭を巻きつけた漁師が来る。その子はまた後から両手に跳ねかへる一匹の鯉を一生懸命に握りしめて来る。何もかもが潑溂としたものだつたのだ」。

茂吉にはこういうどこまでも開放的な文章は書けない。この時期の白秋の散文は、『フレップ・トリップ』をも含めて、おそろしいばかりに開放的で、明るい光線にみちみちて、ほとんどはち切れそうである。

書斎にしてもそうで、茂吉はかならず一人で自室にこもってふうふう言いながら書き、ときに部屋から出てカンシャクも起こしただろうが、随筆「揺れてる書斎」などを見ると白秋は大ちがいで実に面白い。「いつたいに、芸術家は非常に神経過敏で、縫針の落つる音すらも癇に障つて、家庭では最極度の自我《イゴ》を発揮するかの如く推察されてゐるが、これも人によるのであつて、私などは存外構はぬ方である。構つてゐた日には震災後の乏しい室数では、居るところが無くなつて了ふ。私には妻とか子供とか、または傍から適切に感激し賞讃してくれるところの熱心な助手がゐてくれた方がいい。(私はすぐに調子に乗るので、讃め手が傍にゐてくれるとズット亢奮していいものが書ける。)……一人になるととても私は悄気《しよげ》るので、〈お茶だ。珈琲だ。林檎だ。煙草だ。〉と矢継早《やつぎばや》にせびる傍から、〈はい、お茶。はい、珈琲。はい、林檎。はい、お煙草。〉とそれは痒いところに手の届くやうに、または目の廻るやうにくるくると介抱してくれる者がゐないとなると、億劫で、不精で、仕事をする元気もなくなる」。

なるほど、こうして書きものをする状態から環境まで、茂吉と白秋ではどこからどこまでもちがっていたわけだ。

2

さて、このもっとも幸福な時代の白秋のもとに入門した、一人のまだ若い女性がいた。それは初井しづ枝である。

初井しづ枝という歌人については、このあいだまでその名を知っているくらいで、ほとんど何一つ知らなかった。七月のはじめだったたか、玉城徹に新著『同時代の歌人たち』を贈られて一読したが、そこに多く引用されている現代短歌のうちで、ぼくはどういうものか初井しづ枝の歌にもっともつよく興味をもった。すぐに歌集を読んでみたいと思った。こういうことはめったにないことである。

まもなく『初井しづ枝全歌集』(立風書房)を手にすることができた。三日かかって全篇に眼を通し、期待は裏切られなかった。ここにすぐれた一人の歌人がいると、思わず襟を正さないではいられなかった。この頃手にするどのような現代詩集にもない、それらが決して満たしてはくれない渇きをこの歌集は満たしてくれた。日に三度、三日間、この歌集とつき合って倦むことなく、用事があると早くこの歌集へ戻りたい口実を探した。

もう何年前になるか、明治大正期のいろいろな歌集を読みはじめた時(朔太郎論をはじめた頃である)、二人の同年代の詩人が、一人はミイラ取りがミイラになると言い、もう一人は、短歌の世界は底が知れないからあまり近づかないほうがいいと言って、軽く忠告してくれたものだった。ぼくはその言葉をそのまま風に受け流していたが、二人の言ったことはある意味で正しく、多くの新刊の詩集は積み上げたままで、『初井しづ枝全歌集』に読み耽っている自分を見出すまでになった。この歌集を読むことはスリリングでさえあった。

併行してぼくは高野公彦の『汽水の光』をもう一度読んだ。初井氏も高野氏も年代は違うが同じ「コスモス」の白秋系の歌人である。高野氏の歌については、昨年（七六年）初めに書いた「『桐の花』から今日の歌まで」という評論（本書に収録）で、この歌集以後の近作について、老人めいているとあまりに簡単に批評しただけだったので、もう一度、この『汽水の光』をめぐって見直さなければならないと思っていた。高野氏の歌をぼくはスタイルとしては嫌いではないのである。角川書店の「新鋭歌人叢書」の七冊の歌集のなかでも、スタイルの点ではぼくにはもっとも『汽水の光』が入って行きやすいのだ。

全体として、初井しづ枝の勁さに較べて、高野公彦は弱々しすぎると思った。いつでも弱音器をつけて弦楽器をひいているようである。彼も優しい男の世代の一人なのだろうか、あまりに優しすぎる。このことは他の三十代の歌人の多くについても言える。逆にまた佐佐木幸綱らは荒々しすぎる。ぼくはこの気鋭の歌人が気弱になり、少し衰弱したときの歌が好きである（ランボーでもぼくは後期韻文詩が好きで、それらのあるものの衰弱した光線を好む。妙なことを言うようだが、詩のなかの衰弱した光線にも、勁いのとはかないのとがあるのだ）。佐佐木氏の益良男《ますらお》ぶりの変革のポーズの歌は、勁い歌とは思えない。ぼくは少なくとも勁さを求めて詩や歌を読む。茂吉は勁い。白秋も勁い。初井しづ枝も勁い。彼らの歌は弱く優しすぎることもなく、金切声も悲鳴も決してあげない。彼らの歌にぶつかることに、喜びを感じ、スリルをおぼえる。

しかし今度、高野公彦の『汽水の光』（いい題名だ）をじっくりと読んで、そこにすぐれた作品も見出すことができた。

少年のわが身熱《しんねつ》をかなしむにあんずの花は夜も咲《ひら》きをり

「少年」、「あんずの花」が甘美だ。人も花もひたむきである。この冒頭の歌は何度も読むに堪える。

　鏡一つ無人の部屋に光るとき吾《あ》を生みまし母をおそれつ

高野公彦の歌には「母」がよく出てくるがなかでこの作が第一等であろう。「母をおそれつ」の理由も何もわからないが、にも拘らず、なおもこの一行に人をとどまらせる力がある。孤としての人間の、その向こうにある根としての「母」へのおそれということだろうか。

　夜の海荒るるを聴きてねむるなり肉熟れてゆく我といもうと

ここにも甘美なものがある。高野公彦はもと愛媛の人とのことで、愛媛は知らないが香川県の二、三の海岸や島の小さな集落に、ぼくは一人で泊ったことがあり、夜中に眼ざめて荒れる海の音を聴いたことがある。「肉熟れる」ということに高野は敏感なのだろう。「いもうと」が出てくるだけに、この「肉」がなまなましく若々しい。

「ねずみ籠海に沈めて夕雲の寄りあふ西の赤さ見てをり」も眼にとまってしばらく離れない。つつましく端正な高野氏の歌に、「ねずみ籠海に沈めて」といった、一種暗く残酷なイメージを見ることも珍しい（一体に若い歌人は、——詩人もまた——自分のことを暗い、暗いと言うが、ぼくはその言葉どおり信用できないとしばしば思う。だが高野氏のこの歌はわかる）。この四国の海の夕焼けの赤さには（ぼくは高松や瀬戸内のそれを知っているだけだが）鮮やかなものがある。

こうしてはじめの数首はぼくにとって非常に面白いが、そのあとはたちまち淡彩、単調となる。

妻と子の眠りしづけき夜の襖わが影法師客の如くゐる

こういう妻と子が眠っていて、自分一人ひっそり起きているというテーマの歌が、『汽水の光』には少なからずあるが、あまりにつつましくてはかなげだ。弱い妻と子というのでなくとも、歌集の後のほうには「通勤の電車にて二十分あまり扉に靠《もた》るるをわが憩とす」などというのがある。わからぬことはないが（疲れれば誰でも同じである）、わざわざ歌につくるほどのことではあるまい。ランボーとまでは言うまい。白秋や茂吉にあった勁さ、覇気とまでは行かなくとも、気張り、意地のようなものが『汽水の光』のいくつかにはなさすぎるように思われる。

こがねむし手にあそばせて母のくに四国を出づる夜の船にをり

にしても、はじめの数首の毒ある甘美さではない甘さしか感じられない。その次の「芥子の茎ほどのさみしき恋ありし来し方よ海を行きつつ思ふ」の「芥子の茎ほどの」は初恋を思わせてちょっと捨てがたいが……。

そのあと、読者たるこちらをぐいとひき寄せるような歌があまりにもない。

七三ページ、「救急車の音する川にちりあくた日当りながら流れゐたりき」に少しひかれる。それは「妻と子を伴ひ生くるひそけさに出でて仰げり雲の中の月」、「人に言ふほどにもあらぬ事どもの畳《たた》なはりたる過去冥くあり」、「はまゆふのそよがぬ闇に汝を抱き盗人のごと汗ばみにけり」、「生き生きて悲しみてふは或る時はいたみを有《も》たず積りゆくらし」……といった歌の連続である。そのあとさらに「子のねむり乱さぬほどの咳をしてわが命あり夜半の灯のもと」とつづくのを見れば、現代のもっとも若く有能な歌人はこんなことを（この程度のことを）考えうたっているのか、と慨嘆したくなってくるではないか。

あすの日はさもあらばあれ蟹の肉白きを食《た》べ熱き酒のむ

この一首にいたってわれわれは、ようやく、そうだそれでよいのだと呟きたくなる。「戦ひを塹壕を知らず我は評す砲の歌死者の歌おんどるの歌」というのは高野公彦の年代の戦中派に対する挨拶、直接には多分宮柊二への挨拶の歌であろう。この一首でその表明する気持はよくわかる。我は暗しという歌でも次の一首は（暗きという語があるにもかかわらず）すぐれていると思った。

あきかぜの中のきりんを見て立てばああ我といふ暗きかたまり

またもめずらしいテーマの歌として、「刀杖《たうじやう》を帯びざる生《せい》をすがしともみだらとも思ふ椅子に凭《よ》りつつ」があるが、これは「塹壕を知らず」の一首と並べるべき歌であろう。

噴水《ふきあげ》の筋しろく立つ広場にてつばさ欠けたるひとら憩へり

この一首は、「あきかぜの中のきりん」の歌と同系列のもので、双方とも一種の垂直のヴィジョンの暗示のもとの絶望感、無力感が面白い。

またそのあとさして面白い歌はない。

鳥の飛ぶは思想によりて飛ぶにあらず言痛《こちた》き評論を読みつつ思ふ

の一首にいたって、こちたき評論を好んで書くことのあるぼくは苦笑しないではいられなかったが、一体高野公彦という人は、「鳥もその思想によって飛ぶ」と考えたことはないのだろうか。一度でもよい、「鳥もあるいはその思想によって飛ぶのではないか」ということを考えてみるべきではあるまいか。その時、彼の歌の鳥にも花にも、ひろがりと深さと謎と、さらに勁さが加わるのではないか。冒頭の「少年のわが身熱をかなしむにあんずの花は夜も咲《ひら》きをり」の「あんずの花」はあたかも思想あるもののごとくではないか。

3

事実、初井しづ枝の歌を読んでいると、そこに出てくる鳥も花も、思想によって飛び、咲いているかのようだ。歌集『白露虫』を読んでいて次の二首を見出した。昭和三十三年の作である。

幼童の手の上に鱗を光らせし鮒は放たれて暗く泳げり
考ふる鮒かと我はしづまりて泳がぬ体《たい》の暗さを見ゐつ

この鮒だけではなく、次の鳥の歌にしても、この鳥は考える鳥のように見えてくる。

餌《みさ》もらふ隙を飛び出し鳥はすぐ樹に突当る鋭さにして

この初井しづ枝は、大正十五年七月（さきの白秋の随筆集『風景は動く』の刊行直後）、「日光」に入社し、以後白秋に師事した。

昭和二年（一九二七年）には白秋の指示により「短歌民族」の同人となり、昭和四年三月、満鉄の招聘で南満旅行に旅立つ白秋を神戸港に見送った。初井しづ枝は姫路に生まれ、姫路の初井家に嫁していたので、神戸は近かった。「日光」同人になったのが二十六歳、神戸港に白秋を送ったのが二十九歳である。

昭和十年、初井氏三十五歳のとき、白秋主宰の「多磨」が創刊され、翌十一年に彼女は同人となった。

第一歌集『花麒麟』には、この十一年から二十五年までの作が収められている。

眼はゆきて幾たびか驚きし若葉のいろよあたり暮れゆく

晩年の歌集『夏木立』はもっともすぐれているが（初井しづ枝の歌はつねに何ものかとたたかっていて、『夏木立』の病中の歌はとくにそれを思わせる）、この若い日の『花麒麟』も捨てがたい。ここにはすでに弱々しい歌は一つもないと言ってよく、勁く、若々しく気品がある。

よくうつる紫陽花のはなすぎたれば備前の瓶はただ一つ置く
紅うつぎうつろひやすく日に照ればこの青空よ夏となりゆく
しづしづと我が辺すぎゆく大き鶴を人間のごとく感じつつ居し

昭和十四年五月、彼女は東京世田ヶ谷に白秋を見舞っている。彼女はもう三十九歳である。

若葉より雨の滴るきよき土ひとところ赤く牡丹散りたる
思ひ来し君が家庭《やには》の青芝も踏むことはなし雨のそそげり
夏草に久しき雨の暗みつつ谷地の見晴しかくてあるべし

次の一首は、よく知られている白秋の愛蔵した良寛の鞠をめぐる歌である。

あや糸のほつれなつかし赤と青と色古りにたる鞠を手に載す

初井しづ枝の歌はぼくのようなものの眼にも実にしっかりした、気持のいい歌として入りこんでくる。へなへなしたところ、はかなげなところ、濁ったところ、いやみなところが一つもない。

やがて戦時となり、兵の姿にいたるところで出会うようになる。「けふもまた巷に動く人の波兵に逢はむとや汗垂るるあはれ」、「雑沓はただ影に移動す行きあひて声ひとつなし兵隊とわれと」。彼女にはやがて徴兵の適齢となる一人息子がいるのだ。

白秋門の同僚、宮柊二の応召を送る日がくる。「宮柊二氏と駅頭に会して」とあるのは、姫路の駅頭で見送ったのだろうか。このあたりは宮の歌集『山西省』と並べて読むべきであろう。宮柊二の次の二つの歌の前書には、「内地出発を前にして外泊許可下る。直ちに上京、世田ヶ谷区成城町を白秋先生邸へ急ぐ」とある。

暁《あかつき》の雨来《く》る頃か葉の騒《さやぎ》全《また》く収《をさ》めし林のしづけさ
短気《たんき》に死ぬなと宣《の》らして色冷《ひ》やき虫除網戸《むしよけあみど》にみ眼《め》やりましき

やがて宮柊二を乗せた輸送船は関釜《かんぷ》海峡を渡り、彼は「波の間《ま》に降り込む雪の色呑みて玄海の灘今宵《こよひ》荒れたり」の一首を得るのだが、初井しづ枝の次の歌はその兵隊としての宮柊二の列車による西下中の多分駅頭でのことである。

君の求むる酒をもて来れば兵隊の銭を取りてくれと言ふつつましかりき
後尾デッキに挙手して立てるその姿も遠く消えたり君は征きしなり
書留発送をたのまれしこの封書北原先生御膝下とあり

次の一首は宮柊二を送ったすぐあとのものであろう。あるいは同じ日のことかもしれないと空想させる。

街上にふと逢ひし兵の目の和ぎを驚きて見てやがて淋しき

昭和十七年十一月二日、初井しづ枝は白秋の死の報せを受ける。

庭もみぢ悲しく匂ふ部屋にわれ胸おさへつつ慕ひまつれり
おとろふる視力におのれ堪へませしその月日すら今は終りぬ
たまたまに目見えまつればゆたかなる微笑みむけて言ひ給ひつる

歌集『山西省』によれば、宮柊二は十一月四日になって白秋の死を知った。「昭和十七年十一月四日、寧武部《ねいぶ》隊本部西野曹長より軍用電話あり。偶々〈北原白秋氏逝けり、君よ知るか〉とあり、信じ得ず」として、次の一首がある。

おろそかにものを言ふぞと軍用電話切りて歩めどもとな霜土《しもつち》

また次の作も宮柊二の師白秋の死を思う歌である。

このいまは死なせ給ひし時刻とぞ幾たびもおもひ寝なくにわれは
こゑあげて哭けば汾河の河音の全《また》く絶えたる霜夜《しもよ》風音《かざおと》
凌《しの》ぎつつ強く居るとも悲しみに耐へかぬる夜は暫《ざん》馳けめぐる

まだ全歌集を一度読んだだけでこれ以上初井しづ枝の歌について述べることはためらわれる。また別の機会にもう一度歌集を読んで考えてみたいが、この三七〇ページの大冊には「女の一生」ともいうべきものが込められてあり、その「女の一生」の記録が、このように的確で、冷静で、醒めて勁くあることに感動をそそられる。「女の一生」などと言ったが、彼女の歌集がわるい意味で小説的な内容性にみちているのでなく、その歌は釈迢空の言う意味での「無内容」（迢空の評論「俳句と近代詩」による）の短歌であり、「殆内容がない……其でゐて、心がすが〳〵しくなる」性質のものなのだ。これだけの大冊を読んだあとも、「邪魔な石炭殻」のようなものはわれわれの掌に残らず、ここには雪として溶ける「無内容」のすがすがしさがある。

少しもべとついた後味が残らない。

過度な悲哀も、身ぶりも、キザさもない。

それでいてむしろ派手で、華やかで、カラフルで、ウイットがある。

釈迢空は言っている。「此までの歌は、どうも消極的な表現に傾いてゐた。逆手で行つたり、うら声を使つたり、わざとあるぽうずに這入つたりして来た。さうでない部分が残つてゐる。芭蕉の口まねをしたり、西行うつしの考へ方を棄てることです。だからわれ〳〵のこれから作る歌は、積極的な表現で貫いてゆかなければならぬ。読むと同時に人の頭にわかつて、人の心がすぐさま楽しくなるといふ種類の歌でなければならないと思ひます」（「素人のない文学」一九四七年）。

初井しづ枝の歌は心の楽しくなる歌だが、それというのもどんなポーズもうら声もそこにはなく、一行のなかでことばのゆたかな運動が行われているからである。

睡蓮はかるき浮葉となりゐたり阿字池ひろき秋の水の上

われわれはこの一行で満足する。一行が窮屈でない。一行読んで欲求不満に苛立つようなことはない。これは晩年の『夏木立』の一首で、京都のはるか南の浄瑠璃寺を訪ねてのものである。この一行のなかの「かるき」という一語の快さ、握れば溶ける雪のような無内容の内容には深々としたものがありはしないか。この一行は空虚でしかも充溢している。

玉城徹がしきりに面白がっている次の一首の大らかさ。

寒十日を陀羅尼助苦く煮つめたる大釜憩へり牡丹に来れば

「陀羅尼助《だらにすけ》」というものが何かを無知なことに知らなかったので辞書を引いてみた。「陀羅尼を誦する時、睡魔を防ぐために僧侶が口に含んだ苦味薬。キハダの皮やせんぶりの根などを煮つめて作ったもので、腹痛薬に用いる。だらすけ」と『広辞苑』にある。陀羅尼助と牡丹の対比が、俳味あり、ウイットがある。ウイットのない詩はつまらないが、ウイットのない歌もまたつまらないと思う。

4

第四歌集『冬至梅』を読んでいて「雲仙」五首を見出した。

暑からず松蟬鳴きて松の芽のいづれ豊かに伸び揃ひたる

つつじ咲く明るき道も檜《ひ》の林暗きほとりも障り無く過ぐ

白秋も昭和十年、雲仙、島原を旅した。『黒檜』のまえの時期の集『渓流唱』に、「雲仙つつじ」十二首がある。

夏山の岩崩道《いはくえみち》のつづらをり馬こころあれや躑躅嗅ぎ行く

花層《かさ》む雲仙つつじ真昼なりなにか騒立《さわだ》ちてまたしづまりぬ

高野氏よ。ここにもその思想によって歩む馬がいるのではないか。またもの思う雲仙つつじがあるのではないか。

さて茂吉にも雲仙の歌があった。『つゆじも』の「温泉嶽療養」である。詞書に「大正九年七月二十六日、島木赤彦、土橋青村二君と共に温泉嶽にのぼり、よろづ屋にやどる。予の病を治せむがためなり。二十七日赤彦かへる。二十八日青村かへる」とある。この「よろづ屋」にはぼくも行って泊ったことがあるが、茂吉がここに滞在したことは宿を経営する若い人々もよく知っていた。そこからぼくは島原半島をめぐり、天草へ渡った。忘れがたい旅だった。

石原に来り黙《もだ》せばわが生《いのち》石のうへ過ぎし雲のかげにひとし

一人であの石原に立てば誰しもそう思うことである。茂吉の「雲仙」の歌はいまもう少し面白く心に触れてくるものがあるかと思っていたが、それほどでもなかった。長崎の町や唐津、古湯温泉での歌のほうがぼくには面白い。

茂吉の雲仙の散文は「温泉嶽雑記」（大正十年）である。

茂吉は雲仙《うんぜん》を温泉と表記する。

「温泉はいい山だと今でも思ふ。馬も牛も山から下りて来て泉に水を飲んでゐたり、それを背景にして西洋人の老夫婦が、悲しさうに何か話してゐたり、日照りが続くと、麓から幾組も幾組も雨乞にのぼつてくる。〈もう温泉《うんぜん》のにほひがする〉などといひながらどやどや戸の外を通つて行く。夜の明けないうちに妙見普賢の神々に雨乞をして、午《ひる》まへに浴場地へ戻つてくる。そこで硫黄くさい湯に浴して、日の傾くころから下山しはじめる。よぼよぼの老爺から十歳ぐらゐの児童までゐる。互いにいたはり合つて神に祈りに登山するところが強く心を感動せしめる。温泉嶽はいい山だと思ふが、僕は文章がよく書けないために言ひ表せないのが残念である」。

文章が全部日なたの光りに明るくあったかくなっているような、ときには開放されすぎた大正末期の白秋の散文（『風景は動く』など）を読んだあとでは、茂吉のこうした少し暗い涼しい日のかげの味のする文章もまたいい。大正末期の白秋は、外界に対してただ視覚だけ、眼だけになってギラギラした風景を見ているが（それが昭和十年代半ばになると、盲《めし》いようとする薄明の人、白秋となるのは、何ともむざんであると言うほかない）、茂吉は寂しく、いくらか絶望的な気分で、硫黄くさい雲仙の温泉のにおいを嗅いでいる。あそこは石原から、白い硫黄の湯気がさかんに吹き出しているところである。初夏の印旛沼と、七月の雲仙の石原ではまったく別世界である。

「僕は当時病気に罹《かか》つてゐて、一人寂しく明暮れて、未来のことなどは全く諦めようとしてゐた」と茂吉は言うが、よろづ屋にやってきた賑やかな西洋人の一行のことはちゃんと覚えていて、それを詳しく書きとめている。「女四人は皆日本の女の著物を著て、帯も幅の広い、何か花の模様のあるのをしめてゐた。男三人のうち二人は日本の湯帷子《ゆかた》を著て、縮緬《ちりめん》の帯をしめて白足袋をはいてゐた」。彼らは麦酒をのみながら、きゃっきゃっと騒いでいた。

「〈チョンキナ、チョンキナ、ラララララ……〉

こんなことをいつて円くなつて部屋の中を歩いてゐるらしかつたが、児童が歌ふ〈螢《ほたる》の光《ひかり》〉の譜で、ラアラーラララ、ラーララなどといつて、一時間ばかり騒いで皆帰つて行つた。部屋の入口で、日本の中学生の一人が、英語で何か話しかけると、〈ほつ。ほつ。万歳《ばんざい》です。よかです。よかです〉などといつて階段を下りて行つた」。

だがおおむね茂吉は雲仙で一人でセンチメンタルになっている。

「八月三日に二たび出掛けた。旧約詩篇の〈いづみを谷にわきいだし、その流は山のあひだに走る〉などといふ文句を口誦みながら赤土道を上つた。天気が晴れて、暁にあんなに啼いた蜩《ひぐらし》ももう大分少なくなつた。絹笠の山腹に辿りつくと、なるほど佳い所だ。千々石灘《ちぢはなだ》が目の下に手にとるやうに見える。富津《とみつ》、観音鼻《くわんのんはな》が見える。小浜街道も見える。愛野《あいの》に出る峠が絹糸のやうになつて見える。その向うは有明海で多《た》良《ら》嶽《たけ》が聳えてゐる。千々石灘は茂木《もぎ》港でその蔭が長崎だ。その右手に夢のやうに光つてゐるのは大村湾だ。一寸《ちよつと》した斯《こ》んな処でも温泉嶽の規模を窺《うかが》ふことが出来るのはいい気持だ。僕が今腰掛けてゐるベンチには洋刀《ナイフ》で露西亜《ロシア》文字《もじ》が刻んである。これには一種の〈あはれ〉が感じられる。安価な〈あはれ〉だとおもふが、今の僕には是が嘘でないやうだ。天然に浸ってゐると心が静に安定を保つてゐたのに、計らずも人事の一片が這入つて来て、病で寂しがつてゐる僕の心に一種の顫動《せんどう》を与へたのだ。こんなことを思つてゐると、遙から空をふるはして、幽かな鋭い音がきこえる。これは長崎で打つ午砲《ごほう》であつた。長崎で打つ午砲が温泉嶽に響くといふことが、また何だか〈あはれ〉だ。港で鳴らす汽笛が聞こえるかと思つたけれども、それはたうとう聞こえなかつた」。

　昨年亡くなったという初井しづ枝のことを書いたせいか、ここまで書いていささかの「あはれ」を覚えずにはいられない。茂吉が滞在し白秋も旅をした雲仙に初井しづ枝も行って歌をつくった。あの林の道を、白い石原を三人とも歩いたにちがいない。愛野のあたりの人々はかつて天草四郎の旗のもとに戦って死んだのである。あのあたりのバスに乗ると、若い男女の高校生、中学生の姿がどうにも気になった。初井しづ枝には次のような茂吉を思うめずらしい歌もあった。

　　模倣する幼児を打ちし漱石と習性として愛しみし茂吉と

　さて茂吉は、白雲の池のほとりに赤棟蛇《やまかがし》がいくつもいて、蛙を呑んでいることがよくあると言い、それを叩き殺すロシア人の児童のことも書いている。また昭和三年の随筆「虫類の記」によると、雲仙の旅館の縁のところに、夕方になると蜘蛛が巣をかけ、茂吉は妙にその行為に気を引かれて、夕方になると蜘蛛の出てくるのを待つようになったということである。長崎の町でも茂吉は蜘蛛を観察しつづける。

「暑い日の太陽もやうやく傾きかけるころから、きまつて蜘蛛が軒場から巣をかけはじめる。蜘蛛は大小おほよそ三つぐらゐ居て、急がしく巣をかけ、かけてしまふと、中心のところに無生物《むせいぶつ》のやうな恰好をしてをさまつてゐる。それを私は毎日見て、別に飽きるといふことはなかつた」。

そしてそのあとに茂吉は次のようにつけ加えるのである。

「さういふ現実を見てゐるだけでも、何か生存の義務を私が果して居るやうな気持で、幾らか心が和《やは》らいだ」。

これに関して釈迢空は「茂吉崇拝者に読んで頂きたいのは、『虫類の記』である。詩人としてよりも、学者として、其よりも更に、深く憂ひ、ほのぐ〳〵と寂かに喜ぶことを知る人間としての、孤高の作者を見ることが出来るであらう。あなた方の尊信する茂吉は、あなた方が思ふより、もつと宗教家の風格を具へてゐるのである」と言っている（「『念珠集』管見」）。「生存の義務を果して居る」ようで「心が和らぐ」とはすごいことばである。

10　沼空の白秋論

1

人が釈迢空とか折口信夫という名を口にするたびに、ちょっとばかり困惑したような気がいつもしてきた。というのも『折口信夫全集』はほんの少ししか読んでいなかったからだ。どうも折口信夫は読む気がしない。その理由は多分、しばらく前まで（一九七三年の秋まで）、十七年もの間、國學院大学に語学教師として勤めていたせいではないかと思われる。まわりが折口信夫ばかりなので、かえって折口からは遠去かるという気持の動きがたしかにあった。外国語研究室のすぐ隣が折口信夫古代研究所で、そこにこちらより五、六歳年長の岡野弘彦がいて親しくなった。最近岡野氏の『折口信夫の晩年』が中公文庫としてふたたび世に出て、ぼくも一本を著者から贈られてあらためて読み返し、そのことをまた思った。いま、この本はかつてとはちがった味わいをもって、しみじみと読めるのだ。

十年ほど前、岡野弘彦につよくすすめられて折口全集の月報を書いたことがあり、以来、折口信夫は読んでいなかった。いままた、白秋と茂吉を読んできて、もう一度『折口信夫全集』を（むろんそのごく一部だが）ひもとかずにはいられぬことになってきた。

しかしあの句読点があり、ぶつぶつと切れた釈迢空の短歌はまだ読む気がしない。詩のほうもぼくには読みづらいが、二、三篇は読んでみた（その後、折口の詩は沖縄の詩も戦後のも面白く思うようになった）。小説『死者の書』とその続篇は読んだ。だがこれについて何か言う気はまだしてこない。しかしそのうち何か言いたくなってきそうな予感がする。結局ぼくには「第廿七巻　評論篇Ｉ」というのがもっとも面白い。現代短歌の批評家としての折口信夫はよくわかる。その他は大正十五年の、つまり「歌の円寂する時」とほぼ同時期に書かれた「短歌本質成立の時代」を第一巻で読んだ。これは折口の読者はよく知っているように、「万葉集以後の歌風の見わたし」と副題されていて、土岐善麿編の『万葉以後』の解説として書かれたものだが、折口はよほど気が乗ったと見えて、長文の論文となった。しかもこれが「歌の円寂する時」の五ヵ月後の執筆と思うといっそう興味深い（後記――昭和天皇が亡くなって大嘗祭《だいじょうさい》が問題になった頃に折口の民俗学方面の論文を大分読んだ。西脇順三郎が慶応大学での同僚として折口と親しかったこと、また西脇は柳田國男とも交わりがあったことを言い添えておこう）。

さて第廿七巻の「まれ男のこと立て」というのは、昭和二年の釈迢空による白秋論である。「一番、今の私に、うらやましさとひけめとを感じさせるのは、文章を練つて娯しんでゐる人々である」と折口はまず言っている。「柳田國男先生などは、あの年になられても、まだ文章に〈老い〉を見せては来られない。すんなりした姿と、みづくしい手ざはりが、人をうつとりさせずにはおかない」。

柳田國男の文章を「みづくしい」というが、ぼくには釈迢空、折口信夫という人の文章が、「みづくしい」白桃か何かを思わせてならない。少しは読んだといまや言える白秋や茂吉の文章は、折口の文章が文字通り「みづくしい」ようには「みづくしい」ものではない。この二人の散文はもっとそれぞれの意味で西洋人風に派手で油っこいものである。それに較べればさらりとした透明な、水の流れるような文章は（独特の、ひょっとして関西人風のねちっこさはあるにせよ）、折口信夫のものである。この文章はとばし読みということができない。

つづいて折口は、「世間一体の文章が、あまりがむしやらになり過ぎて居るのである。読んでしまつてから、しつとりとしたやすらぎを覚えるといつた文章に出くはす――というてよい程――事は、極めてまれ〳〵になつたのに気がつく。泡鳴、実篤、浩二、とかう見続けてくると、文章に気品を問題とせなくなつた世間の形がよく出てゐる」と言う。

　これだけの文章を見ても、釈迢空の散文は、白秋とも茂吉ともいかにちがう貌つきをしていることか。まことに人によって文は異なる。それにしても昭和二年にこんなことを言っている折口が、もしも現在の大方の日本語の文章を見たら果たして何と言うだろうか。

　ともかく昭和二年に、ことはかなりひどい状態になっていると折口には見えていた。「だがやつと一つ、こゝにその極めてまれな文章をたのしみ、気品を生命とする作物集を、探りあてる事が出来た。北原白秋さんの新著『芸術の円光』がそれである」。

「元禄の作者たちの口癖に〈まれ男〉といふ語がある。この人などを、今の世の〈まれ男〉といはねば、いふべき人はあるまい。あて――上品――で、なまめい――はいから――て、さうして一部いろごのみの味ひを備へた姿を文章の上に作る事の出来る人は、この人をおいてさう〳〵はあるまい」。

　折口信夫は「概念論者」というのがとかく嫌いらしい。初めのほうはちょっとわかりにくい文章だが、次のような箇所にもそのことがあらわに出てくる。「精霊は、詩歌の形式をとらへる前に、まづ個性の制約を蒙る。個性は定型の内に於てこそ、あの時期までの自在を発揮する。かうした順序を思ひ得ぬ若々しい概念論者を見る毎に、白秋さんはいつも大上段に構へてかゝつてゐる。これは、詩を斎《いつ》く心の潔癖と敬虔とからくるのである」。ここのところの「白秋は大上段」というのはよくわかる。のびのびと大上段なのが白秋の文章だった。ただそれがときに大上段でありすぎた。そのあとに「概念病」という語もまた出てくる。「詩歌文学の上に、恐らく絶えまいものは、この概念病である。若い人々のため、又は練れない人々のために、文学入門第一の書として、永久にすゝめたいのは、この本（『芸術の円光』のこと――引用者）である」。

「論議の文章にすら、かうした気品を持ち続ける事の出来る人だから、抒情式の色あひの濃い散文詩風のものになると、一層のびく〳〵とした味ひが出てくる。信実の絵巻の人物が発する、ほつとついた欠伸を聞くやうな、うらゝかさの伝染を感じずには居られない」。「其上、軽い〈わらひ〉がこめられてゐる」。

この「わらひ」ということから、折口信夫は、果たせるかな白秋の躁的なところに註文をつける。すなわち「白秋さんの文章の〈わらひ〉は、口語体の文になると、あまり自由にはね回ることがある。……今すこし〈苦笑ひ〉程度にしてもらひたい場合もある。こ奴がしやく〳〵り出ると、平生の静けさはかなぐり捨てられて、大童の立ち回りがはじまる。岡目にはおもしろいが、相手に廻す者を選んで欲しい気がすることもある。静かにあぐらを組んで話の出来る相手との論議は、きつと新しい人生上の論理を開発してゆくに違ひない。これが、今の世にまれな気品を保持してゆく所以でもある」。

この指摘はとくに『フレップ・トリップ』ののちの、昭和初年の白秋のはしゃぎぶりにぴったりするが、折口はそこのところを逃さず指摘した。

さてここで思い出すのは、萩原朔太郎が大正七年に描いた一つの白秋像「ふつくりとした人柄」である。朔太郎はこのよく出来た肖像画を次のように書きはじめている。

「北原氏は、私の知つてゐる範囲で、最もよい感じをもつた人です。あの人の感じを一言で言へば〈ふつくりとした人柄〉でせう。私のやうないらいらした性格の人間は、一般に人嫌ひが多いので、友人といふものがめつたにできません。たいていの人とは逢つても落着いて話ができません。然るに北原氏には、私のいらいらがたつぷり這入るだけの余裕があります。ですから私はあの人と話をしてゐるときが、心が落着いていちばん楽々します」。

朔太郎は人の心を落ち着かせる白秋の大きさをここに見ている。

「北原氏の感じでいちばん好い所は、どこかぼんやりとした所があつて、それが非常に魅惑的なあたたかみをもつてゐることです。あの人の手や身体の丸々としたあたたかみは非常に女性的の肉感をあたへます」。

折口信夫が気品と言い、「ほつとついた欠伸を聞くやうな」などと言ったところを、朔太郎は「女性的の肉感」と言った。

また朔太郎は次のように言った。

「北原氏の如き人は、一般に瞑想家と言はれる部類の人の中でも特に極端の方でせう。一緒に散歩に出ても、絶えず何かの瞑想に耽つてゐるので、こつちで癇癪を起すことがよくあります」。また次のような面白いことを書いている。「あの人があまりに善良すぎる場合には時として私は不思議な幻覚から、彼を稀代の悪漢として考へることがあります。非常な善人と非常な悪人とは感じが殆んど同じですから。併し勿論、北原氏が悪漢であるべき道理はないでせう。彼はほんとに大きな人柄をもつた詩人です」。

朔太郎は大正七年はじめのことだが、詩集では『思ひ出』、歌集では『雲母集《きらら》』をあげ、『雲母集』は真の象徴詩で、今日の自由詩はまだ皆生硬で真のシンボリズムになっていないとし、最後に次のように言ってこの人物論をしめくくっている。

「北原氏は人間として実に幸福な運命をもつた人だと思ひます。あの人の半生の歴史は、実に変化と色彩とに富んだ者です。あれだけの華やかな生活をもつた人は、他に多く見ることができないでせう」。

第一章でも触れたように、朔太郎は白秋よりわずか一歳年少で、切っても切れないこの因縁の二詩人は太平洋戦争開戦の翌年、昭和十七年という年に死んだ。筑後の柳河生まれの詩人と、あの上州の前橋生まれの詩人の生涯ほど、一種対蹠的なものはあるまい。一人は晩年にいたるまで多くの弟子や信奉者に囲まれ、一家の家長としても家族思いで、他の一人は夜々、新宿の巷をさまよい、酔って怪しまれると交番で明治大学の非常勤講師の名刺を出し、孤立感にさいなまれ、家族もあってなきがごとくだった。一方は晩年に『渓流唱』、『黒檜』、『牡丹の木』の歌集に晩年の澄んだ心境を定着し、他方は詩集『氷島』に闇につんざく悲傷を定着した。

この二人についてはのちにもう一度言及するとして、いまは折口信夫に戻ろう。

折口の昭和二年の白秋論を紹介したが、その直前の同じ年五月に「歌の円寂する時・続篇」を書き、そこでも白秋について注目すべきことを言っている。ところでこの「続篇」を見るまえに、われわれはやはり、その一年前の「歌の円寂する時」(大正十五年七月)を読んでおくほうがいいだろう。あまりにも知られ、読まれ、名高くなりすぎた評論だが、とにもかくにもこれに眼を通さなくては、白秋・茂吉と迢空のかかわりは見えて来ないのである。

2

釈迢空は歌の批評家として実にするどかったと、ぼくのような歌壇の外の人間にも思われる。「歌の円寂する時」などを読むと、こういうことの言える腰の坐った批評家(折口流に言うなら哲学者でもある批評家)が、いまの歌壇にもいそうもないということがよくわかる。月々の現象についてあれこれ褒めたり貶したりすることは、ちょっとした才があれば誰にでもできる。できないのは十年、二十年先を見とおすことだ。あるいは半世紀、一世紀先を見とおすことだ。それには哲学的に一段高いところに立たなければならないこと言うを俟たない。

「歌の円寂する時」の折口は人を蒼白にするようなことをあえて言い放った大批評家だった。

「まづ歌壇の人たちの中で、憚りなく言うてよいことは、歌はこれ以上伸びやうがないと言ふことである。

更に、も少し臆面ない私見を申上げれば、歌は既に滅びかけて居るといふ事である」。

これは当時もいろいろと憚《はばか》りがある発言だったろうが、いまも変わりはなさそうだ。別に歌とだけ言うことはないのであり、現在もこの折口の言が新鮮なのは、歌も俳句もこれ以上伸びようがなく思えるためだし、詩や小説さえ（詩や小説という歴史浅く、洗練されざる文学ジャンルさえ）、時にもうこれ以上伸びようがなく見えるからである。この大正十五年の折口の発言はするどくきびしかった。その上ぼくには何か小気味のいいものに思えてくるが、歌を深く愛している人にさえ、小気味よく見えるのではあるまいか。

折口はそのあとで、「歌に望みない方へ誘ふ力」は、「私だけの考へでも、尠《すくな》くとも三つはある」と言う。一つは、「歌の享《う》けた命数に限りがあること」。二つには、「歌よみが、人間の出来て居な過ぎる点」。三つには、「真の意味の批評の一向出て来ないこと」である。とくに二番目の「人間の出来て居な過ぎる点」というのは、いまや誰一人このようなことは言わなくなったからこそ、現在のわれわれにも抗し難く、つよくひびくものを持っている。

以下、「批評のない歌壇」という項で、折口は、哲学者の器量をもった歌の批評家がいず、ただ歌壇には、「分解的な微に入り、細に入り、作者の内的な動揺を洞察——時には邪推さへまでして、丁寧心切を極めて居る批評」しかないと言う。次に「短詩形の持つ主題」という項でも、「俳句がさびを芸の醍醐味とし、人生に〈ほつとした〉味を寂しく哄笑して居る外なかつた間に、短歌は自覚して来て、値うちの多い作物を多く出した。が、批評家は思うたやうには現れなかつた」と言う。批評家——つまり「個性の内の拍子に乗つて顕《アラハ》れる生命」を見出してくれる人、がない間は、この「生命」も「一種の技工」として意識せられる。当人はしばしば同一手法に安住し、追随者は模倣するのみに終わってしまう。要するに歌が文学とならぬのだ。「文芸の批評は単に作家の為に方角を示すのみならず、我々の生命に深さと新しさとを抽《ひ》き出して来ねばならぬ。その上に、我々の生活の上に、進んだ型と、普通の様式とを示さねば、意義がない」。「短詩形が、人生に与《あずか》ることの少いことは言うたが、社会的には、さう言うても確かな様である（短詩形が人生に与ることが少い、とは折口信夫の大胆な、またみごとな発言だった。すぐれた歌は人生についてなど実に何ほどのことも言おうとはしていないものだ――引用者）」。「併しその影響が深く個性に沁み入つて、変つた内生活を拓くことはある。芭蕉の為事《しごと》の大きいのは、正風《しようふう》に触れると触れぬとの論なく、ほうつとした笑ひと、人から離れて人を懐しむゆとりとを、凡人生活の上に寄与したことである（これまたみごとな発言であり、芭蕉をあまりに人生の達人として、時には俳聖などとして捉える見方の横行の解毒剤のような言である――引用者）」。

そして歌壇の批評についてさらに折口は念を押す。

「私は、歌壇の批評が、実はあまりに原始の状態に止つて居るのを恥ぢる。もつと人間としての博さと、祈りと、さうして美しい好しみがあつてよいと思ふのである」。

次に「歌人の生活態度から来る歌の塞《ふさが》り」という項がきて、折口は「歌人が人間として苦しみをして居な過ぎること」が、「短歌の前途を絶望と思はせる第二の理由だ」とする。「私の友人たちは勿論、未知の若い人々の間にも、私の心配とうらはらな立派な生活の生き証拠としての歌を発表する人も、随分とある」と、折口は語調を和らげておいて、「併し概して、作物の短い形であると言ふ事は、安易な態度を誘ひ易いものと見えて、口から出任せや、小技巧に住しながらあつぱれ辛苦の固りと言つた妄覚を持つて居る人が多い」と言う。これもかなり痛烈なもの言いで、今日の詩人たちにも皮肉にひびくものがあるだろう。このことは白秋でさえそのようなところもあったとまで思わせる。その白秋に真の人間としての苦しみがやってくる。それが『黒檜《くろひ》』、『牡丹の木《ぼく》』に結晶する。

折口の短歌批判は、内幕を知る人ゆえになお痛烈に続けられる。

「短歌は、成立の最初から、即興詩であつた。其が今におき、多くの作家の心を、わるい意味で支配して居る。つまりは、認識の熟せない、反省のゆき届かないものをはふり出すところに、作家の日常の安易な生活態度がのり出して来るのである」。

次に「アララギ」論が出てき、「歌人の享楽学問」批判が出てくる。「短歌の天寿は早、涅槃《ねはん》をそこに控へて居る」という言葉の出てくるのはこの項である。この「歌の円寂する時」の五ヵ月のちに「短歌本質の成立時代」を書いた折口には、もう新古今のあたりで歌は完成しているとはっきり見えており、それからの長年月を痛いほど思いつめていたはずである。「天寿は長くひきのばされすぎた」くらいである。だが折口はなおも若い人々に期待をかけもした。「私は、此等の人々に、ある期間先輩の作風をなぞつた後、早く個性の方角を発見して、若きが故の賚《タマモノ》なる鮮やかな感覚を自由に迸《ホトバシ》らさう、となぜ努めないのか、と言ひたい。併し、これは無理かも知れない。短歌の天寿は早、涅槃をそこに控へて居る」。

「短歌と近代詩と」という項では、「古典なるが故に、稍《やや》変造せねば、新時代の生活はとり容《い》れ難く、宿命的に纏綿《てんめん》してゐる抒情の匂ひの為に、叙事詩となることが出来ない。これでは短歌の寿命も知れて居る」。この、歌は新時代の生活をとり容れにくい、というのは、七〇年代の現在、ますますそうなっているであろう。また短歌の宿命的な抒情の匂いはどこまでもついてくるものである。「抒情詩である短歌の今一つの欠陥は、理論を含む事が出来ない事だ。……詩歌として概念を嫌はないものはないが、短歌は、亦《また》病的な程である。概念的叙述のみが、概念をとりこんでも、歌の微妙な脈絡はこはれ勝ちなのである。近代生活も、短歌としての匂ひに燻《イブ》して後、はじめて完全にとりこまれ、理論の絶対に避けられねばならぬ詩形が、更に幾許《いくばく》の生命をつぐ事が出来よう」と言う。これらの言は、近代短歌の問題点という問題点をすべて列挙したものとして、いまも眼を皿のようにして読むべきものである。すべての根本問題がここに出てきている。今日の短歌にもし新しい批評家が現われるとするなら、この折口の「歌の円寂する時」をのり越えねばならないが、それは至難の技であろう。

折口はここでは口語歌についてまで論じた。そして最後に、「三十一字形の短歌は、おほよそは円寂《エンジヤク》の時に達してゐる。祖先以来の久しい生活の伴奏者を失ふ前に、我々は出来るだけ味ひ尽して置きたい。或は残るかも知れないと思はれるのは、芸術的の生命を失うた、旧派の短歌であらう。私どもにとつては、忌むべき寂しい議論であつたけれども、何としよう。是非がない」と結んだ。これは工芸品のような歌しかついに残るまいとの断定であり、他は過去の歌をいまのうちに味わいつくそうとの覚悟の表明だった。

3

さて「歌の円寂する時」を久しぶりに読み返したが、その一年後の執筆になる続篇でぼくが感心したのは、白秋をめぐる次のようなくだりだった。

「白秋兄は、朗らかに寂寥な、歌壇を見出した。わが古代人の感情至上生活に愈《いよいよ》近づいて、倭建《やまとたける》や大《おお》泊瀬《はつせ》天皇の美的生活を復興してくれるのかと、心竊《ひそ》かに待ち焦れた。けれども白秋さんの孤独は、其感謝の一念の為に力を弱められて行つた」。

『雀の生活』、『雀の卵』以来の白秋をすでに知ったわれわれは、この、折口信夫の白秋の孤独批判の意外さにちょっとしたショックを受けずにはいられない。折角の孤独が「感謝の念」のために弱められたと折口は指摘するのだ。

少し長いが、折口の「孤独と感謝」についての論を引用しておこう。

「孤独観の近代味は——古代人にはない——感謝精神であつた。彼等の生活には、感謝すべき神がなかつた。孤独に徹しても光明の赫奕地《かくやくち》に出た事はない。東洋精神の基礎となつたと信ぜられる仏教の概念が、修道生活によつて、内化せられて、孤独と感謝、寂寥と光明、悲痛と大歓喜とを一続きの心境とした。芭蕉は、この昔から具体化の待たれた新論理の、極めて遅れて出た完成であつた」。

これは芭蕉論としてみて面白い。

「だが、実は此は、祖先以来暗示となつてゐた生命律の、真に具体化せられたものではなかつた。異種同貌の近似から、誣《し》ひて異訳せられたものに過ぎなかつたのだ。〈憂き我を、寂しがらせよ、閑古鳥〉。寂寥に住して、孤独の充実感に慰めを得てゐる。寂寥に徹する事が、光明を恣《ほしいまま》にする所以《ゆえん》だと言ふことを意識し過ぎて居る、孤独を呪うたものは、外にも見当らない」。

古代人にとっては、寂寥と光明とは没交渉の対立であり、悲痛から大歓喜地に頓悟《とんご》する様な心境は、夢にも知らず、「現実に執していた」と折口は言う（頓悟は一挙に悟ること）。

こう言っておいて折口は白秋を批判する。

「白秋兄は、孤独・寂寥・悲痛に徹する新しい生活を展《ひら》き相《そう》に見えた。だが、其朗らかな無拘泥《むこうでい》の素質が、（朔太郎の〈ふつくりした人柄〉を思い出すべきだ――引用者）急に感謝の心境を導いた。苦患《くげん》の後、静かな我として茲《ここ》に在る。此が開放の為の力杖であつた。浄土に達する為の煉獄であつた。かう考へることが、他力の存在を感ぜしめないでは置かなかつた」。

前型のないのは白秋の「極りなき朗らかさ」だが、「梁塵秘抄の『讃歌』や、芭蕉の作品は、白秋さんの開発する筈の論理を逸《そ》れさせた」と折口は残念げに指摘する。「さうして悔しくも、東洋精神の類型に異訳させて了うた」。

この指摘は少なくともぼくにとっては軽いショックとしてやってきた。折口信夫はこうしてちょっとのぞいただけでも、人の意表をつく思いがけない光景をわれわれに突きつけてくる。

「大正の歌の窮極地は、東洋精神の至極地を目あてとする様に見え出した」。しかしこれは折口にとっては「文学の新しい第一義」ではあり得ない。折口には古代がある。

白秋が、孤独――苦患――沈静――感謝――他力信仰となって行く道筋を、折口は「類型的」とし、白秋という人はもっと別様の孤独への徹し方をするのではないかと期待していたのであった。

あのような神妙な『雀の生活』の白秋に、ぼくは驚きさえしたのだが、それを類型におち入った孤独のあり方ともう一つ踏みこんで批判する折口に、ぼくは正直、畏怖の念をもった。

4

さて次に釈迢空（折口信夫）と、初期の茂吉との交渉がどのようなものだったかを見たいが、その一つとして、大正七年五月の茂吉の「釈迢空に与ふ」（『童馬漫語』）があり、それへの迢空の駁論「茂吉への返事」があるのをわれわれは見ることができる。

まず茂吉（長崎時代の茂吉である）は、「アララギ」大正七年三月号の迢空の歌を批判した。「君の歌を読んでみて僕は少し残念である」と茂吉は言う。「つまり心の持方が少し浮いてゐないか。目が素どほりして行つて居ないか。歌ひたい材料があり余るほどあつても、棄て去るのが順当だと思はれるのが大分おほい。苦労して創めた〈連作〉の意義がだんだん濁つて来ると、あぶないと思つてゐる」。

茂吉の批評はあいかわらず無遠慮なまでに単刀直入であり、「君の今度の歌は、なんだか細々しく痩せて、少ししやがれた小女《こをんな》のこゑを聞くやうである。僕はもつと図太《づぶと》いこゑがいいやうに思ふ」などとまで言うのである。「おほどかで、ほがらかな、君のいつぞやの歌のやうなのがいいと思ふ」。「リズムと謂《い》つても〈阿房陀羅《あほだら》リズム〉に近きこと、新しい俳句と似てゐるやうであつて、短歌の形式に合はない。短歌では矢張り〈遒勁《しゆうけい》流動リズム〉であるのが本来で、それが〈万葉調〉なのである」（遒勁というのは書画において力強いことを言う）。

その次のところも面白い。

「僕は今二軒長屋のせまいところに住んでゐて、夜になると、来訪者のないときははやく床をのべてその中にもぐつて芭蕉や、『高瀬舟』などを読んでゐる（迢空が鷗外ぎらいなことを茂吉はすでに知っていたかどうか——引用者）。壁一重の向う長屋には二夫妻がゐて、若夫婦が二階に寝てゐる。寝がへりするのも手にとるやうにきこえる。寂しい生活をしてゐると、官能が鋭敏で鈍麻はしない。かういふときには芭蕉のものは割合にわかる。君のやうに性欲の淡い、僧侶のやうな生活を実行してゐる人が、なぜこんどの歌のやうにさうざうしく痩気味の歌を作るのだらうか」。

「〈。、〉などの切目が間々あるが、あれも短歌を三行に書くのと似てゐて少し面白くない」。

「僕は近ごろ『万葉集檜嬬手《ひのつまで》』を送つて貰つて君の守部論を読んだ」と茂吉は言う。その論で釈迢空は次のように書いていた。

「彼の文芸上の作物は、歿後冬照の出版した橘守部《たちばなもりべ》家集に、長歌短歌ともに残つてゐる。彼の一生の事業の中で、恐らく一番価値の少いのは、此方面の創作であつたのであらう。あれほどに記紀万葉をはじめ、律文要素のある書物に没頭してゐた人で、而も其影響が単に、知識或は形式上の遊戯として表れてゐても、内的に具体化せられてゐないのは虚の様な矛盾である」（守部は江戸時代後期の国学者で歌人。伊勢から江戸に出て宣長と対立する学風を立てた——引用者）。茂吉は「此は君の守部論中で、僕にとつて、嘗ても現在も一番利いた文章であつた」とし、その上で次のように迢空としては聞きづらいことを平気で言った。「守部の作歌と君の作歌とを同列に置くことは僕は死すとも能《かな》はない。ただ〈あれほど記紀万葉に造詣深い〉といふことは君自身に冠らせることは虚偽ではあるまい。そして〈一生中一番価値の少い〉をば君の作歌に冠らせることが若し虚偽でなかつたら、僕は残念なのである」。

　これに対して迢空は「茂吉への返事」を次のように懸命に書いた（彼は茂吉より五歳下であり、「アララギ」でもむろん後輩である）。

「あなた方は力の芸術家として、田舎に育たれた事が非常に祝福だ、といはねばなりません。この点に於てはわたしは非常に不幸です。軽く脆く動き易い都人は、第一歩に於て既に呪はれてゐるのです」。「田舎人が肥沃な土の上に落ちた種子とすれば、都会人はそれが石原に蒔かれたも同然です。殊に古今以後の歌が、純都会風になつたのに対して、万葉は家持期のものですらも、確かに、野の声らしい叫びを持つてゐます。その万葉ぶりの力の芸術を、都会人が望むのは、最初から苦しみなのであります。けれども、絶対に否定してしまふことも、出来ないだらうと思ひます」。

これは都人迢空が田舎人茂吉に対して懸命に報いた一矢であった。

「日本人ももつと、都会生活に慣れて来たなら、郷土(郷土の訳語を創めた郷土研究派の用語例に拠る)芸術に拮抗することの出来る、文芸も生れることになるでせう。まづ、それまでは気長く待ち、而も、その発生開展を妨げない様に、するだけの覚悟は必要です」。

迢空は、赤彦も千樫も憲吉も都人であるとし、「あなた(茂吉のこと――引用者)は、其から見れば極めて堅固な田舎びとであります。浄瑠璃よりも浪花節を愛せられるのも、あの声の野性を好まれたのでせう。わたしはあなたの都会の歌を読むと、憲吉さんのに対して、反撥不退転といふ風な語が、心に浮んで来ます」。

これは山形の田舎人茂吉、対、大阪の都人迢空の、決定的な気質のちがいというものだった。ここで迢空は決定的に茂吉に反感を持ったかというとそういうことがないのが面白い。岡野弘彦の前出の『折口信夫の晩年』のうちにも何ヵ所かそれを思わせるところがあるが、迢空が昭和二十八年の死の直前に(迢空は茂吉のあとを追うように同じ年に没している)、箱根でつくった最後の歌が、斎藤茂吉の名の出てくる歌であった。

さて、大正七年の迢空はなおも書いている。「質に於て呪はれてゐる都会人なるわたしが、力の芸術運動(「アララギ」のこと――引用者)に参加してゐる為に、あなた方の思ひもよられぬ苦悩を発想の上に積んでゐるといふことを知つて貰ひ、同時に今すこし長い目で、真の意味の万葉調、厳正なるますらをぶりの力を、完全に生み出す迄の、此陣痛の醜いのたうち廻る容子《ようす》を見て頂きたい」。

若い迢空は苦しげである。

「たをやめぶり」を却《しりぞ》けることもできない。しかし「アララギ」にいるからには撥ね返さないわけにはいかない。

「今度の歌にも、〈たをやめぶり〉に対する理会《りかい》が、誘惑となつて働きかけてゐるのを明らかに見ることが出来ます。此は都人であり、短歌に於るでかだんすとしてのわたしに当然起り相《そう》な事です。併し恥づべきことであります。……けれども安心して頂きませう。わたしは、其《その》〈たをやめぶり〉をもますらおの力に浄化する日が、来るに違ひないと信じてゐます」（この間のことは迢空が岡野弘彦に口述したという『自歌自註』——全集第廿六巻にも詳しい）。

迢空は太平洋戦争の戦後になっても、歌についてよく語っている。昭和二十二年の「素人のない文学」という講演などでも彼はずいぶん思い切ったことを言っている。「われわれが万葉調の歌に考へてゐるよさは、ろくろ首の美しさが大部分を占めてゐる。その点は何とかして整理しなければならぬ」とか、「短歌は文学的に亡んでしまつても、工芸品的に生きてゐるといふことなのです。決して文学的に生きてゐるといふことにはならぬのです。短歌があるといふことは、われ〳〵が安心してよいことではない」とか、「われ〳〵も未練だから、この通りまだ作つて居る。あなた方までが、何も殆《ほとんど》無窮《むきゆう》と言ふ永い時間に渉《わた》つたごうすとに、進んで囚はれることはないでせう。若い方々に申し上げます。さう余地も、刺戟もない筈です。あなた方の生活力や、文学動機は、もつと外の方へ向けて頂きたい。もつとあなた方の世代につりあつた文学が出来るでせう」とか、実に思い切ったことを言った。はや迢空にはこわいものはなくなったのであろう。しかしこの時代になっても、茂吉についての発言は意外に敵対的ではなく、「斎藤茂吉さんの歌集などは、あまり個性が強すぎて、すべての人が、その歌風にとらはれ易い、脱却出来にくいと言つた所があるが、まあ安心して読んでい丶だらう。たゞ、早く卒業する事を心掛けるべきである」といったことを述べている（「短歌啓蒙」Ⅲ——昭和二十五年）。

5

ここで、白秋の没後になってまとめられた歌集『渓流唱』を読んだ。作歌の時期としては『黒檜』、『牡丹の木』に先立つもので、編者の木水彌三郎は次のように歌集後記に書いている。「其の制作年代は、昭和九年一月奈須温泉における作品に始まり、昭和十二年五月富士裾野多磨野鳥の会における作品に終る。先生五十歳の新春より五十三歳の初夏に亘る三ヶ年半の羈旅歌《きりよか》を主として集められたものである」。

白秋の眼疾が昂じたのは、昭和十二年十一月であり、『渓流唱』はいまだ眼を病まない白秋の最後の詩業ということになる。

最初の歌は、「昭和十年一月、伊豆湯ヶ島温泉落合楼に遊ぶ。淹留《えんりゆう》二十日余、概《おおむ》ね渓流に望む湯滝の階上に起居す」とあり、

行く水の目にとどまらぬ青水沫《あをみなわ》鶺鴒の尾は触れにたりけり

というのである。木俣修はその『白秋研究』のなかで、『黒檜』の、

夏の鳥朝のラヂオに啼き乱りその山と思ふ滝津瀬鳴りぬ

を引いて、「眼病以後いよいよ研ぎ澄まされた聴覚の所産だ。かつての〈可見の世界〉への逞ましい触手は〈可聴の世界〉への激しい勢いで動こうとしているのだ。〈眼〉の詩人であると同時に耳の詩人であっ

た白秋氏は今や〈耳〉の詩人としての方向を一歩深めたのである」としているが、『渓流唱』にはいまだ「眼」の詩人としての白秋の手練の歌がいくつもある。

岩にたぎちおのれひびかふ谷川のひといろの音の聴きのよろしさ

この歌には「耳」の詩人としての白秋のよさが素直に出ているように思われる。三十一文字の窮屈さは少しもなく、一行のうちに手足をのばして運動している声がある。

次の「音・光・風」と題された作品群は、前年昭和九年六月初旬、やはり伊豆湯ヶ島と天城に遊んだ際のものであり、「光」は十分にそこにみなぎっている。

山ふかく岩にさし蔽ふ木蓼《またたび》の一《ひと》ふきの若葉めでたかりけり

ここにはすでに『桐の花』、『雀の卵』の世界とは別様の、悠々たる「音・光・風」にみちた、まろやかな世界がひらかれている。

山葵《わさび》田はいまは棚田の榛《はり》の木の若葉ふきひらき風うごくなり
河鹿啼く山葵の棚田夏早しこの朝光《あさかげ》を我は来にける
沢蟹の水に戯《そば》ゆる日の照りは石山葵田《いはわさびだ》も悲しかるべし

昭和九年と言えば、朔太郎の『氷島』の刊行の年である。

日は断崖の上に登り
憂ひは陸橋の下を低く歩めり。

無限に遠き空の彼方
続ける鐵路の柵の背後《うしろ》に
一つの寂しき影は漂ふ。
（「漂泊者の歌」）

我れの持たざるものは一切なり
いかんぞ窮乏を忍ばざらんや
獨り橋を渡るも
灼きつく如く迫り
心みな非力の怒に狂はんとす。
（「我れの持たざるものは一切なり」）

ここには自然が出てくるとしても、「煤煙くもる裏街の／貧しき家の窓にさへ／斑黄葵《むらさきあふひ》の花は咲きたり」といったものでしかなかった。同時期の白秋のつややかなみどりのあふれる光とは比較にならない。かつて朔太郎は白秋の模倣をすることから詩をはじめたが、それはどうあっても朔太郎そのひとの詩となり、ついにここまできたのであった。『氷島』は昭和初年の時代色を持っていたが、『渓流唱』はどうか。思いがけないかたちで『渓流唱』にも時代は流れこんでいる。

「山中にて重砲隊に追ひつく。我等の驅るはオープンの自動車なり」とことわり書きがあって、若葉の峠で白秋は兵たちの姿を見るのである。

若葉靄かがよふ峠《たを》や砲隊の行きつづきつつをさなかる見ゆ

これはのちの『牡丹の木』の「老兵帰還」の歌や、「或る夜」の「柊二よりの戦地便着く」における、

戦《たたかひ》はかかるものぞと書き来《こ》せり然《し》かおもほゆれおもほえなくに

などとともに読むべきものであろう。白秋はただ「眼」となって山中の砲兵らを見ているのだが、その若い兵らに対する愛情もまたそこに滲んでいる。

その年の一月、奈須温泉にスキーに行った折の歌は、われわれをして白秋にもこのような雪の歌があったかという思いにさせる。

「水戸頌」が次に来るが、ここでわれわれはこれまでののどやかな、悠々ともし閑寂ともした歌の世界から、急に水を浴びせられたかのように醒まされる。昭和十年二月、市歌作製のため白秋は水戸に行った。その時の歌である。

月あかり杉の一樹にくだりゐて東湖先生の墓どころここは
勢ひ立ちすべてしづかに死ににける三百五十人の墓どころここは
ここにしてつくづくと思ふ水戸ありて世の真心《まごころ》はひとへに徹《とほ》れり
水戸に来て将《は》た潔き我がこころ忠孝一本に行くべかりけり

尊皇攘夷の思想と白秋は似合わない。これらの浅薄としてよい歌は（白秋はやはり茂吉が「軍閥のことも知らざりし」とのちに悔んだように、対社会的には無知無思慮のままに、ただことに感動すればその対象は正しいといった程度のモチーフで、概念よりは感動をという考えによって、次々とこうした歌をつくった）白秋ののちの戦争歌の前駆をなしている。

仙波沼《せんばぬま》ひろき明りの上にゐて国思ふこころ今朝ももちつぐ

西脇順三郎の形式や方法、山之口貘の形式や方法では、こうしたテーマの詩は書こうとしても書くことができない。形式、方法のほうがテーマを拒否するのだが、このような時、短歌形式は難なく「国思ふこころ」や、戦いのために潔く死のうといったテーマを、自然の「音・光・風」をうたうと同じようにひき受けることができる。あの「ふつくりとした人柄」白秋も、鶺鴒の歌、山葵田と、若葉の歌をつくると同じペン、同じ様式で、水戸志士の礼讃や忠孝の歌を書いた。すぐに胸迫り感動して、その感動の浅さを疑うことがない。そして白秋は同じペンで、湖底に沈む悲劇の村、小河内村の民衆の心に迫る感動的な歌をも書くのである。

11　『渓流唱』と『黒檜』

1

一九七七年の七月八日、九日の二日間、国立劇場で「隠れキリシタンのオラショ」の公開があった。この「オラショ」の公開はこれまで一度もされたことがなく、今後もまずなかろうと思われる珍しい一つの事件であった。さすがに開幕前、ちょっと緊張した。何かわるいことをしているような気さえした。それは言ってみれば瀆聖といった感じであった。

長崎県生月島《いきつき》の壱部《いちぶ》と山田の二つの部落の男衆が、紋付姿で車座になり、舞台の上で長々とオラショを唱えた。男ばかりというのは、南西諸島や宮古島などで、信仰儀式と言えば女だけが司るのと反対である。国立劇場のこの日からまもない同じ年の八月下旬にぼくは沖縄の珊瑚礁の島、宮古島を再訪し、方々のウタキ〈御嶽―社《やしろ》〉を見、狩俣《かりまた》、そこから黄金丸《おうごんまる》という小さな船で池間島の部落を訪ねた。

隠れキリシタンの生月島には一九六九年に行ったことがある。このときのことは「息つきの話」という短篇小説に書いた（後記――一九六八、九年に書き、時経って二〇〇二年に完成した『小説平賀源内』の終り近くにも生月での見聞を入れてある）。

生月島は平戸からさらに玄海灘を木の葉のように揺れる船で行かなくてはならない。いまは知らないが、その頃めったにこの島に行く人はなかった。ぼくは島民にしげしげと観察された。

隠れキリシタンの墓を探して歩き、案内してくれた役場の人について、キリシタンの家をのぞいて歩いた。

国立劇場の舞台で、キリシタンの子孫たちは、「らおだて」、「なじよう」、「ぐるりよざ」などのオラショを唱えた。また名高い「さんじゅあん様の歌」や「じごく様の歌」をうたった。ぼくは身をかたくして聴いていた。さんじゅあん様という無人の小島は生月島の眼の前にあり、幕吏はキリシタンの子供までそこで殺した。スリルもあった。しまいにはあまりに長すぎるし、馴れない舞台の上にいる、紋付の、多くは漁師である人々が気の毒で、早く終わってくれないかと願いはしたが……。

「オラショ」のラテン語は、生月島ふうにすっかり訛って、それが長い歴史のうちに少しずつ変化し、実に風変わりなものとなっていた。「キリエ、エレイソン、クリステ、エレイソン」は「きりやでんず、きりすてでんず」となり、「パーテル、ノステル」も「ぱーちり、のーちり」と訛っていた。ともあれ一種異様な雰囲気のものであり、これこそ西方からやってきた文明が、徳川時代の僻地の文化とまじりあったその結果であった。生月へ渡った時、信者の家の奥でサンタ丸屋の小像を見た。

さてこれから白秋の『渓流唱』の後半部分と、『黒檜』、『牡丹の木』を読み、この章と次の章でこの白秋と茂吉の論を終わろうと思うのだが、そのまえに白秋の詩を少し読んでおこうと思い、一般にひろく読まれている山本太郎編『北原白秋詩歌集』（弥生書房）をひらいてみた。しかしそのはじめの『邪宗門』は、はやどのようにもスリリングな読み物ではあり得なかった。

　われは思ふ、末世《まつせ》の邪宗《じやしゆう》、切支丹《きりしたん》でうすの魔法。

という「邪宗門秘曲」の第一行にしても、もうかつては呼び起こしたかも知れない戦慄をもたらさない。

これは朔太郎の『月に吠える』のいくつかが、いまなおスリリングで、なまなましく触感的な感銘を与えるのに較べて、いかにも残念なことながら、白秋のは言葉が生理的、あるいは神経的に読む者に食い込んでくるようなところがない。やはりパターンを並べている手つきが見える。その言葉の排列は、木下杢太郎らも指摘したように当時としては通常の論理をこわすものであったのだが。

読みすすむ第二行は、「黒船《くろふね》の加比丹《かびたん》を、紅毛《こうもう》の不可思議国《ふかしぎこく》を、」というのである。それに較べると「濁江の空」のほうがよく醸された語が生きている。

　腐れたる林檎《りんご》の如《ごと》き日のにほひ

というのが一行目で、二行目以下は、

円《まど》らに、さあれ、光なく甘《あま》げに沈む
晩春《おそはる》の濁重《にごりおも》たき靄《もや》の内《うち》、
ふと、カキ色の軽気球《けいききう》くだるけはひす。

とこれで四行になり、四行四連で一篇は成っている。『思ひ出』から山本太郎が選んでいる「夕日」もちょっと象徴派末期のジュール・ラフォルグ式というのか、濃くなつかしい味がある。

　夕日

赤い夕日、――
まるで葡萄酒のやうに。

漁師原に鶏頭が咲き、
街には虎刺拉《コレラ》が流行つてゐる。

濁つた水に
土臭い鮒がふよつき、
酒倉へは巫女《みこ》が来た、
腐敗止《くされどめ》のまじなひに。

こんな日がつづいて
従姉《いとこ》は気が狂つた。
片おもひの鶏頭、——
あれ、歌ふ声がきこえる。

恐ろしい午後、
なにかしら畑で泣いてゐると、
毛のついた紫蘇《しそ》までが
いらいらと眼に痛い。——

赤い夕日、——
まるで葡萄酒のやうに。
何かの虫がちろりんと
泣いたと思つたら死んでゐた。

これは明治もいよいよ末の柳河の夕日だろうが、そう思わなくても、夕日というものには、とりわけ夏の夕日のなかには、このような恐ろしげな、濁り、腐った感覚があるのはいまも変わらない。「春のめざめ」のルフラン、長崎方言の「"SORI-BATTEN!"《ソリバッテン》」も嬉しい。

六月が来た、くちなはが堀をはしる。

あのいつか訪ねた柳河の、白い倉とうなぎ屋が並ぶ堀を、蛇が走ったこともあったのかとなつかしむ思いにさせられる。

真赤に光つて暮れるTONKA JOHN《トンカジヨン》の十三歳。
"SORI-BATTEN!"《ソリバツテン》"SORI-BATTEN!"《ソリバツテン》

こういうところを読むと、いっそう晩年の盲いようとする白秋が痛ましい。常人をはるかに越えた光の詩人であり、しかも快活な詩人だった白秋を襲ったそれは残酷な運命だった。

夕日の詩は多い。

もうし、もうし、柳河《やながは》ぢや、
柳河ぢや、
銅《かね》の鳥居を見やしやんせ、
欄干橋《らんかんばし》を見やしやんせ。
（馭者《ぎよしや》は喇叭《らつぱ》の音《ね》をやめて、

赤い夕日に手をかざす。）

というのは「柳河」の第一連である。これは耳だけではなく、眼も対象をよく摑み、しかも鮮やかな色を愛した人の詩である。終りの二行はのちの中原中也につながって行くもののようだ。

山本太郎選の『思ひ出』では、「酒の黴」が今度読んで面白かった。これは鮎川信夫も抒情詩論で引用している詩である。四行ずつの長い詩であるが、なかなかよい詩句があり、それが白秋らしく派手で、気がきいていながら沈静したところがある。そこが鮎川にぴんときたのだったろう。

からしの花の実《み》になる
春のすゑのさみしや。
酒をしぼる男の
肌《はだ》さへもひとしほ。

このあたりの詩は、何か「中世歌謡」のあるものを連想させるが、白秋ののちの歌にこそ隣接しているとも言える。

酒屋の倉のひさしに
薊《あざみ》のくさの生《お》ひたり。
その花さけば雨ふり。
その花ちれば日のてる。

そのあいだに「ひねりもちのにほひは／わが知る人も知らじな。／頑《かたく》なのひとゆゑに／何時《いつ》までひねるこころぞ」とか、「酒を醸《かも》すはわかうど、／心乱すもわかうど、／誰とも知れぬ、女の／その児《こ》の父もわかうど」といった、いかにも白秋らしい機智に富むいくつかの連もある。

2

さて前置きはこのくらいにして本題の白秋晩年の歌に入ろう。

『渓流唱』はさきに「水戸頌」のあたりまで読んだが、そのあとに「秋夕夢」（小河内三部唱）が来る。「小河内三部唱」とは「山河哀傷吟」、「山河愛惜吟」、「厳冬一夜吟」の三部のことで、歌集の一二七ページから二二六ページまで、ちょうど百ページにわたっており、このパートが文字どおり『渓流唱』の中心部をなしている。『渓流唱』は伊豆湯ヶ島の静かな渓流の歌からはじまったが、ここで大きく流れを変える。こういう沈む村に憤激する白秋もいるということに、また一般の白秋読者は気づかずにきた。ごく最近も、詩人たちの座談会で、「白秋は」と発言した若い詩人に、試みに何を読んだかと訊いてみたところ、『思ひ出』一冊しか読んでいないのだった。彼だけではなく、実に多くの詩人も歌人も、白秋のごく一部分しか見ていないと言って言い過ぎではない。いやぼく自身がしばらく前までは白秋についてあまりに知るところが少なかった。この評論を書き出したのも、前著の『萩原朔太郎』において白秋、茂吉にしばしば言及したが、その知るところの少ないのに不安を覚えたからなのだ。ここに紹介する「小河内三部唱」もこれをよく知る人は寥々たるものであろう。

小河内村は現在の奥多摩湖のことである。「山河哀傷吟」のはじめに白秋は次のように書いている。

「昭和十年八月三十一日、白山春邦画伯夫妻と同行、妻と共に奥多摩小河内村鶴の湯に探勝、鶴屋といふに泊る。恰《（あたか）》も二百十日前後に当り、山嶽峡谷、朝夕雲霧去来し、初秋の霖雨、時に粛々、時にまた微々たり。この鶴の湯、原は懸崖にあり、極めて寒村にして、未だにランプを点じ、殆ど食料の採るべきものなし。ただ魚に山魚《さんぎよ》あり、清楚愛すべし」（山魚は渓流の魚、鱒や山女《やまめ》など――引用者）。

つづいて白秋は次のように言う。

「此の小河内の地たる、最近伝ふるに、今や全村をあげて水底四百尺下に入没せむとし、廃郷分散の運命にあり。蓋《けだ》し東京府の大貯水池として予定せらるといふ。まことに山河の滅びんとする、その生色を奪はれ居処を失ふもの、必ずしも魚貝・禽獣・草木のみにあらず、かの蒼天にして父祖の謦咳《けいがい》に背き、産土《うぶすな》にして聚落と絶つ。人間離苦、哀別の惨亦《また》曰《い》ふべからず。乃ち《すなは》惆　悵《ちゆうちよう》として我に山河哀傷吟の新唱成る」。

ロンサールの詩は「今日よりぞ摘め生命のバラ」といった「エレーヌへのソネット」とか「カッサンドルへのソネット」といった恋愛抒情詩だけでなく、当時（十六世紀フランス）の社会に対する批判と諷刺の詩もまた多く残っていて、学生だった一九五〇年頃、めずらしく詩を講じた渡辺一夫に教わったことがあった。抒情詩人白秋もまたこの小河内村の社会問題にかかわる歌を多く作ったのである。

秋霖雨《あきづゆ》や多摩の小河内《をがうち》いやふかに雲立ち蔽ひ千重《ちへ》の鉾杉
雲は雨はまだをさまらず我が向ふ奥多摩の谿《たに》の黝《くろ》き幾尾根

はじめの「水上」と「蓬莱の懸崖」のあたりの十数首は、「幽邃《ゆうすい》」という語を思い出させるに十分であり、つくづく、現代詩ではこういうことはうたえないと思わせる。奥多摩は川合玉堂の美術館のある御嶽《みたけ》のあたりまでしか行ったことがないが、あの山と渓谷のたたずまいさえ書くことはむずかしい。短歌も詩もお互いにその様式でなくては書けないものがある。今日の俳句をぼくはわずかしか知らないが、山の句で好きなのに、山口青邨の次の句がある。

祖母山《そぼさん》も傾山《かたむくさん》も夕立《ゆだち》かな

祖母山、傾山とも宮崎の山々であり、鉱山学の学者でもある青邨は、馬でこのあたりを旅したことがあるという（山本健吉による）。俳句は俳句でこのように山をとらえることができる。現代詩の形式ではとらえ得ないものがあまりに多いのに気づかないではいられない。朔太郎は短歌俳句につよく羨望した時、詩が書けなくなったが、どうやらぼくにもその気配がつよくなってきた（後記――この『白秋と茂吉』の直後から、ぼくは今日の俳句にも江戸俳諧にも深入りするようになり、八〇年代の終りには詩壇の定型論争の火付け役となったが、いまだに詩は書きつづけている。ただ俳句や歌の実作はしないままだ）。

閑話休題、この小河内には人が住んでいる。その村はやがて水に沈もうとしている。成田空港の三里塚を連想させる状態である。

　棲みがてぬ水の山女魚《やまめ》のなげきより人界《にんがい》は悲ししかもこの村
　おもて戸ゆ古き湯宿の灯《ひ》は洩れて女童《めわらは》ひとり葡萄食《は》む見ゆ

白秋はちょっと同情してみたというのではなかった。小河内村の歌はどこまでもつづく。白秋はこの時五十歳である。最近やはり白秋系としていい島田修二の近作を読んだが、なかに「敗戦ののちに安吾の言ひしごと堕ち堕ちゆきていま在るわれら」など、なるほどと膝を打ちたくなる歌もあったが、「牡蠣食ひて戦争と党を語りゐるわが世代いま老に向ふか」などには、氏より二年ほど年少にすぎないぼくはちょっと驚いた。島田氏はまだ五十歳にはならぬはずである。白秋は五十歳でこのようにも活力にみちていた。パウル・クレーがバウハウスの親方になったのは五十五歳のときだった。彫刻家平櫛田中は百歳を越えたが、驚くべしすでに百三十歳までの彫刻の材料を買ってあるという。

白秋の「小河内」は次のようにつづく。

人はいとど鳥けものすらもあはれなりやひとたび去りて棲む空もなし
我が目には蝶ひらら飛ぶ影ひとつこの秋谿《あきだに》の深く虚《むな》しさ

白秋は奥多摩氷川神社の獅子舞を見て哀傷更に新たなるを覚える。彼はしばらく前には日本青年館で、小河内の鹿嶋踊りを見たこともあった。やがて「厳冬一夜吟」となる。白秋は書いている。
「昭和十年十二月十三日払暁三時、多摩水源の山民五千人の代表七百名、折柄の寒風を衝いて、奥多摩の尾根(おね)氷川に下る。死を期して陳情せんとするなり。而も警官隊の防圧するところとなり、流血、遂に莚旗(むしろばた)を巻き、声をのんで帰る。二陣三陣四陣亦(また)潰ゆ」。
一方別働隊二百名は、大迂回して中央線塩山《えんざん》駅から「帝都潜入」を図って成らず、また小河内村の一部百名は、青梅街道を裏山伝いに御嶽駅に、他の百名は五日市に出て、いずれも警戒陣突破を企てて阻止されたことを白秋は憤激をこめて書いている。大東京の貯水池にという大義名分のもとに、三村幾千幾百戸は犠牲となった。

何ならじ霜置きわたす更闌《かうた》けて小河内《をがうち》の民の声慟哭す

「慟哭」という言葉をぼくは好きではないが、まさに「慟哭」であったであろうことが、白秋の歌から伝わってくる。陳情隊の村人の心と一つになろうとして、寒夜、歌を詠みとおした白秋は朝霜とともにペンを擱(お)く。

野に満ちて朝霜しろき玻璃のそとあな清《さや》けいまは筆は擱くべし
暁、ただに一色《ひといろ》にましろなる霜の真実《しんじつ》に我《われ》直面す
迅し迅し朝日さしあかる霜道を我が女童《めわらべ》が犬と駈けてゆく

3

『渓流唱』はそこからまた、「信貴山《しぎさん》」、「鹿寄せ」、「音聞山」、「泉州吟」など、主として「多磨」の歌会で訪れた地の静かな歌となるが、その次の「磯部行」「鶏市」などが異色で面白い。「十二年一月四日、展墓の為に、大手拓次君の郷里上州磯部温泉に赴き、八日まで、磯部新館に宿る。主人桜井氏は故詩人の令弟なり」と前置きにある。犀星、朔太郎、拓次の三人が白秋の三羽烏と称された、その大正初年の古い時代からはるかに時経って、すでに昭和十二年になっていた。「鶏市」がとくに面白く読める。

逃げざまにけけと羽ばたく唐丸のうしろ寒げやその朱《しゅ》の鶏冠《とさか》
夕かげは唐丸籠の七つ八つ早や押しこかし風吹きぬけぬ

ここには、実に大らかにその土地の人々とまじり合う白秋がいる。白秋も初期にはボードレール主義の洗礼を受けたことがあるわけだが、繰り返すがあくまで絶対的孤独を選ぶボードレールと白秋ほど異なる位相にある詩人はいない。白秋はたちまち人と親しむ。

鶏市《とりいち》とおのれ猛《たけ》ると声々にいや競《せ》り立ててきくこともなし
この風に毛物競《せ》り合ふ声聞けば上つ毛びとは胆《きも》ふてぶてし
鶏市《とりいち》の夜寒《よさむ》あかるく灯《ひ》をつけて早や笑《ゑ》らぎをり我が軍鶏《しゃも》は売り
鶏市と酒は呷《あふ》りし後《あと》ひきて命知らずが早や蹴合なす
鶏《とり》の市果てにたるらし灯《ひ》は消して霜夜しづけき響は立ちぬ

『黒檜』、『牡丹の木』のみ名が高く、『渓流唱』を、という声はそれほどでもないが、こうして見ると、この集はもっと高く評価されてよい。

一月六日夜、上州安中《あんなか》の少林寺達磨寺での「達磨市」の歌も面白い。

以下「雲仙」、「嶋原」、「伊王嶋」などの歌がつづく。この集までが、幸福な白秋の歌で、十二年の夏以後の失明の危機という傷心事はまだ到来していない。

『黒檜《くろひ》』の序はすでに沈痛である。沈痛だが白秋は不幸と孤立のなかに立てこもることはない。彼は決して呪われた詩人ではない。

「黒檜の沈静なる、花塵《かぢん》をさまりて或は識るを得べきか。

薄明二年有半、我がこの境涯に位して、僅かにこの風懐《ふうかい》を遣《や》る。もとより病苦と闘って敢て之に克《か》たむとするにもあらず、幽暗を恃《たの》みて亦之を世に愬へむとにもあらず、ただ煙霞余情の裡、平生の和敬ひとへに我と我が好める道に終始したるのみ。／『黒檜一巻』、秘して寧《むし》ろ密かに我といつくしむべく、梓《し》に上《じょう》して些か我が真実の謬《あやま》られむことをおそる。他に言ふところなし」。

『邪宗門』と『思ひ出』、『桐の花』から、『雀の卵』、『雀の生活』、『フレップ・トリップ』、『風景は動く』と見てきて、『渓流唱』の静かな境地は通りはしたが、この『黒檜』にいたって、あの快活で、まっすぐでウイットにみち、ときには躁的なばかりに自らを全開して、音と光と動に全身をあたえてきた白秋、森羅万象への愛を披瀝してやまなかった白秋は、薄明の世界の人となる。薄明と言うが、初期の白秋は、フランス象徴派風に、かわたれ時、夕暮れの薄明を多くうたった年少の詩人であり歌人だった。それが晩年に盲目という思いもかけぬ薄明の世界の人となったのである。

「熱ばむ菊」の「駿台月夜」から集ははじまる。


照る月の冷《ひえ》さだかなるあかり戸に眼は凝《こ》らしつつ盲《し》ひてゆくなり

月読《つきよみ》は光澄みつつ外《と》に坐《ま》せりかく思ふ我や水の如《ごと》かる

駿台とあるのは神田駿河台のことで、そこにある杏雲堂病院に白秋は入院した。「巻末に」には次のようにある。

「本集『黒檜』は前集『渓流唱』（未刊）に次ぐものである。／昭和十二年十一月、眼疾いよいよ昂じて、駿河台の杏雲堂病院に入院して以来、同十五年四月、砧の成城よりこの杉並の阿佐ヶ谷に転住するに至る、約二年有半の期間に於ける薄明吟の集成が之《これ》である」。

こうして次のような歌となる。

お茶の水電車ひびくに朝早やも爽涼の空気感じゐるなり

暁《あけ》の窗《まど》にニコライ堂の円頂閣《ドオム》が見え看護婦は白し尿の瓶持てり

冬曇り明大の塔にこごりゐて一つ黝《くろ》きは赤き旗ならむ

病についてはやはり「巻末に」のうちに次のようにある。「私の眼疾は遠因を置体の上に加へた多年の精神的暴虐に発し、糖と蛋白との漏出が激甚となり、遂に、新万葉選歌に於ける日夜の苦業が眼底の出血と共に極度の視神経の衰弱を来し、失明直前の薄明状態に坐らねばならなくなつた」。しかもこの状態にあって白秋はなお幸せだと言う。「この一生の重患に於て、他に補うてあまりある道の楽しみを得たことは、私の欣びである。私は寧ろ現在の境涯に於て幸せられてゐる」。

「冬の日」二首には、はじめに「失明を予断せられ、I眼科医院を出づ」とある。

犬の佇《た》ち冬日《ふゆひ》黄に照る街角の何《なん》ぞはげしく我が眼には沁む

人が大勢歩いている都会の道に、人はみな同じように用事を持ち、目的地を持ち、歩くのが当然のように歩いてはいるが、そのなかにどのような運命の岐路に立つ人がいるか、わかりはしない。いましがた、どのようなことを告げられ、どのような気持で歩いている人がいるかわからぬものだ。この一首には、失明を予断された白秋の、街角での孤立と不安がよく表われている。

病院街冬の薄日に行く影の盲目《めしひ》づれらし曲りて消えぬ

『黒檜』には、誰もが気づくように、幾度も唐招提寺の鑑真和上像を思う歌が出てくるが、この「冬の日」二首のすぐあとに、「昭和十一年盛夏、多磨全国大会の節に拝しまつりし唐招提寺は鑑真和上の像を思ふこと切なり」として、次の「鑑真和上」三首がある。

目の盲《し》ひて幽かに坐《ま》しし仏像《みすがた》に日なか風ありて触《さや》りつつありき
盲《し》ひはててなほし柔《やは》らとます目見《まみ》に聖《ひじり》なにをか宿したまひし
唐寺の日なかの照りに物思《ものも》はず勢《きほ》ひし夏は眼も清《す》みにけり

「降誕祭前夜」の次の歌の時はまだ御茶の水に入院中であるが、すでに神経は耳に集められていて痛々しい。

ニコライ堂この夜《よ》揺りかへり鳴る鐘の大きあり小さきあり小さきあり大きあり

4

よい歌はやはり歌集の冒頭のほうに集中しているように思われる。とくに「早春指頭吟《（しとう）》」の「退院直

後」、

花かともおどろきて見しよく見ればしろき八つ手のかへし陽《び》にして

の一行は読みすすむ者の眼に、思いがけない白い光を反射するかのようである。またおだやかな歌、「我が宿よ冬日ぬくとき端居《はしゐ》には隣もよろし松の音して」以下の歌が九首ほどつづき、「山鳥——木俣修より贈り来る」として、

冬冷《ひや》き皿の上には山鳥の瞼《まなぶた》しろし閉ぢしまなぶた

の一行が来る。この一行もするどく、あくまで冷たい槍のようにこちらに突き出されてくるような気がする。瞼閉じた山鳥に白秋は自らの姿を見ている。先の「しろき八つ手のかへし陽」の歌と、「皿の山鳥」の歌の二つが、この集の頂点をなしているようにぼくには見える。さきに亡くなった村野四郎が『黒檜』、『牡丹の木』をしきりに推賞していたことは知られるが、「冬冷き皿」の歌には、のちの村野の実存主義的とも言える残酷なイメージの詩を連想させるものがある。またしばらく読みすすむと、自らを戯画のようにして、

聴耳《ききみみ》に胡桃《くるみ》食《は》みゐる影我は坐《すわ》る太尾《ふとを》の栗鼠にかも似る

といった歌もある。

槢山に菫咲くとふその色のどれが菫ぞ見つつわかぬに
春の陽に輝き笑《ゑ》まふ女《め》の童《わらは》瞼の外《そと》に置きて思へや

我が籠《こも》り楽しくもあるか春日さす君が手鞠をかたへ置きつつ

白秋の『黒檜』は決して悲壮感を人に押しつけるようなものではなく、悲劇的ではあるが、ある明るさが、余裕が、薄明のもとの朱のような明るい色が、つねに漂っているのである。これが白秋の、辛く苦しい運命とのたたかい方であった。白秋はふたたび、みたびと鑑真を思い、その閉ざされた眼と、面持の何か湛えて「匂へる笑《えみ》」を思い出そうとする。

聴覚だけではなく、匂いの歌もまたこの集にあって目立つ。

眼に触りてしろく匂ふは夏薔薇の揺りやはらかき空気なるらし

また朱の色の出てくる歌として次の一首がある。

短日《たんじつ》は盲《し》ふる眼先《まさき》に朱《しゅ》の寂《さ》びし童女像ありて暮れてゆきにけり

5

多くを引用して、かえって『黒檜』の特徴がうすれてはならないのでこれくらいにとどめるが、集の終り近くの「戦時雑唱」についてひとこと言ってみたい。

『黒檜』における戦争の歌には、弱き兵に対するあわれみがみちていて、捨てがたいものがある。白秋は「巻末に」において、「時局の歌が少いのは、恰《あたか》も発病が北支事変と同じ頃に当つて作歌の機を逸したのである」としているが、その多くはない時局の歌の大方は、弱い存在たる兵士に、盲いんとする白秋が寄せたおもいやりと共感とで成っている。

ひたひたと攀ぢてうばへる塁《とりで》にて何を叫びしつはもの彼ら
つはものはあへぐいまはもをたけびてこゑあげにけむ天皇陛下万歳
先き駆くとただに勢《いきほ》ふ軍の犬ひとたび吼えてかへらざりけり
伝書鳩荒野の空に行き消えてたより無しとふその鳩泣かゆ
斃れ伏す軍馬あはれと我が水のひとしづくつけて死にし兵はや

これらは「哀歌」としてまとめられているが、むしろ敗北主義的な気分の歌ばかりで、少しも戦意昂揚的ではなく、そのあたりが調子よく景気のよい茂吉の時局の歌とはちがう。白秋はむろん忠孝第一で、戦争も天皇がはじめたのだから、大もとにおいては否やのあろうはずがない。彼はいかにも神のしろしめす日本のイメージづくりに協力した。しかしこの『黒檜』の戦争の歌は、弱き者へのいたわりにみちている。「老兵」もその一つである。「昭和十三年五月、応召兵我家に宿る。その中にひとりの老兵ありき」として、次のような歌があった。

老いし兵笑《わらひ》落しつかきかぞへ一二三四五六七八九人《ひふみよいむなやここなたり》の子
老いし兵強き日差に歩を張れりむしろ叫びて駈けたかるべし
蒸しむしと夜眼《よめ》に撲《う》ち来る土ほこりトラックとどろき兵発《た》ちはじむ

そのあとの歌にも、

眼先《まなさき》に友の屍《しかばね》凍《こほ》れるを月夜《つくよ》堪へつつ七夜《ななよ》経しとふ
面《つら》あげし兵の一人はそれぞとふ眼も無かりきと見て来て言ひぬ
面《かほ》笑ひ照る日に群るる兵見れば呆《ほ》けたるがごとし耳聾《し》ひにけり

と、むしろ兵の悲惨をうたった作が多い。

いよいよ集の終り近くに「北支那に砲とどろきし頃よりぞ目見《まみ》闇くなりて我は籠りつ」の一首があるが、「巻末に」（昭和十五年七月廿四日夜の執筆）の最後には、「視力は一進一退して、今日に至つたが、やや小康を得て薄明にも馴れた。ただ四方は暗くなりつつある」とある。白秋の眼の、四方が暗くなって行くのと、時代のなおも暗くなって行くのは、こうしてその歩みを一にしていた。

こうして『黒檜』以後の、『牡丹の木』の時代に入って行く。「編纂覚書」として木俣修は次のように書いている。

「御発病後三年目にあたる昭和十五年四月、砧の成城から杉並の阿佐ヶ谷に転居以後、御病気がいよいよ重くなられる直前の十七年八月初旬までに、その主宰誌『多磨』及びその他の雑誌・新聞に発表された作品のすべてを、何等の私意を加へる事なく網羅した」。

かつて篠田一士は「朔太郎の晩年に『氷島』という最大傑作がありますが、この『氷島』と例えば白秋の晩年の歌集を読み較べてみたときに、やはり白秋の歌の方がその完成度において高い処にあるということをどうしても考えざるを得ない」（「白秋のポエジー」――「コスモス」短歌会での講演）と言った。篠田がこのようなことを言った当時（もうかなり前になる）は、詩人の業績と歌人の業績を、その高さ深さにおいて並べて比較評価することなど、一種の冗談のようにとられたものである。しかし篠田一士のあの時の発表は（活字になったのを読んだのだが）非常に興味深い。もう誰もがこういう視点を持ってもよいと思われる。日本語のポエジーとして、詩と歌の達成点の高さ深さの比較をやってもよい。朔太郎の『氷島』と、白秋の『黒檜』、『牡丹の木』の達成度の比較、これはむずかしいが、昭和十年（一九三五年）前後という時代に、あいついで同じ日本語のポエトリーとして、『氷島』、『黒檜』、『牡丹の木』、さらに西脇の

『Ambarvalia』、金子光晴の『鮫』（一九三七年）などが、他にぬきん出て世にあらわれたのを望見するのは興味深い。朔太郎は、次第に暗くなって行く時代に向き合って、我れの持たざるものは一切なり、との絶望の逃走の姿勢を明らかにし、昭和十六年になると神経衰弱に逃げこんで門を閉ざした。白秋はどうだったろうか。やみくもに白秋を批判、否定する眼ではなく、と言ってただただ白秋を信奉する弟子の眼でもなく、というのがぼくのはじめからの白秋への接近のしかただった。

12 『牡丹の木』

1

みれんがましいようだが、もう一度大正期の白秋に戻って、珍しい一文を読もう。折口信夫の書評のみを先に読んだ白秋著『芸術の円光』であるが、そのなかに「山荘主人手記」という大正十一年十月の随筆がある。この『芸術の円光』は出版の日付けは昭和二年になっているが、収められた評論、随筆は、大方は大正十一、二年の執筆である。

さてこの「山荘主人手記」は、室生犀星、萩原朔太郎の二詩人が、白秋の小田原の山荘を訪ねた折の白秋側の記録である。白秋側のと言うのは、どうやら犀星か朔太郎にこの時の「山荘訪問記」があるらしい。初めに「わが友の山荘訪問記にならひて、われもまたひそやかなる主人の手記を認めむとす」とあるからだ。しかし犀星全集や朔太郎全集に当たってみたがちょっと見当たらない。

さて「われもまた友を待つこと久しかりき。来らず、行きて見ず、かくて長く相会はざることの幾年なりけむ」とあるが、白秋、犀星、朔太郎の三詩人がもっとも色濃く交際したのは、大正初年から、朔太郎の『月に吠える』の刊行された大正六年くらいまでのことであった。三者の交流については前著『萩原朔太郎』の「白秋と朔太郎」の章でやや詳しく述べたが、ここでもごく簡単に年譜風にまとめてみると、次のようになる。

大正元年　十二月頃、朔太郎は白秋の雑誌「朱欒《ザンボア》」を見て、とりわけ犀星の詩にひかれる。

大正二年　四月、朔太郎は犀星へ手紙。五月、朔太郎の処女作ともいうべき詩「みちゆき」他の詩が「ザンボア」に発表される。

大正三年　白秋、二月、小笠原へ。犀星は前橋に朔太郎を訪ねる。十月、朔太郎は白秋を訪問。この年、朔太郎の白秋への手紙は三十二通に及び、犀星、大手拓次、朔太郎の三人は「白秋麾下の三羽烏」と称される。

大正四年　一月、白秋、前橋へ来る。二月、朔太郎は白秋を訪問。五月、朔太郎は金沢へ犀星を訪ねる。六月、八月、朔太郎は白秋を訪問。十月、犀星は前橋へ。この年、朔太郎の白秋宛の手紙は五十二通残されている。

大正五年　六月、「感情」創刊。朔太郎の白秋への手紙は七通となる。

大正六年　一月、白秋は朔太郎の処女詩集『月に吠える』に長文の序を書き、詩集はこの年二月十五日に出る。十一月、白秋は犀星の処女詩集『愛の詩集』の序を執筆。翌年一月刊行。

三者のこの濃い友情の時代から山荘訪問まですでに四、五年の月日が経っている。しかし三詩人ともまだ若い。

「山荘主人手記」には、久しぶりに犀星、朔太郎の二人に会うよろこびが溢れるようだ。

「室生と萩原とが来るぞ、かく二人の消息をうち見て我が驚き喜びてより、ひねもす日は永くてさらでも暑き油蟬のいりつくれば、堪へがたくも待ち喘ぎ待ち喘ぎけり」。

そのうち「人のけはひして、よき家ぞ、カンナも咲けり、こは何といふあやしきサボテンぞなど笑ひぞめく。かの声なりと思へば思はずも走り出でたり」。

　こんなにも二詩人は白秋によって待たれた。以下、犀星、朔太郎の二詩人の若き日の姿が白秋のペンで生き生きと描き出される。

「犀星の稜《かど》立ちて痩せたる、髪長き、鉄無地の絽の羽織ひきかけてやや取り澄ませる。朔太郎のはにかみて慌ただしき、その白麻の下衣《シャツ》の襟広なる、ボヘミアンネクタイ房々と垂れて、さて横顔の痩せて笑へる。むかしのままなり。犀星夫人は豊かに丈高く、うしろにちらとかくれし下げ髪の子の、水色に薄藍色の洋装したるが、脛ほそくいたいたしげなる、その靴の小さく白きもよく目に立ちぬ」とある小さな子は、犀星の長女、室生朝子の幼い頃の姿だろうか。

「階上の書斎にて、ひさびさにて皆相向へばうれしき事かぎりなし」。以下、犀星が旅のことなどを面白おかしく語るくだりが出てくる。

「最早や午にも時過ぎたり、遅れたれど手づくりの粗餐《そさん》まゐらすべしとて食堂へ妻が案内するによきファイアプレースなりと朔太郎一目見てほめたたへぬ。こは英吉利《イギリス》の百姓家の風情なり、まだ何一つ飾りてととのはねば寂しと我が答へたるに、これにてよし、満点ぞと彼はまた童児のごとくうち喜びぬ。よき友垣かな」。

　実際この日の三人は楽しげである。このような日が、三人にとってそうそう多くはなかっただろうと思われるだけに、楽しさが際立っている。以下、少し長くなるがめずらしい文章なので煩をいとわず引用すれば、「皆々席につくに、白きテエブルクロース、皿、ナイフ、フオク、一輪挿しの黄のカンナなど、あやしけれどたゞ型のごとく並べたるに、庭前のコスモス緑に映じて、やや眼を喜ばしむ。さて皿といふ皿に乏しく、人手少なければ、スープその他、つぎつぎと大きなる鉢どんぶりのたぐひに盛りて出す。人々の匙もて食ふにまかせたるなり。犀星、こは仏蘭西《フランス》料理なるべし。いしくもととのへたるかな、贅を極めたる貴族の食料なり、こは何といふ肉ぞ。雛鶏のトマト煮ならしと朔太郎が云へば、うまきかな雛鶏、朔太郎汝の雲雀料理は常にその詩にて風味したるも、（白秋よ、朔太郎とてもまことの雲雀料理は食ひたる事なからむ。あれは詩なり。）おそらくこれ以上には出でざるべし、こはまた何といふものぞ……」という具合であった。

「ほうヴィクタアの蓄音機を買うたるか、我が家のより大きなるは、これはまた何としたことぞと犀星また髪掻き上げておどろき笑ふに、話はいつか音楽のことにうつれば、マンドリンの名手朔太郎も立ちてショパンなどかく」。朔太郎がショパンのレコードをかけたというのは面白い。「犀星つくづくと吐息して、もとの互に貧しかりしが、夢のやうぞと云ふ。さてまた戯れにかへりて、我より収入《みいり》多しとは思はざりしに、白秋、さては本がよく売れるならんと、しみじみとほほゑみけり。まことにかく心をひらきて親しき友垣と語り合ふことの、このうれしさは何にかたとへむ。而も衣食いささか足り、いささか心安きに初めて我が家といふ家に迎へ得てこの喜びをわかつことのいかばかり我にも妻にもうれしからむ、口には云へず、涙ぐましき友情なり」。

「まことによき住居かな、よき生活かな、洋行したやうぞ。白秋、白秋になりぬ。『桐の花』の昔に還りしぞ。そはよき夫人にこそ謝すべきなれと、朔太郎跳ねつつ細き竹細工人形のごとくうち喜べば、我もまた、何といふことなくゆたりゆたりとうれしき」。

実に楽しげな一日を白秋は「凡てほほゑまるることなり、神はかくのごとき親しき友垣の上にこそおはしますらめ」と結んでいる。

われわれはここに大正期のもっともすぐれた三詩人のよろこばしき一日を知ることができる。

こののち朔太郎には妻稲子との離婚事件や戦中の非協力的姿勢への非難など、苦難の日が訪れ、白秋にも事はうち続くが、この日々はようやく、まずおだやかと言っていい、めぐまれた時がつづいた。

やがて時経って昭和十二年、白秋の眼疾の発病となったのである。こうして『黒檜』が成立するわけだが、次に『牡丹の木』が来る。

（『芸術の円光』には他に、「芸術の円光」、「詩へ」などの、芸術における香気、気品をめぐる詩論、白鳥省吾、福田正夫ら民衆詩派の詩人との論争「散文が詩といへるか」等々が収められていることを付記しておこう。）

2

『牡丹の木』の巻末「編纂覚書」は木俣修の手になる。白秋の発病から死への経過をこれによって見よう。

「眼疾及び内臓の諸疾は軽快といふ程ではなかつたけれども、先生は十六年の初冬の頃までは、非常に御元気であられた。即ち十五年八月には鎌倉の円覚寺に於ける多磨大会を統べ、その十一月には『白秋詩歌集』八巻の編纂のため箱根へ赴き、翌十六年三月には御国筑後柳河に帰省、引続いて聖地日向及び大和への長途の旅を遂げ、更にその十一月には『雲母集《きらら》』発祥の地、三浦三崎への旅をされるといふ風であつた。仕事の方から云つても長大の雄篇である交声詩曲『海道東征』長唄『元寇』等をこの時期に完成されてゐる。ところが十七年に入ると病勢は急に昂じて来て、二月、慶応病院、次で杏雲堂病院に入院加療されることになつた。四月退院後はずつと自邸で静養されてゐたが、一進一退の状態で、秋の頃にはすでに憂慮すべき重態におちいられた。そして十一月二日早暁、遂に五十八年の大生涯を閉ぢられたのである」。

朔太郎はすでに同じ年の五月に没し、茂吉と犀星は戦後まで生き、茂吉は『白き山』を、犀星はいよいよ死の直前まで、あのねばりづよい小説を書きつづけた。

ここで『牡丹の木』を見る前に、われわれはまず晩年の萩原朔太郎をふりかえっておきたい。朔太郎の晩年と白秋の晩年は大きく異なっていた。前にも触れたとおり、朔太郎の晩年の詩集は『氷島』で、これは昭和九年の刊行である。これ以後、残念ながら朔太郎の詩作は非常に、いや異常にと称してよいほど少ない。昭和十年はまったくゼロ、十一年は俳句四句、散文詩「虚無の歌」一篇。十二年は散文詩「虫」、「臥床の中で」、「貸屋札」、「この手に限るよ」、「物みなは歳日《としひ》と共に亡び行く」、及び行分け詩「南京陥落の日に」であり、散文詩はすべて詩集『宿命』に収められた。十三年はなし、十四年もなし、十五年は俳句四句、十六年は童謡「貝」、十七年は「洋燈の下で」、「無題の詩」が遺稿として「四季」に掲げられたが、これは旧作であった。

こうして白秋がいよいよ昭和十七年十一月の死の直前まで歌をつくりつづけた（それも白秋の晩年を赫々と照らす落日のようなすぐれた歌をつくりつづけた）のに較べて、朔太郎の詩の創作は止むのが早かった。

その理由としてはいろいろあげられようが、朔太郎は『氷島』であまりに早く自らの詩を殺したのであった。ただそれによって彼は同時にやってきた不吉な戦争の影と歩みを一にし、それとともに衰弱し、戦争謳歌の詩にまきこまれることもまたなかった。彼は悲惨な戦争の影に誤って鼓舞されるというような錯覚を冒すことはなかった。『氷島』は朔太郎の一切は虚妄なりとの宣言で、それによって詩は死ぬことの代償として不思議な再生をしたのだが、同時に詩への訣別でもあって、その後の何篇かは着陸した飛行機がなおもその惰性のようにして、止まり切れずに動くようなものであった。

ここでは昭和十一年の散文詩の一つ「虚無の歌」を、朔太郎の最後の詩作活動として見てみることにしよう。

午後の三時。広漠とした広間《ホール》の中で、私はひとり麦酒《ビール》を飲んでた。だれも外に客がなく、物の動く影さへもない。暖炉《ストーブ》は明るく燃え、扉《ドア》の厚い硝子を通して、晩秋の光が侘しく射してた。白いコンクリートの床、所在のない食卓《テーブル》、脚の細い椅子の数々。
ヱビス橋の側《そば》に近く、此所の侘しいビヤホールに来て、私は何を待つてるのだらう？　恋人でもなく、熱情でもなく、希望でもなく、好運でもない。私はかつて年が若く、一切のものを欲情した。そして今既に老いて疲れ、一切のものを喪失した。私は孤独の椅子を探して、都会の街々を放浪して来た。そして最後に、自分の求めてるものを知つた。一杯の冷たい麦酒と、雲を見てゐる自由の時間！　昔の日から今日の日まで、私の求めたものはそれだけだつた。

昭和十一年、朔太郎はまだ五十一歳だが、老境の人のような嘆声を発している。内容は『氷島』の「喪失のテーマ」と同じものであるが、この散文詩にあっては昭和初年の「喪失の歌」の調子よりもずっと衰弱して力ないものになっている。たとえば『氷島』の「乃木坂倶楽部」における「喪失」の声はもっとはげしく、乾いて悲痛なものであった。

乃木坂倶楽部

十二月また来れり。
なんぞこの冬の寒きや。
去年はアパートの五階に住み
荒漠たる洋室の中
壁に寝臺《べつと》を寄せてさびしく眠れり。
わが思惟するものは何ぞや
すでに人生の虚妄に疲れて

今も尚家畜の如くに飢ゑたるかな。
我れは何物をも喪失せず
また一切を失ひ盡せり。
いかなれば追はるる如く
歳暮の忙がしき街を憂ひ迷ひて
昼もなほ酒場の椅子に酔はむとするぞ。
虚空を翔け行く鳥の如く
情緒もまた久しき過去に消え去るべし。

十二月また来れり
なんぞこの冬の寒きや。
訪ふものは扉《どあ》を叩《の》つくし
われの懶惰を見て憐れみ去れども
石炭もなく煖炉もなく
白堊の荒漠たる洋室の中
我れひとり寝臺《べつと》に醒めて
白晝《ひる》もなお熊の如くに眠れるなり。

久しぶりに読む『氷島』の直撃力、暗い情感の一気に襲いかかる力がこちらを打ってくる。「石炭もなく暖炉もなく」――他方、昭和十一年の散文詩「虚無の歌」のほうは「暖炉《ストーブ》は明るく燃え」、少なくとも

「一杯の冷たい麦酒と、雲を見てゐる自由の時間！」があるのだが、わずか数年にして『氷島』の「飢ゑ」は「諦め」に変わっているようである。

　かつて私は、精神のことを考へてゐた。夢みる一つの意志。モラルの体熱。考へる葦のをののき。無限への思慕。エロスへの切ない祈禱。そして、ああそれが「精神」といふ名で呼ばれた、私の失はれた追憶だつた。かつて私は、肉体のことを考へて居た。物質と細胞とで組織され、食欲し、生殖し、不断にそれの解体を強ひるところの、無機物に対して抗争しながら、悲壮に悩んで生き長らへ、貝のやうに呼吸してゐる悲しい物を。肉体！　ああそれも私に遠く、過去の追憶にならうとしてゐる。私は老い、肉慾することの熱を無くした。墓と、石と、蟾蜍《ひきがへる》とが、地下で私を待つてるのだ。

ヱビス橋のビヤホールに朔太郎はこうして茫々と坐っている。「神よ」と詩人は呼びかける。「私は一切を失ひ尽した」。しかし「ああ何といふ楽しさだらう。私はそれを信じたいのだ。私が生き、そして〈有る〉ことを信じたいのだ」と彼は叫ぶ。「永久に一つの〈無〉が、自分に有ることを信じたいのだ」。かくして「私は、過去に何物をも喪失せず、現に何物をも失はなかつた」。それは〈無〉を所有していたからなのだ。「私は喪心者のやうに空を見ながら、自分の幸福に満足して、今日も昨日も、ひとりで閑雅な麦酒《ビール》を飲んでる。虚無よ！　雲よ！　人生よ」。

　これが朔太郎の晩年に到達した心境だった。詩は『氷島』で終わってしまっている。ここにある朔太郎はただ一人「無」と向き合っていて、はや詩作さえうち忘れるしかなかったのがよくわかる。彼は疲れ切ったのだ。「詩よ君とお別れする」と書いたことのある犀星はその死まで詩を書きつづけ、その時犀星と応酬した朔太郎は昭和九年という時にすでに詩とは訣別していたのである。

3

朔太郎にあまり深くかかわっている余裕はない。われわれは『牡丹の木』をひもといて、白秋の最晩年の心境を探らねばならぬ。この歌集には昭和十五年四月から十七年八月初旬までの歌が入っている。朔太郎は同じ頃、なお『港にて』、『阿帯』などのアフォリズム集や随想集を刊行するほか、小泉八雲論などを書いていたが、昭和十六年の秋からは神経衰弱が昂じて自宅にこもりがちになっていた。昭和十六年十二月八日の太平洋戦争勃発の頃も、詩作はもちろんなかったが、「詩の鑑賞――北原白秋の詩」を書いており、ひきつづき、蒲原有明と犀星の詩について書き、「芥川龍之介の小所感」が最後の執筆となった。彼は律義にも（偶然の依頼原稿にせよ）これら若い頃にもっとも親しんだ詩人たちを回想して死んだのであった。

さて『牡丹の木』の初めの二首は次のようなものである。

春ふかき牡丹にぞ思ふかがなべて眼を病みしより幾とせ経たる
黒きまで隠《こも》るぼうたん春闌《た》けてうれ葉のしげりいきほふものを

眼を病んで春の牡丹も黒っぽく見える、しかし白秋の牡丹は決して虚無的ではなく、かえって華麗でさえある。白秋は「一切を喪失せり」とも、「無」のみを所有しているとも言わない。彼には華麗な牡丹の影が見える。眼を病んだために、それはいっそう深みをもった幽玄な牡丹の重みを持ち得たかのようである。

次の一首の内包する力をわれわれは深く味わうべきだろう。「言づてして」と前書きがあって、

内隠《うちこも》るふかき牡丹のありやうは花ちり方に観きとつたへよ

はや白秋は心眼で牡丹を見ているのである。

晩年の朔太郎は草花への視線をほとんどすべて失い、『氷島』にはもはや一、二のわびしい植物しか出て来ないとさきに指摘したが、白秋の晩年の花は、牡丹であり、百日紅であり、菊、ミモザ、辛夷《こぶし》の花、雪やなぎであった。しかしもう少し多く出てくるかと思っていたが、実際には『牡丹の木』にはそれほど多数の花が出て来ると言うわけではない。それだけに巻頭の牡丹が目立つのである。『牡丹の木』はやはりその巻頭の牡丹によって全体が支配される。なかに多くの戦争体制支持の歌のあるのに眼をふさぐわけにはいかないが、歌集を離れて思うのは心眼で見られた牡丹の華麗と幽玄である。

炉にくべて上無きものは木《ぼく》にして牡丹ぞといふにすべなほほゑむ
須賀川の牡丹の木《ぼく》のめでたきを炉にくべよちふ雪ふる夜半に
牡丹の黒木さしくべゐろりべやほかほかとあらむ冬日おもほゆ
この束のそこばくの木《ぼく》色にして牡丹けだしや昨《きそ》匂ひける
茶の料《しろ》と冬は牡丹の木《き》を焚きてなに乏しまむ我やわびつつ

引き写しながら、これらの歌はあと十年、いや三十年してなおすばらしく思えるものであろうと想像される。それにしてもこれらは贅沢な歌であると思わないではいられない。ヱビス橋のビヤホールで、一杯の麦酒を前にして白い雲を茫然と見ている朔太郎と、牡丹の木に思いを托す白秋はいささか異なった晩年の光景のうちにある。朔太郎の散文詩にはまだボードレールの散文詩の影がさしているが、白秋は牡丹を前にして白秋になりきっている。

白秋はしかし家族に囲まれ、歌の弟子に囲まれ幸いであった。彼は釈迢空が言うような意味の孤独とはやはり縁がなかった。たとえば次のような歌の境地は、朔太郎には想像もできなかったろう。

雲海のいただきの峰くだり来し少女一人に家揺りとよむ

これは父の代理として「紀元二千六百年奉讃歌灯籠の竣工式」に、白秋の娘の篁子が富士にのぼり、帰ってきた際の父の歌で、いかにも白秋は幸福である。

我がどちや夏行《げぎやう》すなはち諸蟬の雨ふるがごとき山に随《したが》ふ
広縁に足音《あのと》ちかづく歌もちて我が子ら来《く》らし足音《あのと》ちかづく

「我が子ら」とあるのはむろん白秋の主宰する「多磨」の門下の若い歌人たちのことであろう。

読みてみよ我は聴かむぞどれ見せよ拡大鏡に透かし見てむぞ

ただこの『牡丹の木』には「言祝――紀元二千六百年式典の日に」といった、現在の眼をもってして見るに堪えない歌もかなり多く入っている。「国挙げて神もきかせと宮ごとに舞ふ浦安《うらやす》のけふの祝歌《ほぎうた》」「現神《あきつかみ》けふの佳き日にみそなはし常青雲《とこあをぐも》の大やまとの国」。はたまた「東条首相に捧ぐる歌」まで含めて、『牡丹の木』に戦争体制支持の歌は少なからず、これが巻頭の「牡丹」のすばらしい完璧な歌といかにもそぐわず、不協和音を発していると言わねばならない。

ようやくそれら戦時の歌を脱して、白秋その人の声を聴くことのできるのは、一六八ページの「慶応病院新詠」であり、とりわけすごみのあるのは、そのなかの「周辺無人」の七首である。前書きに言う。「深更危急を告げて宿直医の診察を求むれども起きず。妻子弟妹に亦通ぜしむれども便無し。漸くにして注射を受けたるも、却《（かえつ）》て死に垂《（なんな）》んとす。周辺無人、薬量過ぎたるなり」。

仰ぎ臥《ね》に双手《もろて》拱みつつおぎろなし早や正念《しやうねん》といふものならし
抑へあへぬ激し呻《うめ》きや我と居る正念《しやうねん》にしも　肉《ししむら》　われは
燈《ひ》の明く花塵《くわじん》とどまる夜《よ》のしじま愚かに我の死にか垂《なんな》ん
物の塵燈《ひ》のみあかきに澄みゆくはげにすさまじな人ひとりゐず
息はげし、愛《かな》しひとつの臨終《いまは》にはかく憤るものならなくに
人咳《せ》きて息尽きむとき幽《かす》けかり分秒の和《なぎ》無しといはなくに
聴くものにみ雪ふりつむ落葉松《からまつ》は二重の玻璃戸うち隔てつつ

誰もこのような詩や歌をつくった人はいない。自らの危篤状態を（この時は幸いに命をとりとめたわけであるが）このようにうたいきるその気力には感嘆しないわけには行かない。このような歌を成した白秋という人もいるのである。『牡丹の木』の魅力はこの七首のになうところも大きい。

この七首のあとは同時に病んでいた老いたる母を思う歌であり、「杏雲堂小詠」として「金魚と雪柳」の歌がつづく。切迫した「周辺無人」の七首のあとだけに、雪柳と金魚の生命感の把握が鮮やかである。

雪やなぎしろくしだるる壺にして辺《へ》に透きとほる玻璃の水さし
雪柳花ちりそめて吸呑《すひのみ》の蔽ひのガーゼ襞《ひだ》ふえにけり
空気より水はすぐろき水盤に金魚泳ぎて為すなかるらし
素水《さみづ》照る鉢の琉金一つ減《へ》り二つ減りして春日《しゆんじつ》いまは
琉金のあぎとふ泡の夜ごもりと音立てつめり鉢ある方《かた》に

いよいよ最後のほうの歌にいたって、なおも激励する人である白秋は、戯れる心、笑う余裕を失っていない。木俣修に向かっての次の歌は、死を前にした人のものと思えない。

我はもよ今は張なし下力《したちから》弱りにけりと笑ひて見せつ

最終ページ「立秋」の二首は次のような歌である。

青萱に朝の日さしてつややけき庭の一部を涼しみ瞻《まも》る
秋の蚊の耳もとちかくつぶやくにまたとりいでて蟵《かや》を吊らしむ

4

白秋の歌はここまで来てついに止んだ。白秋は無思想、というようによく見られてきたらしいが、その華やかな才気のみ万人に認められがちだった詩人が、この深い境地にまで達した。『牡丹の木』の少なくとも二十首か三十首は、ぼくのような歌をつくらない者にも、そのほとんど深沈たる祈りに近い境地がよくわかるのである。

白秋はこの死の年の三月に歌論集『短歌の書』を上梓したが、そのなかの「晨朝《しんてう》歌話」（昭和十二年八月、多磨全国大会第三日目、武州高尾山薬王院講堂での講演）には次のような箇所が出てくる。

「白秋は何だ、空霊詩人ぢやないか、魂のない詩人である。あれは感覚ばかりぢやないか。あれは言葉の詩人である。言葉だけで何もないといふことを昔から云はれました。内容のない詩人だと云つて居ります。処女詩集の『邪宗門』や抒情詩の『思ひ出』を発表した頃にはよくさう云はれました。現在の白秋そのものに対しても矢張り大してわかつてもらつてゐるとは思へません。何かは私も持つてゐる。さうして此の現在持つて居るものは矢張り昔も持つて居たのであります。思想がないと見えたところに思想が必ずあつたと信じて居ります。それを見つけることは中々難しいらしいのですが、ただ妙に表面がぴかぴかしてゐる球がある、あれは何だ、ぴかぴかして居るだけではないかと、中身は空なんだらうぐらゐで、よくも見ないで引返す。その中に飛込んで来てくれれば何もないやうなところに一杯満ちたものがあるのだといふことが知つて貰へるのではないかと思ひます」。

実際、現在いわゆる詩を書いている人たちも、茂吉の歌は読むが白秋は読まないと言う人が多いのだ。ぼく自身がそうであった。「ファン・ホッホ的なものを問題とすれば、むしろそれは『桐の花』には対蹠する『赤光』にこそ濃く見だせるのではないか」とかつて中野重治は『斎藤茂吉ノート』（一九四二年）に書いたが、このとき中野は『牡丹の木』をまだ手にしてはいなかっただろう。そして現代の詩人も中野と同じく、「茂吉は読むが」とか「茂吉だけはいいが」と言って、実は白秋の詩や短歌をそれほど多く読んでいない人が多いのである。よく読んでいるのは亡くなった吉田一穂、村野四郎、そして戦後詩人では山本太郎、大岡信、他にもいるだろうがぼくはその数はそれほど多くはないと思っている（現代の俳人にも妙に茂吉は人気があり、白秋をと言う俳人をあまり知らない）。そして白秋を読まずして白秋は無思想、絢爛たる言葉の魔術師だが、それだけのものにすぎないと思っている人が少なくない。

むろんぼくは自分で歌もつくらず、多くの歌を読んでもいない。しかし白秋は同じ「晨朝歌話」の先ほどの引用のすぐ前のところで、次のように発言してくれているのだ。

「併し盲千人と云ひますが矢張り目明も居ります。存外歌を作る人達でなくて、知識階級の中には、歌を作らなくても、日本の古典を十分に読んだ人達、或は西洋の詩を読み、或は文学としての理解を正しく持つた人達には存外わかつた方があつて、多磨の歌風といふものはかうだ、幽玄とはかう、直観といふものはかうだと見定めてくださる人達もおありぢやないかと思つて居ります。だから私も悲観はいたしません」。

白秋はこういうことの言える人だったのである。「歌をつくらぬ者に歌がわかるものか」などという、さびしい、貧しい考えを、彼は少しも持っていなかった。この「晨朝歌話」の一節を見出して、狭い意味での短歌圏内（歌壇）には決していないぼくにも、こうして長々と白秋に接近しようとしてきた努力の仕甲斐があったと思えてくる。

白秋は決して空霊詩人でもなく、魂のない詩人などでもなかった。無思想の「言葉だけ」の詩人では決してない。いま読んだばかりの『牡丹の木』の、引用した歌だけでも、白秋の魂、白秋の霊は、われわれにありありとさながら生ける球根の律動のように突き出されてくる。

「多磨の幽玄、多磨の直観」というものもその真髄までは理解はとどかないが、西洋の詩の象徴主義については、学生の頃から三十年も考えてきたから、何かはぼくにもつかめているだろう。『芸術の円光』で、白鳥省吾、福田正夫らの民衆詩派の散文を行分けした蕪雑な詩を、白秋はつよく否定しているが、その否定の先の先の深い詩の世界こそ、幽玄と直観なのだろう。ヴェルレーヌの言う「音楽」、ボードレールの「万物照応」の音と香りと色の混じり合う境地に相通じているにちがいない。そして実際に今度読んだ白秋の晩年の歌は、はや幽玄とか直観といった概念のそのままはあてはまらぬ、いま言った白秋の魂が、手でつかめる球根のように、言葉として生々脈搏っているものにほかならなかった。

ぼくは生ある球根などと言ったが、白秋にならって「玉」と言うべきかもしれない。「多磨綱領」の結びの一行は、「玉の幻術はかくして雲霧を岩上に弾く」というのであった。その「玉」とは「気品と香気と律動の生々」と言いかえてもよいのだろう（白秋は玉、『氷島』の朔太郎は自ら破れた玉であったと言うべきか）。しかし今日、「気品と香気と律動の生々」の何と実現に困難なことだろう。また俗なるものの大手を振る今日、死語に近くなってしまったことだろう（朔太郎が一度、必然的にも破ってしまったとも言える）。しかし思えばわれわれは散文の行分けにますます近くなり、小説と詩の境界の定かではなくなった、いわゆる現代詩を読む時も、知らず知らず、そこに意味と主張と描写をではなく、やはり「気品と香気と律動の生々」を求めているのではなかろうか（形と音と言ってもよい）。

ここまで書いて、「ヌーヴェル・ルヴュー・フランセーズ」誌の最近号を手にした。その号はアンドレ・マルローの追悼特集をしていて、めずらしくマルク・シャガールがマルロー追悼の文章「火のように」を書いている。読んでいてこの「白秋ノート」のしめくくりとして紹介したい気になった。前半だけだが訳してみよう。

「わたしはもはやこの世にいないマルローについて、いまわたしが書くということを夢のようにしか思うことができない。言葉が出て来ず、事柄の納得が行かないのだ！　彼の死が痛ましく、そのためずっと沈黙してきたのだ。彼が残して行った空虚、悲しみを越えてしまうほどの空虚を説明することがどうしてもできない。

しばらく前、彼はわたしの家に来て、わたしたちはいっしょに昼食をとりに行ったものだった。彼は長い時間しゃべった。彼のブリリアントな話は、彼が彼独自の形でひたり切っていたあの芸術の世界へとわたしを連れて行くのだった。彼は何もかも見抜いているようで、わたしはそのため沈黙したままだった。わたしは彼の言うことに耳を傾け、彼の滾々《こんこん》と湧く天才に包まれた言葉たちの一つ一つを覚え込んだ。

わたしは彼の視線に従った。彼の表情を観察し、畏れのようなものを感じた。彼もまたわたしの眼をのぞき込んだ。そこに何を彼は見たのか？

わたしは彼のうちに、ローマのカテドラルの古い彫刻に時に見た顔の表情を認めた。あの予言者たちの顔、顔は、知られざる天才的彫刻家たちの手によって大理石で刻まれた眼を持っていた。マルローの顔は、祈りと不安の表情のために、その顔に似ていた。

彼はもはや亡い。われわれみんなにとって空虚は大きい。だが彼の作品は残されている。………………

……」。

白秋の眼にも、祈りと不安の表情があったのではあるまいか。彼のいなくなった空虚はさぞ大きなものだったろう。その後われわれの国に、あれほど華やかな天才を感じさせる詩人は生まれていない。

13 『邪宗門』ノートの興奮

八月中旬のおそろしく暑い日、岩波の白秋全集編集部が白秋の詩稿ノートを見せたいと言うので、神田まで出向いて行った。大事そうに紙袋から取り出して見せてくれたのは『邪宗門』と『思ひ出』のノートだった。とくに『邪宗門』のノートにひきつけられた。明治四十一年、まだ二十三歳の白秋の息づかいが消えずにそこにあるようだった。

翌日、翌々日、家で久しぶりに『邪宗門』と『思ひ出』をひもといて、このたびはとくに『邪宗門』の前半の詩につよくひかれるものを覚えた。あの草稿の白秋の文字、その抹消を含む詩人の苦闘ぶりを眺めたので、いっそう深いところで詩を読み、白秋の声と音を聞き得たように思った。

数日後ふたたび岩波書店へ出掛けて行って、午前十時半から夕方の五時まで、一室にこもって『邪宗門』二冊、『思ひ出』四冊のノートをある個所は精読し、若干のメモをとった。以下、『邪宗門』の二冊がどのようなものであったかを、かいつまんで紹介したいと思う。

『邪宗門』の二冊のノートは、表神保町の文房堂製で、タテ一五・八センチ、ヨコ二〇・四センチの横長の帳面である。表紙の模様はマーブル。

一冊目の第一ページには「邪宗門の邃」とあり、カットの案らしき絵が描いてある。次に「素描」とあり、次ページに「赤き僧園」という詩の草稿がある。ちなみに「赤き僧正」という詩は『邪宗門』にあるが、「赤き僧園」というのはない。

次に「如何に呼べども」という詩の苦心惨憺の草稿となる。『思ひ出』ノートのほうの白秋の文字には、酔後、興にまかせて書いたのではあるまいかと思わせる散漫な文字もあるが、『邪宗門』ノートの文字は繊細で、しかもいい字である。この「如何に呼べども」は、『邪宗門』の冒頭から三つ目の詩「陰影の瞳」の草稿であった。

「陰影の瞳」は四行二連の短い作品であるから、全集の第一巻から左に写してみよう。

夕《ゆふべ》となればかの思曇硝子《おもひくもりがらす》をぬけいでて、
廃《すた》れし園《その》のなほ甘《あま》きときめきの香《か》に顫《ふる》へつつ、
はや饐《す》え萎《な》ゆる芙蓉花《ふようくわ》の腐《くさ》れの紅《あか》きものかげと、
縺《もつ》れてやまぬ秦皮《とねりこ》の陰影《いんえい》にこそひそみしか。

如何《いか》に呼べども静《しづ》まらぬ瞳《ひとみ》に絶《た》えず涙して、
帰《かへ》るともせず、密《ひそ》やかに、はた、果《はて》しなく見入《みい》りぬる。
そこともわかぬ森かげの鬱憂《メランコリア》の薄闇《うすやみ》に、
ほのかにのこる噴水《ふきあげ》の青きひとすぢ……

（四十一年十月）

さてノートを見るとまず次の三行があったのが抹消されている。

わが愁《うれひ》曇硝子をぬけいでて、
夕暮どきの饐色《すゑいろ》に薄《うす》らに甘《あま》く狂へるひ
色赤き

ここでまず「かの思《おもひ》」という完成稿の詩句は、もとは「わが愁《うれひ》」だったことがわかる。同じく一行目「曇硝子《くもりがらす》をぬけいでて、」からは、はじめからそのとおり出ていた。二行目「夕暮どきの饐色《すゑいろ》に薄《うす》らに甘《あま》く狂へるひ」からは、完成稿の三行目に「饐《す》え」の一語が残されているものの、「甘く」も「狂へる」もすべて消え去っている。「色赤き」は、完成稿の三行目に「芙蓉花《ふようくわ》の腐《くさ》れの紅《あか》きものかげと、」の「紅《あか》き」となって残されている。

ノートにはさらに左の二行を含む数行がある。

　日のひと日、曇硝子《くもりがらす》のなかにゐて、
　毒草色の楽《がく》の音を弾きただらかし、

せっかく、「曇硝子《くもりがらす》をぬけいでて、」という詩句を得ていたのに、それを捨てて「曇硝子《くもりがらす》のなかにゐて、」となっているが、結局は完成時にはもとに返しているわけである。「毒草色の」の一行はまったく用いられずに消え去った。

次に左の二行を含む数行が書かれている。

　もの甘き軟《なよ》らの風のなまめきに、
　廃《すた》れし園の 霊《たましひ》 はほのかに動く。

一行目は用いられずに消え去ったが、二行目の「廃《すた》れし園」の四文字は、完成稿二行目において採用されている。

次に四行の詩句があり、その二行は次のようになっている。ここに至って「いかによべども」ということばがはじめて出てくる。

いかによべども、かの思、帰《かへ》るともせず、
声立てず、ひそかに瞳凝らしぬる。

詩集によってこの詩「陰影の瞳」を心静かに読めば、天才白秋は一気にこれを書いたかのような気がするのだけれど、実は二十三歳の白秋は完成までに悪戦苦闘しているのがわかる。

次は「狂人の音楽」の草稿である。

この詩は『邪宗門』の「朱の伴奏」十三番目の作品であって、次のようにはじまる。

空気《くうき》は甘し……また赤し……黄《き》に……はた、緑《みどり》……

晩夏《おそなつ》の午後五時半の日光《につくわう》は暑《かげり》を見せて、
蒸し暑く噴水《ふきゐ》に濡《ぬ》れて照りかへす。
瘋癲院《ふうてんゐん》の陰鬱《いんうつ》に硝子《がらす》は光り、
草場《くさば》には青き飛沫《しぶき》の茴香酒《アブサントひ》冷えたちわたる。

ノートにはまず、次の二行を含む五行が記されている。

晩夏のものくるほしき雲の色
ただあかあかと、日没の震慄《おびえ》を見えて、

まず最初こういう詩句が出てきたのだろう。しかしここでは「晩夏の」ということばのみが完成稿で用いられたにすぎない。

面白いのはその次に、「Kyozin no Ongaku」とか「Romatic」（Romanticか？）という落書がされていることで、さらに瘋癲院らしき円屋根の建物がマンガ風に描かれ、建物の左下には人の顔、右下には首の飛んだガイコツと機関車が描き込まれている。二十三歳の青年らしいほほえましい落書である。

次のページには、「オボイ（アルトの管楽器）笛の一種。」とか、「フルウト」とか、「クラリネット」と楽器の名が十ばかり記されていて（オボイはいわゆるオーボエだろう）、これは完成稿の「オボイ鳴る……また、トロムボオン……」とか、「クラリネットの槍尖《やりさき》よ、」とか、「はた、吹笛《フルウト》の香《か》のしぶき、」のための心覚えであるに相違ない。

「狂人の音楽」の草稿は多い。いかに白秋が苦心したかが手にとるようにわかる。「狂人の音楽」の上に「The Music of the madman in the mad-house」と英語で書かれてあるのもほほえましい。

まず、次の二行があって抹消されている。

晩今、晩夏の雲の色、午後四時半の陰鬱に、

瘋癲院

ここで面白いのは、完成稿で「午後五時半の日光《につくわう》は」となっているのが、「午後四時半の陰鬱に、」となっていることである。完成稿では時間を一時間遅らせたわけだ。

次に完成稿冒頭の第一行が出てくるが、「また赤し」は、最初「はた赤し」となっていて、その「はた」を消して「また」にしている。次の「晩夏の午後四時半の日光は硝子の色に照りかへし」は、「硝子の」以下を消して、完成稿通り、「昼《かげり》を見せて、」としている。例の五時半はノートでは四時半のままである。

次の「蒸し暑く、硝子《がらす》に濡《ぬ》れて照りかへす。」は、「硝子に」を消し、「噴水《ふきゐ》に」という完成稿の詩句を

獲得している。

この詩のリフレイン、「弾け弾け……鳴らせ……また舞踏《をど》れ……」は、このノートでは、「弾け弾け……歌へ……また踊れ……」あるいは「おどれ」「躍れ」で、舞踏という文字はまだ用いられていない。

このノートには、ここにのみあってついに発表は一度もされなかったと思われる詩もいくつかある。その一つ、「ピアノ弾く街」のはじめの四行を写しておこう。

ほの青し、はた、かなし、月の夜のピアノ弾く街。
大路には濃霧ふり、大理石《なめいし》の屋《いへ》の出窗に
凋れたる向日葵《ひくるま》のひとほめき、涙もよほし
追憶《おもひで》の旅《たび》びとらそのもとを声もなく見えて過《す》ぎゆく

…………

このうち四行目の「そのもとを」は線で抹梢されている。

次に、題名「如何に呼べども」とあるのを消して「陰影の瞳」とし、前出「陰影の瞳」の完成稿に近いものが記されている。やっと「陰影の瞳」四行二連は成ったのだ。

庭の木と家のデッサンが描いてあり、その左に、「十月二十八日神楽町二丁目二十二番地の新居に転る。」とあるのは、年譜にもある明治四十一年十月の転居の際に書き込まれたのであろう。

またページをめくると、「邪宗門新派体」として「WHISKY」の草稿が出て来るが、完成稿とは大きく異なる第一稿である。まず「WISKY」とHが脱落している。

雲あかくくづれ叫《さけ》べる七月《ふづき》の日、

銀座通りの酒場にはWISKY噎び、
罎の色強き柑子の光して日に照りかへす――

さらに「天鵝絨のにほひ」や「赤き僧正」の草稿があり、「赤き僧正」には「十二月二日朝」とある。この明治四十一年（一九〇八年）は、前年の木下杢太郎らとの天草、島原の旅の勢いをかっての多作豊饒な一年であった。

またページをめくると「曇日」「室内庭園」の草稿が出て来るが、この二作は『邪宗門』の白秋執筆の例言にもあるように、新詩集のうちもっとも新作なのであった。

次に驚かされたのは、「邪宗門扉銘」の第一稿とその訂正があったことである。この名高い扉銘は次のようなものだ。

ここ過ぎて曲節《メロデア》の悩みのむれに、
ここ過ぎて官能の愉楽のそのに、
ここ過ぎて神経のにがき魔睡に。

これが実ははじめは五行で、まず三行を示せば次のようなものであった。

ここ過ぎて悩《なや》みのむれに、
ここ過ぎて官能の疲《つか》れのそのに、にほひのそのに、
ここ過ぎてここ過ぎて神経の愉楽《ゆらく》の宮《みや》に。……

しかも第一行目、「悩《なや》みのむれに、」は消されて、「邪宗のむれに」とされ、第二行目、「疲れのそのに、」

は抹消され、「にほひのそのに」は「なやみのそのに、」という具合に変えられている。三行目の「愉楽《ゆらく》」は消され、下方には「頽唐」、英語でDecadanceと落書がされている。

また次の二行が最初はあった。

いざともに入りてまし。うらわかきDecadance《デカダン》の友、
邪宗の門はあかあかとMonet《モネエ》の絵のごと、

なお、「うらわかき」の下に、「天才の友」とあって線で消されている。また「邪宗の門は」の上や横に、「色赤き」「不可思議の」「仰き見る」「外光の」と修飾語があって「仰き見る」のほかは抹梢されている。

この扉銘の初稿をノートに見出したのは驚くべきことだった。扉銘三行ははじめからすらすらと書かれたように思い込んでいたわけだ。また「邪宗門扉銘」は、はじめは「『邪宗門』序詞」だったこともわかった。

このあたりまでクーラーのきいた一室にこもってノートをめくって行き、わたしはすでに深い疲労を覚えていたが、それも若い白秋の熱気に押されてのことであったろう。明治四十一年という古い時代のものでありながら、まだなまなましいノートと向き合い続けていた。

次のような落書風のことばもあった。

邪宗門
官能の華
神經万歳

ノート第一冊のラストには、「海潮音」「海潮音」「独創」「独創」の文字があり、いかに若い白秋が『邪

宗門』の三年前に刊行の上田敏『海潮音』を意識しているかが、眼の当たりわかるような気がした。『邪宗門』ノート第二冊には、寄贈名簿として「1蒲原氏　2鈴木氏　3河井氏　4太田氏　5長田氏　6森氏　7馬場氏　8上田氏　9吉井氏」とあり、「20婆や　21自分　22鉄雄」ともあった。また別のページにも寄贈名簿があったが、2の鈴木氏は鈴木皷村、馬場氏は馬場孤蝶のことだとわかった。また与謝野寛、石川啄木、茅野蕭々、横瀬夜雨、若山牧水、石井柏亭、山本鼎らの名も見える。

そのあとに上田敏の名前が十いくつも大きく落書されていて、ここでも白秋が上田敏をつよく意識していたことをなまなましく感じさせられた。蒲原有明の『有明集』その他の影響が確かに『邪宗門』には及んでおり、また詩集は有明の世話によって易風社から出たわけだが、蒲原有明の名は寄贈者名簿につつましく二度出てくるだけである。やはり上田敏のことが気になっていたと見られる（吉田一穂は白秋一人のことではなく、『海潮音』が、いかに当時の詩人の心悸《しんき》を昂《たか》めていたか、と岩波文庫の『白秋詩抄』〈昭和八年初版〉の解説で述べている。北海道の積丹《シャコタン》半島の漁師町に生まれ育ち、十五歳で『桐の花』を手にし、大正九年、二十二歳で白秋に初めて会ったこの詩人は自作は硬質の極にあったが生涯白秋を尊崇しつづけた人であった）。

『思ひ出』ノートも一覧したが、『邪宗門』ノートのほうに若い白秋の精神の緊張がするどく見てとれた。ただ『思ひ出』ノートのはじめのほうに次の三行が、四角な枠をつけて書き込まれていたのを紹介しておこう。

汝、死の前に立てり、
歌ふて血のごとき
生の痛苦を印象せよ

また多くの女の顔、男の顔のデッサンがあり、Tonka John の顔というのもあった。

終りに、白秋著『明治大正詩史概観』（改造社・昭和八年刊――もともとは昭和四年刊「現代日本文学全集」の一冊、「現代日本詩集」巻末附録の文章）から、『海潮音』の項を見ておこう。

『海潮音』の名訳であることは衆口の一致するところである。彼の彫心鏤骨の訳述は寧ろ創作の苦業であつた。詢《まこと》に異邦詩文の美を和語の雅醇に移し、限りなき韻律と色彩の薫りを紙上に燻きこめた偉業は前代にも見ず、大正昭和を通じても絶えて後を継ぐものは現れぬ。近代詩壇の母はまさしくこの人である。（中略）『海潮音』のその訳詩の影響は時の大家をはじめ、新進の詩人の間に凄まじい陶酔と魅惑とを誘つた。

また蒲原有明の『春鳥集』については次のように述べている。

上田敏は象徴詩を移植したが、蒲原有明は之を唱道すると共に直《たゞち》に自ら創作実行した。この点から有明は日本象徴詩の祖である。（後略）

『邪宗門』は多くの人も指摘するように、『海潮音』と『春鳥集』『有明集』を父とし母として生まれたと言えるだろうが、『邪宗門』ノートはそのことをなおも脈々と物語っていた。

わたしもその一人である戦後の詩人の少なからぬ者は、萩原朔太郎、西脇順三郎、三好達治、金子光晴、中野重治らの影響を受け、また堀口大學訳の『月下の一群』や、エリオット、オーデンや、シュペルヴィエルらの影響をつよく受けて出発した。上田敏、蒲原有明を父母とする『邪宗門』には、久しくどこかとっつきにくいものがあった。それがノートを見せてもらった幸運によって、これまでになく近く、親身に感じられるようになったのは、意想外の収穫であった。わたしは自著の『北原白秋ノート』でも、『邪宗門』や『思ひ出』についてはほとんど書いていない。それと言うのも一つは当時（と言ってついこの間のことだが）まだよく知られていなかった上に、古書店にわずかにしかなかった白秋の散文（とくに『雀の生活』や『フレップ・トリップ』）を紹介したかったためであったが、もう一つはこの二詩集をいくらか敬遠していた気味もある。しかしもう敬遠する時ではあるまい。

それにしても『邪宗門』や『思ひ出』にあるようなことばの色や薫りや音を、消すほうに見ないようにと、戦後の詩は四十年努めてきた感なきにしもあらずであり、もう一度白秋のふくよかな詩の富をつかみなおすことは、これからの詩人のつとめではないかと思われる。

（岩波書店刊『白秋全集』第十三巻月報、一九八五年十月）

14　『桐の花』から今日の歌まで――現代短歌論

1

半年ほど前から現代短歌の歌集を少しずつ読んできた。はじめに玉城徹の『樛木《きうぼく》』を読み、夏の終りには宮柊二の新集『獨石馬』を読んだ。十月になって、さかのぼって久しぶりに白秋の『桐の花』に辿りついた。さまざまな新しい歌集を読みながら、何度も何か読むべきものがあると考えたが、それが『桐の花』だった。

『桐の花』がごく自然に読めたのには、自分でも少々驚いた。読んでいる時間が楽しい。かすかなうれしさ、楽しさのようなものが、腹の底からぽかっぽかっと湧いてくるような気持がする。『邪宗門』や『思ひ出』はそんなふうにはもう読めない。これらの詩集はすでに容易に、通し読みさえできない。なつかしくはあるが、かなり古いものを読んでいるような気が絶えずする。

　われは思ふ、末世《まつせ》の邪宗《じやしゆう》、切支丹《きりしたん》でうすの魔法。

という「邪宗門秘曲」の第一行をあげてもいいし、「室内庭園」の、

晩春《おそはる》の室《むろ》の内《うち》、
暮れなやみ、暮れなやみ、噴水《ふきあげ》の水はしたたる……
そのもとにあまりりす赤《あか》くほのめき、
やはらかにちらぼへるヘリオトロオプ。
わかき日のなまめきのそのほめき静《しづ》ごころなし。

という第一連をあげてもいい。外国の文字で書かれたボードレールの詩集は、いつひもといても、古色に困惑するということなく読めるのに、白秋のとくに『邪宗門』は、作品のよしあしは別として、すでにその古色を意識することなく読むことができない。ボードレールのフランス語は、現在のフランス人がしゃべり書いているフランス語とほぼ同じものである。しかし白秋の『邪宗門』や『思ひ出』の日本語は、もうわれわれが日常書いたり話したりしていることばとは異質のものと化している。

NOSKAI

堀のBANKOをかたよせて
なにをおもふぞ。花あやめ
かをるゆふべに、しんなりと
ひとり出て見る、花あやめ。

この『思ひ出』の一篇も、NOSKAIとかBANKOとかいう、聞きなれないローマ字のせいではなく（NOSKAIは遊女。BANKOはベンチのこと）、全体の小唄の調子が、いまはなつかしくはあるが古めかしいものとして見えるのは、如何ともしがたい。

しかし『桐の花』は意外にも、そうした古めかしいという、かすかな、だが止むことのない内心の声を聞くことなく読めるのである。このことはあらためて意外なことだった。

『邪宗門』の「あまりりす」の詩はいささか古めかしい。だが『桐の花』のはじめのほうの、

あまりりす息もふかげに燃ゆるときふと唇《くちびる》はさしあてしかな

は、いまのわれわれの言語感覚で読んでも、意外に身近なものとして読むことができる。もしこの歌を甘すぎると思うなら、もうその人は白秋とは縁がない。「室内庭園」を読んでもぼくはそれほど心を動かされることはないが、この「息もふかげに」を一、二度口誦むとき、何か説明は困難だが、うれしく楽しい気持がかすかに湧いてくるのである。その証拠にこの歌を人に披露してみるがいい、いまもきまってみな微笑するだろう。

これは面白い経験で、ふつうなら短歌形式のほうが古めかしく、詩形式のほうが新しいものとして感覚されるのがまず何とはない常識である。しかしそういった紋切型思考を一度打破してみる必要がある。歌だから古いものをやっている、詩だから何となく進んでいるというようなつまらない考え方……。専門の歌人たちさえ、ひょっとすると自分は古いものをやっていると人にも言い、自分でも思っているのではあるまいか。「歌の円寂する時」の亡霊はいまもつきまとっているかのようだ。

ぼくにはかえって昭和初年のモダニズムの詩のほうが、ひどく古めかしいものに見えることがある。昭和初年のモダンは、『桐の花』という、それより四半世紀近くも昔の歌集よりも、どことなく古めかしい。ジャン・コクトーはときにボードレールよりも古くさく感じられる。

2

「短歌は一箇の小さい緑の古宝玉である、古い悲哀時代のセンチメントの精《エツキス》である。古いけれども棄てがたい、その完成した美くしい形は東洋人の二千年来の悲哀のさまざまな追憶《おもひで》に依てたとへがたない悲しい光沢をつけられてゐる。その面には玉蟲のやうな光やつつましい杏仁水《きようにんすい》のやうな匂乃至一絃琴や古い日本の笛のやうな素朴なLiedのリズムが動いてゐる」（『桐の花』冒頭の「桐の花とカステラ」より）。

この光と匂いが、白秋の歌にはある。

そのあと白秋は次のように言う。「若いロセッチが生命の家のよろこびを古いソンネットの形式に寄せたやうに私も奔放自由なシムフオニーの新曲に自己の全感覚を響かすあとから、寥しい一絃の古琴を新らしい悲しい指さきでこころもちよく爪弾きしたところで少しも差支へはない筈だ。市井の俗人すらその忙がしい銀行事務の折々には一鉢のシネラリヤの花になにとはなきデリケエトな目ざしを送ることもあるのではないか。私はそんな風に短歌の匂に親しみたいのである」。

差支へはない筈だ、と白秋自身が何か弁解めいた言い方をしている。いかにも本業はシムフオニーに比すべき『邪宗門』で、『桐の花』はその余技だと言わんばかりである。もちろん『邪宗門』は意義ある実験であった。『邪宗門』は大きな刺激を当時の新しい詩のありかを求める青年たちに与えただろう。しかしいま、ぼくは『邪宗門』をひもとくことはなく、『桐の花』に一日をかけて読み耽るのである。白秋が聞いたら意外な顔をするかもしれない。

もう一つ言ってみたいのは、白秋が悲哀ということばを愛用するのに惑わされてはなるまいということだ。白秋が「桐の花とカステラ」でなおも次のように表明しているのを読んでおくべきである。「私は涙を惜しむ。何らの修飾なく声あげて泣く人の悲哀より一木一草の感覚にも静かに涙さしぐむ品格のゆかしさが一段と懐しいではないか」。白秋は人が何となく想像しているほどセンチメンタルではない。

春の鳥な鳴きそ鳴きそあかあかと外《と》の面《も》の草に日の入る夕

こういう歌を読むうれしさをなかなか現代短歌は与えてはくれない。「な鳴きそ鳴きそ」というところのうれしさ。白秋の歌は（とくに『桐の花』のことである）何とはない楽しさを与えてくれる。ぼくはしかめ面をするために、また過度に悲しむために、詩も歌も読もうとは思わない。やはり楽しさをもとめて読むのである。しかし現実の歌はおいそれとその楽しさを与えてくれない。胸にもたれる悲哀の歌の何と多く、読後、からだまであたたかくなるようなうれしい歌の何と少ないことか。思想をとでも言うのか、ぼくは何がしかの思想を得たいがために短歌を読もうと思ったことがない。ただ清々しい声を聞き新鮮な呼吸を感じたいために歌を読むのである。思想をというならニイチェにつき、パスカルにつくだろう。

ヒヤシンス薄紫に咲きにけりはじめて心顫ひそめし日

このような歌に、思想云々と言って眦《まなじり》を決する人があるとするなら、愚かしいかぎりである。思想云々と言い出してから短歌はますます貧しくなり、顔をしかめずには読めない代物がふえてきた。

ヒヤシンス薄紫に咲きにけりはじめて心顫ひそめし日

めずらしく何ごともない静かな一日に（そうした一日を見つけることの何と難しいことだろう）、『桐の花』をひらいて、この匂いと呼吸に心たのしい一時を感じ得れば、幸福感というもののまったく現在に失われたわけではないことを知るのだ。ぼくはそのようにして十月、十一月、白秋を読んだ。

人はみな茂吉の名を言う。ぼくの知っている詩人たちの何人かも、茂吉の名を言う。ぼくもむろん茂吉に執着している。だが白秋の『桐の花』やその後の歌集の存在を忘れてはなるまい。闇と、執念のごときものと、ただならぬ切迫感と、そればかりに息をつめるのが能ではない。誰も彼も近代の歌は茂吉ということで、歌のもつ明るさ、のびやかさ、楽しさ、甘やかな匂いが失われてきたのかもしれない（茂吉の力ある歌のどこか底の方にひそんでいると時に感じられる権力への意志、そのようなものは『桐の花』にはない）。茂吉のテンションではなく、白秋の外光への憧れと、鋭敏な耳と、甘くかすかな匂いへの敏感さ、ゆるやかに開かれた神経を大事にすべきである。切迫感と濃い悲哀感で目も耳も塞いでしまうのはよくない。

南風モウパッサンがをみな子のふくら脛《はぎ》吹くよき愁《うれ》ひ吹く

一体現代短歌の詩人たちの誰が、こうした南風への思いをわれわれにかきたててくれただろう。北風と闇と喘ぎと、悲哀のおしつけと、自分の妻子とのささやかな日常の報告については、現代短歌は枚挙のいとまのないほどの大量の情報を与えてくれる。不幸、煩悶、悩み、失意、責任感、反省、そうしたテーマはまったく現代の月並と名づけたいほどに、大量に製造され頒布されている。しかし誰一人、

南風モウパッサンがをみな子のふくら脛《はぎ》吹くよき愁《うれ》ひ吹く

とうたって、われわれの気持をゆるやかに開放しようとはしてくれない。設問す。果たして北風は思想的にして南風は無思想的なりや？　むしろぼくはときに無思想、無倫理、無反省のポエジーをえらびたいのだ。

この「をみな子」にわれわれは微笑をおくり、少しも余計に悩まされたりしない。過度の感動に顔をしかめたりなどしない。それぞれのイマジネイションで、よき「をみな子」を想像すればいい。こうした「をみな子」の歌を、しかしいまは誰もうたってはくれないようだ。

くさばなのあかきふかみにおさへあへぬくちづけのおとのたへがたきかな

この「たへがたき」は甘美である。この歌も白秋の鋭敏な聴覚を暗示するが、次の歌はもちろんそうである。

きりはたりはたりちやうちやう血の色の棺衣《かけぎ》織るとか悲しき機《はた》よ

この歌には「棺衣」という語も出てき、悲哀感は明らかである。しかしその悲しみは個人的、私的でないことによって救われているのである。白秋以後、こうしたテーマがいかに私的にうたわれてきたことだろう。それらは悲哀が濃すぎ、「私」に限局されすぎていることで、二度、三度と読むに堪えない。われわれはその作者の個人的事情に同情を強いられている気がし、煩わしさに堪えないのだ。それは、ちょうどテレビで急に災害の被災者の家族が映るときの困惑に、少し似ている。

ともかく短歌には悲しい歌があまりにも多いが、白秋はそうではない。「悲しげなものの一切は私にとって疑わしく見える」という意味のことを、ジュリアン・グリーンは言っているが、悲哀感などというものはごく表面的なものであって「疑うに価する」、と思う人は少ないのだろうか。こういう言い方は誤解を招くかもしれないが、悲哀などというものは、本質の実在からすればいかにも表層のモヤにすぎない。

十月、十一月に、上野の国立博物館で「鎌倉時代の彫刻」展があり、そこではじめてはっきりと運慶を見たが、運慶の彫像は、少しも悲哀感などは表現しようとしていなかった。運慶の彫像たちは毅然として堂々として立っていた。ぼくはその前に立ってからだが押し返されるような不思議な感じを受けた。一日おいてまたその場所に行ってみたが、運慶の阿弥陀如来や不動明王や毘沙門天は同じ姿勢で、少しも悲哀などうたわず訴えず、彫像の内部の底のほうから力にみちあふれてしっかりと立っていた。現代の彫刻の思いつきだけの弱々しさに、つねづね失望ばかり味わってきたぼくは、心の底からうれしい気持になり、外へ出ると何かからだが軽くなったような気がした。

あまり悲哀とか悲しみとかに執着し、とらわれることはよくない。それが次第に習慣となるのはもっとよくない。ものを見るとすぐに悲しくなるのは困った条件反射というべきで、その悲哀感に両眼を塞がれて、ものごとの実体が見えなくなるおそれがある。何を見ても、何に出会っても、「悲しかりけり」ということになっては困る。もう少し楽しさ、明るい外光を求めてもよい。凛とした運慶の彫像はそう告げていた。

こういうわけで数日前出たばかりの「日本読書新聞」に、ある女性歌人の歌集についての匿名書評が出ていたが、ちょっと眼を通すとそこには次のようにあった。「……その時、作者みずからは決して気づかない、ひとりの人間の過去から未来へいたるかなしみの総量を、いったいだれが見落とそう」。「短歌は世界を截るものでもないし截れるものでもない。たまたま世界が歌に凝縮するのみだ。時あって一滴の水の中に全宇宙を見るのだ。はてしもなくそれを待つのが歌ごころというべきものだろう。全くこれは他力本願に似ている。ほとんどそれは祈りに似ている」。こういう調子の批評は、短歌の批評的エッセーにとくに多いが、こういうセンチメンタルな繰りごとは百万遍くりかえしてもどうなるものでもない。条件反射的言辞だからだ。「かなしみの総量」などと呟いて自慰の気分にひたるのは滑稽である。短歌の批評にはともすれば「悲しみ」「苦しみ」「喘ぎ」「足掻き」「志」「慟哭」などのことばがみちている。

清朗強勁な運慶の前に立つとき、こんなセンチメンタルなクリゴトは泡のごとく消え去るほかはない。

3

白秋の『桐の花』には明るい、おどけた、清朗の歌がいくつもある。

枇杷の木に黄なる枇杷の実かがやくとわれ驚きて飛びくつがへる
枇杷の実をかろくおとせば吾弟《わおと》らが麦藁帽にうけてけるかな

「初夏晩春」にも清朗な歌は多い。これらを悲しげな眼つきで読んでは白秋の真意に反する。

山羊の乳と山椒のしめりまじりたるそよ風吹いて夏は来りぬ
指さきのあるかなきかの青き傷《きず》それにも夏は染《し》みて光りぬ
こころもち黄なる花粉のこぼれたる薄地のセルのなで肩のひと
燕、燕、春のセエリーのいと赤きさくらんぼ啣《くは》え飛びさりにけり

夏以来、何冊もの、ここ数年の歌集を積みあげて、折に触れて読んでみたが、どの歌集にもこうした若々しく清朗な歌を見つけることができなかった。雑誌「短歌」の新作もひるがえしてみたが、たとえば新人としてぼくもその名を知っている高野公彦にしても、まるで老境にある人のような歌をつくっていた。そうしたなかで、高野氏が跋文を書いている河野裕子の『森のやうに獣のやうに』という歌集（一九七二年）は、ようやく愁眉をひらく思いをさせてくれた稀有な歌集だった。ここにある歌は稚いと言えば稚いかもしれないが、若い歌人たちの若年寄りの感懐と自己反省にばかりつきあった眼には、明るく清朗なものとしてうつった。

逆立ちしておまへがおれを眺めてた　たった一度きりのあの夏のこと

冒頭のこの作品を見て、ぼくはやっと微笑して、いそいそとページをくりはじめた。河野氏と「コスモス」で仲間らしい高野氏にはわるいが、氏の歌は少し若々しさに欠ける。氏は老成を希望しすぎている。

しづかなることばをつつみ白桃と我と向きあふもの冷ゆる夜半

白桃などにしずかに向き合うよりも、若い高野公彦は、無造作に白い健康な歯で、白桃をむさぼり食う歌をつくるべきではないか。

白飯《しらいひ》の副《そへ》の芝漬うまきことけふといふ日の欠けてゆくこと

これはまさに老境の歌である。現実に芝漬を食べて一向にわるくはないが、若い高野氏がこういう歌をつくることをぼくは悲しむ。こうなると何をしても悲しいので、鯵のひらきを食いつつふいに悲しくなり、ともかく世界はしずかで、くらく、花は白く、老人の姿にばかり眼は注がれ、神妙な寥しさのみに敏感にならないわけには行かなくなる。

河野裕子の歌は、高野公彦たち（多くの若い歌人諸君は、高野氏とほぼ同じ老いたる心境、老いたる歌をうたっている）とは少しちがってぼくを微笑させてくれる。

落日に額髪あかく輝かせ童顔のさとこさんが歩み来るなり
おのもおのも人間は小さき恥をもち赤き口あけて眠りてゐたり

悲しい歌でも次のような「かなしさ」はよい。

君の持つ得体の知れぬかなしきもののパンを食ぶる時君は稚し
病室を裸足に脱け出し雨の中を馳けをり誰もだれも追ひ来るな

河野裕子の歌で次のような歌もよい。

坂の上異様に赫く昏れゆきぬ坂の向かふに何かあるごとく
夕映えを常に明かるく受くるゆゑ登りつめたき坂道のあり
青林檎与へしことを唯一の積極として別れ来にけり
火の如きわれにはつひにあらざりきひざ抱いて夜の湯に瞑りをり
どうでもよきことなれどきびきびと彼は確かに嘘を言ひゐき
陽にすかし葉脈くらきを見つめをり二人のひとを愛してしまへり
われよりも優しき少女に逢ひ給へと狂ほしく身を闇に折りたり

白秋も九州の柳河の生まれだが、河野氏も熊本の生まれで、やはり南方の向日性があるのかもしれないが、いじけた、暗い、屈折したセンチメンタルな歌に辟易したあとでは、この上もなくありがたい発見だった。二十代、三十代の女性の詩人の詩集を、ぼくもいくらか読んでいるが、こういうよろこびをあたえてくれる詩人はちょっと思いつかない。河野氏の歌を知ったことはこの半年の歌集探索の発見だった。

たとへば君　ガサッと落葉すくふやうに私をさらつて行つてはくれぬか
わが頰を打ちたるのちにわらわらと泣きたきごとき表情をせり

河野裕子が二十代の半ばで歌集を出したことはよかった。二十代の前半に歌集をまとめることのできる歌人はいまきわめて少ないのだそうである。みな空しい慎重さと気がねで、老成しかけた歌を待ってはじめて集をまとめるらしい。白秋が『桐の花』を出したのは、二十九歳のときだった。これをもし彼がためらっていたとしたら、われわれはついに『桐の花』という若々しい歌集をもつことはできなかったのである。白秋は二十九歳だが、他の明治、大正の歌人たちはより若い年で、画期的な歌集を世に問うことができた。総じて今日の歌人たちが若年寄りじみているのを、大へんつまらないと思う。福島泰樹の存在を知らないか、と言われるかもしれない。福島氏の『晩秋挽歌』（一九七四年）は、むろんひもといた。この歌集では次のような作をぼくは好む。

酒匂川《さかわがわ》小田原越えて砦なす新宿までも飲みに来にけり
一升瓶手提げて帰る夕ぐれをかなしおんなの紺のスカーフ

なるほどこれらは若年寄り風ではなく、ここにはまさに青春の感覚が動いている。福島泰樹の歌でよいのは、彼はセンチメンタルな気分にひたりがちだが、それに包まれ閉ざされることをきらって、お道化に転じようとするところだろう。おかしみのある歌は、よほど意志力をもつ歌人でなくてはつくれまい。

空にかぜ窓に月差す寒村は一人びとりよならばおやすみ

後半を「悲しかりけり」とか「悲しからずや」とすることへの、意志の反撥によるお道化ぶりがいい。

こうこうと吹く風の音　山越えてわれをおとなう女人あらぬか
かわいそうなかわいそうな人さむざむと三機方面部隊長佇つ
君よ君よ君は美し雉子鳩が危機とぞ鳴くと言ひて笑うも

福島氏の「かなしみ」という語が出てくる歌でも、次のような歌はよい。またそれにつづく歌も捨て難い。

かなしみは葉月八月刀《たち》を振りばんらばらんと骨を鳴らすも

せめてはとゆきたる人を送るため羯鼓《かっこ》を打たん峰に谺せ
一生を飲んで終れとさすらいのさんざめく川さて渡ろうか
霧ケ峰すぎていずこにゆかなむか山梨暮無しわれは甲斐なし

「生き様」とか「志士」とか、ぼくならば絶対に使わない好ましからざる語を用いた歌には辟易しながらも、これだけ面白い歌があるのだから、『晩秋挽歌』も今度読んだ歌集のなかでは、とびぬけてめざましい集だったと言えよう。

4

『桐の花』でも「薄明の時」などには、福島泰樹ではないが、センチメンタルに堕さぬ、パセティックな歌もあって眼をみはらされる。

美くしきかなしき痛き放埒の薄らあかりに堪へぬこころか
わがゆめはおいらん草《さう》の香のごとし雨ふれば濡れ風吹けばちる
二上りの宵のながしをききしよりすて身のわれとなりにけむかも
ただ飛び跳《は》ね踊れ踊子現身《うつそみ》の沓《くつ》のつまさき春暮れむとす
たらんてら踊りつくして疲れ伏す深むらさきのびろうどの椅子
くろんぼが泣かむばかりに飛び跳《は》ねる尻ふり踊にしくものはなし

『桐の花』の「かはたれのロウデンバツハ芥子の花ほのかに過ぎし夏はなつかし」といった系列の歌ばかりに注目してきたが、このたびは右のようなパセティックと言ってもいい歌がはっきりと眼にとまった。

白秋にはいろいろな面がある。白秋はけだるいたそがれの情緒だけではない。
白秋には朝の歌も多い。次のような作をぼくは好きなのだ。

ふくらなる羽毛襟巻《ボア》のにほひを新らしむ十一月の朝のあひびき

ここまで書いて、ようやくパセティックな性格のつよいと言っていい二人の歌人について書く心づもりができてきた。岡井隆の『鵞卵亭《がらんてい》』（七五年）と、玉城徹の『樛木』（七二年）の二歌集で、岡井氏はぼくよりは三年ほど年長、玉城氏は七年ほど年長だが、ひろくとってほぼ同年代ということになる。パセティックな性格のつよいと言ったが、とくに玉城氏はそれを安易に解き放たず、自制しているところに注目することになろう。

『鵞卵亭』は盛夏八月に一度眼をとおしたが、また十一月末のいまひらいて、心にとまる歌を求めた。それらをあげれば次のようになる。

集団の汚点となりて生くるのも生牡蠣に酸《さん》しぼるも現《うつつ》
わたつみの潮目にあそぶ水鳥にわらはるるまでおのれ護りつ
郵便といふありふれし武器をもてわが腱《けん》を断つこの青年は
武者苦瀉《むしゃくしゃ》せる朝のいきさつは屈折し屈折しつつ午後へなだれつ
藻類《さうるゐ》のあはきかげりもかなしかるさびしき丘を陰阜とぞ呼ぶ
薔薇抱いて湯に沈むときあふれたるかなしき音を人知るなゆめ

岡井隆の歌は少々演技過剰で、気取りが多く、観客を意識しすぎた歌も目立ち、一二〇ページのここまでは右の歌をえらぶにとどまった。しかしこれらの歌はよくわかる。反対に面白くない歌は次のような傾向のものである。

　頒《わか》ち採る水の速さは幻か行くものは行け死へまつしぐら
　カフカとは対話せざりき若ければそれだけで虹それだけで毒

気取りとナルシシズムのあらわな歌というのは次のようなものである。

　さは言へど言ふな芥子《からし》のむせかへる皿をまへにし学僧めくを
　ホメロスを読まばや春の潮騒のとどろく窓ゆ光あつめて
　鏡像のわれの蒼さよ筑前《ちくぜん》へ来て蓄髯《ちくぜん》と誰かが言ひき
　零落《おちぶ》れし王と思へどそれもよし黄金《きん》の記憶を抱きて眠らな

しかし雑誌「磁場」に発表された「西行に寄せる断章・他」（やはり『鶩卵亭』所収）にはもっとよい歌があったはずである。

　わたつみのいろこのみやゆながれこしたちばなの実はいかにそだたむ

こういう歌は今日の短歌にあって、独自と言うよりむしろご愛嬌というものだろうが、この声調はなかなかきれいなものだと見なおす。

　しぐれ来てまた晴るる山不機嫌な女とこもるあはれさに似て

この歌はぼくの気に入る。この歌があるいは岡井氏の近作でももっともよいのではないか。悲しみも憂鬱も押しつける形ではなく、視界はひろく、この一行に時間はたしかに流れているし、諧謔味にも欠けていない。この歌になると、ぼくなど氏と年齢も近いせいか、福島泰樹や河野裕子の歌よりもなお距離のない親しみをおぼえる。われわれくらいの年になると、いわれはわからないが、つねに自分自身の内部に、一人の不機嫌な女を飼っている気分がする。九州へ行こうが英仏海峡の向こうへ渡ろうが、シベリアの上を飛んでいようが、つねにある満たされぬ思いに似たその女は囁き続ける。その満たされぬ理由はわからないが、いっそその声への反撃として中年以後の詩や歌はつくられるのかもしれない。

ひぐらしはいつしともなく絶えぬれば四五日は〈躁〉やがて暗澹《あんたん》

右の「しぐれ来て」と並ぶ気分をうたったものとして、この歌も、読んだからにはときおり思い出すことになる、そういった歌である。それにしてもなぜ暗澹とするのか。なぜ不機嫌な女を一人、しぐれの山に飼わねばならぬのか。それはさらに歌をつくってみるほか、定めようのない問いであろう。

装飾過剰、舞台装置のもっともらしさは岡井氏にとって調伏すべき敵であろう。歌の修辞は歌の核心でもあるが、目につくのは面白くない。

5

自己批評のつよい玉城徹の『樛木』のような歌集には、岡井氏の歌でぼくの気になったようなものは、非常に少ない。夏のさなかに読み、十一月はじめの一日をかけて再び読んだこの本を、三度目に開いてみる。冒頭の作品は「たたかひより生きて帰つたものが歌ふ」とまえおきがあって、

壁ぎはのベッドにさめしちのみごに近々と啼く霧のやまばと

というのである。

ぼくは現代短歌で、妻子をはじめ両親など家族をうたったものに、ときに困惑を覚え、読まなければよかったとさえ思うことがしばしばだが、この歌は別の印象を与える。どうして現代短歌はあのように家族のことを多くうたうのだろう。しかもそれがいかにも自分の家族への実際の感情を、何らの必要な距離も置かず、直接叙したものが多いのには異様の思いをする。現実の自分の家族を愛するのはむろんほめられるべきことであろう。しかし一度、短歌というフィクション、短歌という修辞《レトリック》のなかに投影するとき、そこには一つの断乎たる客体化がなされなければ、人に見せるべきものではあるまい。そういう客体化を経ない実感は、日記か手紙にでも書くべきではないか。田村隆一は「四千の日と夜」で、

一篇の詩が生れるためには、
われわれは殺さなければならない
多くのものを殺さなければならない
多くの愛するものを射殺し、暗殺し、毒殺するのだ

と書いた。「一篇の詩を生むためには、われわれはいとしいものを殺さなければならない」とも。

詩と短歌はちがうという反論が戻ってくるかもしれない。しかし家族のことをうたうとき、その感情の普遍化という手つづきは、作品をつくる場合欠きがたいことだと思うのだ。玉城氏の

壁ぎはのベッドにさめしちのみごに近々と啼く霧のやまばと

という作品の「ちのみご」は、あるいは玉城氏の愛児かもしれない。いや当然そうであろう。だが玉城氏はこの歌のなかの「ちのみご」を、必要以上に実生活のなまあたたかい愛情で包んでいない。むしろ作品のなかで、この「ちのみご」を冷たく突き放している。ベッドにと書いてあるが、この「ちのみご」はま

るで霧の戸外に突き放しているかのようだ。少なくとも「ちのみご」は、作者の玉城氏と「やまばと」の中間の霧のなかに置かれてあるかのようである。作者は「ちのみご」を不思議なものであるかのように眺めている。

こんなことを述べたのも、あまりに実生活でのなまあたたかいものを作品にそのままもちこんで、さびしがったり、悲しがったり、べたべたと家族をいとしがったりしている歌が多いからである。どうかそうした家族愛情劇は、めいめい自分の家でおやりなさいとでも言いたくなるものがたしかにある。

膝にゐるこの柔きをさなごの出で入る息のすこやかにして
をさなごはもろ手にささげつつ立てりひと椀の水をのまむとぞする

玉城徹にも家族の歌、子供の歌はあるが、こういう歌ならばよい。「出で入る息」は「すこやか」なので、多くの凡庸でセンチメンタルな歌人は、ここで「悲しかりけり」とか「いとしかりけり」と独特の思い入れをするものである。また「をさなご」が一人立ちして他者として立とうとする姿が次の歌でうたわれる。ただ玉城氏の作でも、「箸をもてをさな子の口にはこびをりマリアの夫ヨセフならぬに」などというささか大げさな歌は、ぼくはとらない。しかし「蛸一つ息づきをるを〈ねむつてる〉と幼な子は許しをはりぬ」などは楽しい。

赤鱏は赤えひがどちあひ群れて互《かたみ》に似つつ游ぐうとまし

という作品がある。この「うとまし」という感覚は、多分この歌人につねにあるものであろう。不快なものへの反撥が氏にはつよいはずである。それはときに怒りとなるが、そうした外界への反感をこの歌人はじっと抑圧しているような気がする。

　　鞭のごと細き尾うごく赤えひの奴《やつこ》らよ疾く掻き失せよかし
　　みなそこに歯をあらはせるうつぼども眼《まなこ》小ひさきは奸なる相《さう》か

これらは「霧のやまばと」とは対蹠的なうとましいものたちである。

　　生の証しなどと言へるを時に聞くロマン的なるにむかつきながら

一冊の「白秋論」をもつ玉城氏は、ロマン的なものを内につよく持つ人だと思われるが、それだけに口先きだけのロマンティシズムへの嫌厭があるのだと想像される。それゆえに、節度なく「悲しみにけり」とか「悲しからずや」と習慣のごとく垂れ流す歌を認めることはできない。氏は反撥するものを多く持っている。しかし他方で氏には楽しい歌も少なくない。

　　いづこよりいつか傍へに並びけむ腹のうちより笑ひ声出づ

シチュエイションは明らかにはわからないながら、この歌は楽しい。次のような歌もどうということはないが楽しい歌である。

　　卒業の試験を終へし少女らが口々に挨拶をして帰りゆく
　　乗り合ひし女生徒ひとり手まねぎてかたへの席に坐らしめたり

玉城徹の作に楽しい歌はそれほど多くないように、おかしみの歌も多くはないが、独特のおかしい歌はあるにはある。玉城氏は狂歌を軽蔑しているらしいが、氏の資質から言っても、氏の楽しい歌、おかしい歌をぼくなどはもっと読みたいと思う。玉城徹はどのようにうたっても品格正しい歌のつくり手であるから。上品めかしてうたってもどこか下品なもののにおう歌が多いものだが、この文品のよさが玉城徹のもっとも美質で、氏の『近代短歌の様式』や『北原白秋』といった評論研究も、文章の格調高く、一、二年前、一気に読んだものだった。玉城氏の歌論は抜きん出て格調が高い。その詩人の力を知るには散文を書かしてみればわかる、と言ったのはたしか三好達治だった。また詩人の散文（白秋や茂吉の散文）を高く評価したのは芥川龍之介（『文芸的な、余りに文芸的な』）である（最近では岡井隆の『慰藉論』が面白い）。

こういうわけで、おかしみのある歌を、膂力ある氏にぼくは期待したいのである。次のような歌も『樛木』のなかにある。

まどろめる虎はまなこを爛としてみひらきたれどふたたび睡る
鋭《と》きにほひ吹きつたえ来ぬ秋風のをちのいづこにか駱駝すむらむ
埃たつ夕べの土に象の糞《ふん》いくかたまりかうづ高くあり
かかげたる小袖を見ればぬひとりの文様《もんやう》の亀に耳ぞありける
夕ぐれといふはあたかもおびただしき帽子空中を漂ふごとし
しき石のおもてよりただにむらがりて湧ける葉むらに首差し入れぬ
便壺の陶より白き雲の下われは走りていづちか行かむ
その精は馬の精のごとき藍いろの異教のひとに恋ひわたるかも
腸詰のかたちの犬がよちよちと寒きあしたの鋪道をわたる
夜空より落ちはなれたる肉の疣われは跳ねゆく鋪装のおもてを
夕ぐれの曇りし空の中ほどに蛇腹のごときものふと見えつ
たえまなくこがねの髪の吹かれをるかれモンローが浄きおもかげ

長く引用したが、こういったどこか余裕もありおかしみの漂う歌が、実は玉城氏の歌でももっともすぐれているのではないか。反対にいくらか真面目にすぎる歌はつまらない。多分氏の疲れているときの歌であろう。

おろかしく感傷すらく迫り来てわれをおびやかす若き世代よ
はるばるに澄みたる笑ひひびき来もつねなる悲惨かくこそはあれ
しめりたるなみだつめたくくらやみのわがまなじりをすべり落ちぬる

このような歌よりはむしろ「水湨《みづはな》のしきりに落ちてやまざりし今日の一日も暮れむとぞする」のほうにはるかにポエジーを感ずる。また次のような歌に彼のもっともよき詩心を感じとる。

コノマエノカナヘビだなどといとけなく透る声がす庭の方より
廊下にて逢へるをとめを見知らねどあな暑《あつ》とわが言へばほほゑむ

前集『馬の首』については触れる余裕を失ったが、玉城氏は非常に振幅の大きい、しかもまだ未完の感じのする不透明なところさえあるつくり手である。振幅の大きいというのは、多少大げさに言えば、われわれは神性と悪魔性のあいだにあるといった意味での大きさである。

ぼくは田谷鋭の大部の歌集『水晶の座』も、二、三日かけて、ゆっくりと読み、感服もしたが、田谷氏はこういう振幅はどちらかといって大きくない。悪魔的な田谷氏を想像できない。氏は一種完成されていてつつましい。その繊細な次のような歌は好ましいものだ。

暗黒を疾る電車の玻璃に見ゆ優しよ人がつけし息のあと

男一人光る槓桿《リバー》を引ける見ゆ冬ざれの野の小さき信號所
わが内の熟さぬ部分けものくさき男らをいとひ電車に佇てり

ここで『樛木』や『水晶の座』が、『桐の花』やその後の白秋の歌とどうこだまし合っているかという重要な問題が当然考えられてよいが、ぼくの力にはまだあまる仕事であって、宿題としておきたい。

6

最後に手にしたのは、島田修二の第二歌集『青夏』である。この集のあとがきを島田氏とほぼ同年のぼくは素直に読むことが出来た。

「私は戦局悪化の時代に海軍兵学校に入学し、広島の原爆を江田島で目撃して終戦を迎えた。当時の生徒の誰しもがそうだったに違いないが、この事態は晩熟な私にとって、測り難い衝撃であった。この時点における私の国家と人生への欠落感は、いまだに埋められていないのである」という個所。また「事物に対して素心を以てし、心おきなく表現に至る、ということ以上に詩的な行為はあり得るだろうか。素心ということに比べると、詩歌における知性などという要素が、まことに二義的に思えてくるのである」という個所。「私の作歌の契機となった多磨短歌会は近代短歌史上、ほとんど本能的ともいえる素心をもって、その生涯を歌い得た第一の歌人、北原白秋が創始したものである」という数行もある。

しばらく前、宮柊二の『獨石馬』にもさわやかな読後感を得たが、どうやら大まかに分けて白秋系の歌に、ぼくの好みはどうしようもなく傾いているらしい。このことはこの半年のめずらしくまとめて現代短歌を読んだ体験での、思いがけない発見だった。ところで島田修二の歌ではどのような歌に共鳴したか。

島田氏の歌は岡井隆の歌に較べればむろん、玉城徹の歌に較べても、はるかに地味な歌で、よくもわるくも演技的なところはきわめて少ない。田谷鋭に比しても、なお地味で、つつましく小市民的に見える。しかしこの『青夏』も読みはじめたなら、中途で巻を措くことのできないものをもっていることはたしかだ。題材がとくに人をひきつけるわけでもなく、めざましいイメージが展開されているわけでもないから、やはりその真率で、浮わついていない呼吸が魅力なのだろう。集中ときおりつよく共感を誘う作品がある。

コーラの栓など抜きて詩のあらぬいさぎよき夜を思ひてゐたり

などがその代表的なものである。この歌にとくに眼をつよくひかれたのも、島田氏がそのつつましく善なる心の揺らぎをのみ普段うたっているからで、そのなかで、この歌が思いがけず反語的ながら、氏のあるこわさを見せていたからである。島田氏はひたむきに歌のことを思っているように見えるが、その反対感情がここに露出している。そのように、氏のつつましすぎる小市民的感情の、別の、反対感情の歌はないかと読みすすんだが、そうしたものは少なかった。島田氏はどこを切っても良心的で、礼儀正しいところしか歌に見せない。そこが物足りないと言うべきで、もし氏の歌に今後の深化があるとすれば、そこのところでいわゆるあたりさわりのなさを打ち破る以外にないと思われる。詩人と生活者のあいだで、島田氏は生活者のほうに傾きがちではないのか。だが次のような歌を見て、ぼくはいささか考えた。

夜の厨に吊りしは妻のメモにして米、胡椒、へアピンなどとかなしき

この作品は少しぼくを驚かせる。このような一瞬が歌になる、ということにである。ここまで来ると「私小説的」として排し去るわけにも行かないものがある。この歌はセンチメンタルと評し去るわけにも行かず、いっそショッキングと言っていい。この歌にはどこかおそろしいリアリティがある。こうした情景を詩にするということは、現代詩でもまずめずらしいし、日本のことだけではなく、外国の詩でもぼく

の知るかぎりこういう情景を詩にしているのを見たことがない（ジャック・プレヴェールはこうした日常の些事をよく詩に書くが、それは大抵コミカルに、笑いをともなって書くのである）。この「かなしき」には「悲しかりけり」の悲しとはちがって、一読、突き刺される、私小説的なと言っていいかもしれぬこわさがある。この「かなしき」という文字は、一種の表現不可能ということの記号のようにも見えてくる。

この一首を突きつけられてひるまぬ人はあるまい。このあたりが何げない歌というもののこわさだろうと思う。どのような知的な、絢爛たる文学理論も世界観も凍らせずにおかないこわさがある。島田氏が「知性など二義的」というその刃の尖端は、このあたりにあると思われる。

しかしここまでは達しない島田修二の家族の歌には、氏の優しい心はわかっても、詩としては月並すぎるものも多かった。あまりにも島田氏自身に密着しすぎており、氏自身も自らの歌に「向うから見られる」といった経験を持つことはできないだろう。妙なことを言うようだが、人は自分のつくった詩に逆襲されたり、霊感を受けたり、励まされたり、侮蔑されたりすることがあるはずだ。短歌には否応なく日記に近いところがあるのはわからぬことはないが、「私」や「私の実感」「私の実生活」と、どこかで切れていない詩や歌は、一人立ちして立つことはできまい。

秋の日の翳りのつつむ一本の老杉のごともすくと立てぬか

というのは歌集『青夏』の最初の歌であるが、現代のこのようにも一切が形を失って溶解しつつあるとき、われわれは一本の老杉のように、また運慶の彫刻のように、しっかりと立っているものを求めないではいられないのだ。センチメンタリズムや、いい加減の悲哀感は、実体にとって表層の表面的なものにすぎないとか、「悲しげなものの一切は私にとって疑わしく見える」などと言うのも、実はそこにかかっている。

とすれば「素心」だけでは、この溶解現象、精神をも感性をも溶解せずにはおかぬ現代の崩壊現象は、支えきれるものではないことが理解されよう。「知性」もそれを支えるには十分ではあるまい。とすれば、良心とか善心とかひたむきとか、ひたぶるとか、それだけではない、一筋縄では行かない精神と感性のつよさが求められるのではないか。解決済みの安全な地点に立ってこんなことを言っているわけではなく、自分でも何とか手だてを考えなくてはならぬと、ぐらつく足もとを見つめてそう言うのだ。

（一九七六年、角川の「短歌」に発表、七七年、昭森社刊『塔と蒼空』に収録）

（付記――一九九七年七、八月号から二〇〇一年十一、十二月号まで、めずらしく長期にわたって、「短歌朝日」（現在休刊）において今日の短歌を論じたが、新人の台頭は著しいものの七〇年代半ばに書いた玉城徹、岡井隆、島田修二、河野裕子らへの批評と、おおむね変わるところはなかった。ただ岡井、島田氏ら戦後長く国家に馴染めないことを表明して来たわたしの同年代の歌人たちが歌会始の選者などにそれほど抵抗なく甘んじてなっているのには、軽い失望を感じないわけには行かなかった）。

15 茂吉の川

1

この六月初旬、五島の福江島まで行った帰り、思いついて佐賀駅で汽車を下り、タクシーでおよそ北へ四十分の古湯温泉に行った。茂吉の『あらたま』や『つゆじも』を読んだ誰にとっても、この静かな山峡の温泉の名は忘れ難いであろう。のちになって、『作歌四十年』でも茂吉は次のように述べている。

「そこで唐津を去り、佐賀駅で高谷と別れ、佐賀県小城《おぎ》郡古湯温泉（扇屋）に行つた。ここは川上川の上流にある微温湯で、持続浴式に長く浴室にゐるところであつた。自分は多くの労働者らに交つて忍耐してここに滞在した。ここの生活については、『あらたま』の後記に見えて居る。さうして、自分の体は海浜よりも山中が適していると見へ、ここに来てから健康が不思議に回復して行つた。さうして十月三日長崎に帰つて来た」。

茂吉は当時、つまり大正七年（一九一八年）から九年にかけて、長崎医専の精神科の教授として長崎にあったが、九年のはじめに流感にかかり、六月には喀血した。その療養のために雲仙唐津へと転地し、九月十一日、一人で古湯へとやってきた。ここへ来てまもなく痰は減って行き、血の色がつかなくなった。

こうして『あらたま』の整理はこの古湯でなされた。

茂吉が泊まったのが扇屋という宿だったことまでは覚えていず、ぼくは通りに面した東京屋という宿に入った。雨期に入ったばかりの季節外れのせいか、かなり広い旅館には他に三人の学生が泊まっていただけだった。なるほど湯はぬるかったが、透明でさらさらしており、気持がよかった。皮膚病に効くと宿の人は言ったが、実はこの温泉は淋病に効くらしい。

翌朝、雨も上がったので、川沿いにぶらぶら歩いて茂吉の歌碑を探しに行った。夏の制服の女子中学生が一人やってきたので、歌碑のありかを尋ねると、知りませんと言った。高校があり、十人ほどの男の生徒が、朝七時だというのに活発に野球の練習をしている。自転車の若い勤め人らしい娘さんがやってきた。彼女も茂吉の歌碑ときいて首をかしげる。三人目に出会ったのが五十二、三歳に見える親切な婦人で、すぐにうなずくとわざわざ歌碑のある近くまで連れて行ってくれた。それは川が二つ交わった地点の、とある宿の庭の片隅にあった。

もともと句碑とか歌碑には興味は薄いのだが、この寂しい山中で、茂吉のであるから事は別である。石には次の一首が茂吉の小さな字体で彫り込まれてあり、茂吉の歌だから、記憶力のすこぶるよくないぼくも、たちまち覚えてしまった。

うつせみの病《やまひ》やしなふ寂しさは川上川《かはかみがは》のみなもとどころ

そうして歩いて宿に帰り、生卵や、漬物や、油揚げの入った味噌汁の朝飯を、しみじみと、しかもむさぼるように食べた。

『つゆじも』の古湯温泉での歌は四十首ほどある。茂吉はただ一人の滞在でさぞ寂しかったことだろう。大正九年だから、現在の古湯温泉よりもなおいっそうひなびていたはずである。古湯は現在でも派手なところの一つもない静かな温泉で、芸者もいなければ、絵葉書さえどこにも売っていない。みどりの山に囲まれた梅雨空の下の古湯は、しんかんたるものであった。

2

川きよき佐賀のあがたの川のべに吾はこもりて人に知らゆな

茂吉は生まれ故郷の山形県金瓶《かなかめ》はもとより、東京の青山からも、友人たちからも遠く離れたこの川上川のほとりにいた。茂吉は川上川の流れを一日中見、その川の音を聞きながら暮らしたのであろう。川上川のみなもとどころだから、水量は少なく、石が多かった。茂吉の初期の歌集には川の歌は多くない。茂吉の初期はやはり山である。しかしそのなかに佐賀県小城郡の川上川の四十首を見出すことができるのである。

日の光浴《あ》みて川べの石に居り赤蜻蛉《あかあきつ》等ははやも飛びつつ
われひとりうらぶれ来れば山川《やまかは》の水の激《たぎ》ちも心にぞ沁む
山がはの水の香《にほひ》のする時にしみじみとして秋風ふきぬ

みな平凡な歌だが彼の歌は実によくわかる。わかるし、声がはっきりしていて、輪郭がきっちりしている。もやもやとけむっていないし、ひょろひょろしてもいない。清潔だが、清潔すぎて身を細らせてはいない。へんに悲愴に、武張ってもいない。これらの評は、現代短歌の若手へのアイロニイともなるといま思いながら言っている。

茂吉は医者である。自らも療養に来ているのだが、急病人が出れば診てやらねばならぬ。「この家に急に病みたる一人ありわれは手当す夜半過ぎしころ」。彼は精神科の医師だが、そんなことは口実にしていられなかったのであろう。

川上川の歌でやはり抜群なのは、『作歌四十年』に自選もしている次の一首である。


みづからの生命《いのち》愛《を》しまむ日を経《へ》つつ川上《かはかみ》がはに月照《つきて》りにけり

ぼくたちはもはや、ここにあるような「生命」への愛を失いがちだし、「月」さえももうこの頃のようには照ることのないのを知っている。それゆえいっそうこの歌を見つめてやまないのだ。ぼくたちはもはや、茂吉の持っていたような明治の人間の体臭を持ちようがない。しかしぼくたちもまた川の水の香を嗅ぎたいのだ。さて、初期の茂吉に川の歌は少ないと言ったが、それでは『赤光』や『あらたま』には一体どのような川が流れていたか。

3

茂吉が十三歳のとき、山形県上山《かみのやま》小学校の一人の先生が、五人ばかりの生徒を引率して旅に出た。茂吉が最上川の本流を見たのは、このときがはじめてである。「ここに来ると川幅はもう余ほど広く、こんな広い川を見るのは生れて初てである」と彼は昭和十三年になって書いた（随筆「最上川」）。そのとき先生は「みんな知つてんべ、最上川は日本三急流の一《ひとつ》だぞ」と言った。一行は最上川を舟で下って酒田まで行く。

「（第一日に泊まった）ドメキで見た威勢のよい最上川の水が、ここに来るともうのぺりとしてしまつて、それが日本海と続いてゐる具合は、漫々《まんまん》といはうか、縹茫《へうばう》といはうか、少年はそんな形容詞は知らなかつたけれども、何か正体の知れぬものを目前に見たのであつた」。

明治二十九年（一八九六年）、十五歳になった茂吉は東京へ出て行く。浅草の斎藤紀一方へ寄寓したのだ。明治三十七年暮れ、子規の『竹の里歌』を読み、つよく刺激されて以後作歌に熱中する。この「熱中」というところに、いかにも茂吉そのひとが感じられる。『赤光』の二十五歳の作に、次の川の歌がある。

来てみれば雪消《ゆきげ》の川べしろがねの柳ふふめり蕗《ふき》の薹《たう》も咲けり

はっきりとしたK音、G音がひびきあい、後半にやわらかいF音のまじる、いかにも彼らしい歌である。この川べは多分故郷の川であろう。もっとも「日あたれば根岸《ねぎし》の里の川べりの青蕗《あおふき》のたう揺りたつらむか」とあるように、この時代はどこにも蕗のとうはあったものらしい。この歌の「揺りたつらむか」も迫力ある表現である。

『赤光』には何と言っても蔵王をはじめとする山が多く、川は非常に少ない。さきの「最上川」という随筆にも、「最上川は私の郷里の川だから、世の人のいふ〈お国自慢〉の一つとして記述することが山ほどあるやうに思ふのであるが、私は少年の頃東京に来てしまつて、物おぼえのついた以後特に文筆を弄しはじめた以後の経験が誠に尠いので、その僅《わずか》の経験を綴り合せれば、ただ懐しい川として心中に残るのみである」と前おきがしてある。この最上川の急流が、あふれんばかりに茂吉の体内に流れこむには、ぼくたちは『白き山』の戦後まで待たなければならない。

それでも明治四十一年の塩原行きの歌には、「山川《やまがは》のたぎちのどよみ」といった川が出てくるが、『赤光』はやはりこれら川の歌よりも、狂人守りの歌や、おさな妻の歌、その他の人間の出てくる、なまなましくすごみのある歌によってこそ魅力があるのであろう。次にあげるのは川の歌ではないが、『赤光』の、水にかかわりのある、ぎらりと茂吉一流の精気にみちた歌と言える。

とほき世のかりょうびんがのわたくし児田螺《ごたにし》はぬるきみづ恋ひにけり
死にしづむ火山《くわざん》のうへにわが母の乳汁《ちしる》の色のみづ見ゆるかな
秋づけばはらみてあゆむけだものも酸《さん》のみづなれば舌触《したふ》りかねつ

4

『赤光』の刊行は大正二年十月である。すでに同じ年の一月に、白秋の『桐の花』が出ていた。白秋と茂吉、この二歌人を並べてみるほど心昂ぶる、刺激的な試みはそうそうはないだろう。中野重治も木俣修も、近くは篠田一士も、みなこの二人を比較してそれぞれの論を張った。中野はどちらかと言って茂吉側、木俣は白秋の高弟である。篠田は、白秋晩年の二歌集を大へん高く評価していた。

ところで白秋の『桐の花』に、どのような川が流れていたかを、ここで一瞥しておくのも、茂吉をよりよく知るための何かの手がかりになると思われる。

ゆく水に赤き日のさし水ぐるま春の川瀬《かはせ》にやまずめぐるも

いきなりこの川にめぐり会うのだが、さすが白秋で、ここには南国の春の川そのものがあるようではないか。この川はあるいは東京の川かもしれないが、どうしようもなく南国的であって、「南風モウパッサンがをみな子のふくら脛《はぎ》吹くよき愁吹《うれひ》く」とうたった人の川なのだ。

今更言うまでもないことだが、白秋は、あの水路の水にとり囲まれて育った人である。水ぬるむと、名も清兵衛などというなつかしい名の小魚を追う少年時代を彼は過ごした。

白秋にあっては冬の川さえどこか軽快で明るく、どことなく小唄調である。次の歌の「櫂」はボートのオールであるらしい。

水面《みのも》ゆく櫂のしずくよ雪あかり漕げば河風身に染みわたる

『桐の花』では、「かはたれのロウデンバツハ芥子の花ほのかに過ぎし夏はなつかし」が何ともこちらを揺すぶってくる。これを読むと、廃市柳河と、また数年前に一度訪れたことのある、ベルギーの中世都市、死都ブリュージュの水路を思い出すのだ。そしてそのすぐあとに次の歌がある。

薄暮《かはたれ》の水路にうつるむらさきの孤灯の春の愁なるらむ

白秋はいかにも軽く、甘く、ハイカラだが、この軽さ甘さ、またうそうそとしたところ、ひわひわとしたところを一切否定しては、およそ詩は死ぬしかないのである。

それにしても白秋の川は決して急流でもなく、たぎちどよめく山川でもない。冬の透徹して寒く凍った川でもない。川というよりいつも薄暮のぬるむ水という面がつよい。川の歌一つとってもなるほど白秋と茂吉は対蹠的だ。そしてまた今度発見したのだが、『桐の花』にも意外に川は少なく、やはりぼくたちは明治四十四年刊の詩集『思ひ出』の、「しとやかな柳河の水路」と「古きながれのかきつばた」までもう一度戻ってみなければならないようだ。さて次は茂吉の第二詩集『あらたま』の川を読んでみたい。

5

玉城徹は、「白秋的および茂吉的」という評論を書いた人であるが、このあいだ氏と会ったとき、茂吉には谿谷の歌が多いという話が出た。たしかにそうで、『あらたま』にも谿、谿谷の歌が多く出てくる。

また峡、峡間、山の峡、さらに暗谷の歌がある。そこにはまた水が流れているであろう。

むらぎものみだれしづまらず峡《かひ》ふかくひとりこもれど峡《かひ》の音《と》かなし

これは大正六年の箱根での作であるが、これから七年後茂吉はヨーロッパ留学の休暇の日に、ドナウの源流に旅行している。どこの土地にあっても、茂吉という「むらぎものみだれ」静まらぬ人は、川の源流へ、山の峡の奥処へと、どこまでも執拗なほどに辿らずにはいられない人であった。彼は「ドナウ源流行」を夢中になって書く。

これが逆になると、川と海のまじわる河口へと、どこまでも下りたい気持になるのであろう。ずっとのちになって昭和二十二年、茂吉は酒田を訪れ、最上川の河口を見て、『白き山』の次の歌をつくった。

おほきなる流れとなればためらはず酒田のうみにそそがむとする

玉城氏とは、茂吉における「肉体」の感覚の、並みはずれたつよさについても話したが、『あらたま』をひらくとまずまっ先に次のなまなましい歌が目をひくのである。

わが妻《つま》に触《さや》らむとせし生《いき》ものの彼《かれ》のいのちの死せざらめやも

これは川の歌ではないが、茂吉の川をうたう心の奥底にも、このなまなましい肉体の情念が渦巻いている。

さて『あらたま』の川の歌で、どうあっても逸してならないのは、次の母の歌である。

足乳根《たらちね》の母《はは》に連れられ川越《かはこ》えし田越《たこ》えしこともありにけむもの

茂吉が非常な母思いだったことはよく知られているが、この「足乳根の母」には、何か西洋的に言えばキュベレ（大地母神）、古い中国風に言えば老子の玄牝《げんぴん》とでも言うのか、たっぷりとした女の巨人を思わせるものがある。足乳根の乳はいかにもたっぷりとしたそれを思わせる。この母は身の丈も巨きく、川や田が足もとに屈《くぐ》まっているかのように思われるのだ。子供の茂吉ぬしは、小さく母のふところにつかまっているようだ。

このあと、茂吉は長崎へ赴任し、川上川の歌もつくり、やがて留学してヨーロッパの大河にはじめて接することになる。

6

『つゆじも』の最後のあたりからヨーロッパの歌ははじまる。大正十年（一九二一年）十二月七日、茂吉はエジプトのカイロに着く。彼はナイルを見た（多くニル河としてあるが）。

ニル河はおほどかにして濁りたり大いなる河いつか忘れむ

十二月十五日、茂吉はパリに着く。川の歌ではないが、次の歌はまさに珍品とするべきであって、引用の誘惑に抗しがたいものがある。

Ici repose un soldat français mort pour la patrie 1914–1918.　われもぬかづく

これも短歌なのだ。このような歌をつくる茂吉の放胆さ。パリで「ここに祖国のために死せる一人の仏国兵士眠る」とでもいった碑銘の、第一次大戦の戦死者の墓に彼は詣でた。

茂吉のセーヌの歌は『遍歴』にあるが、大方は平凡月並みなものだ。なかで「セエヌ川の対岸よりのびあがりてアナトールフランスの葬送《さうそう》見たり」というのはちょっと面白い。のびあがりて、というところに茂吉らしいおかしさがよく出ている。『神々は渇く』の大作家、アナトール・フランスの死んだのは一九二四年だった。

茂吉のヨーロッパの川の歌では何と言ってもドナウ河の歌が多いし面白い。

しかも『遠遊』の最初に出てくるドナウの歌が、何とつよく『白き山』の最上川を連想させることか。ドナウの流れを見て、彼はとおく最上川を思い出したに相違ない。

やうやくに月ひくきころおもほえず見えわたりけれDonau《ドナウ》の河は
ドウナウの流れの寒さ一めんに雪を浮べて流るるそのおと

彼はよほどドナウが気に入ったらしい。のち昭和二年、〈土岐善麿ぬしの洋行を祝して〉茂吉は次の歌をつくった。「われかつて心をこめて見入りけむドナウの河を君も見るべし」。

『遠遊』には「ドナウ下航」十九首、その他さらにドナウの歌がある。さらにヨーロッパまで行っても、なお彼は渓谷、山の峡、谷々の歌をつくる。そこには十歳の少女もあこがれるであろう次の一首もある。

山かひの美しき村一つありしばらくにして月照れる見ゆ

7

しかしここでもっとも読んでみたいのは、「ドナウ源流行」と題された歌と紀行文である。

「この息もつかず流れてゐる大河は、どのへんから出て来てゐるだらうかと思つたことがある」と、茂吉は紀行文「ドナウ源流行」を書きはじめている。復活祭の休みを利用して、一九二四年四月十八日、朝七時半、茂吉はミュンヘンを出発してウルムへと向かった。ウルムからさらに西へ、夜の十時三十分、ついにドーナウエシンゲン駅に着く。茂吉は月光を浴びて汽車から下りた。

「なるほど川は直ぐ近くを流れてゐた。僕はそこの石橋を渡らずに右手に折れて、川に沿うて行つた。明月の光は少し蒼味《あをみ》を帯びて、その辺を隈なく照らしてゐるが、流は特に一いろに光つて見えてゐる。それは瀬の波から反射してくるのでなく、豊富な急流の面からくる反射であつた。川沿の道は林の中に入つて、川はしばらく寂しいところをながれた」。

茂吉はそこで小声で歌のようなものをうたう。いかにも彼らしいのだが、それは一種浪花節のようなものであった。

「林が尽きて月が見えたかとおもふと、また急に流の面が光り出した。向ふが開けて、平野のやうになつてゐる。月光の涯《はて》は煙つてゐるやうでもある。僕は一寸立止つたが、〈ドナウもこれぐらゐ細くなればもう沢山だ〉と思つた」。

これぐらい細くなれば、と内心で自分自身と折り合いをつけているようで、ここも何かおかしいところである。茂吉という人は、その書かれたものだけでつき合っていても、まったくおかしい人なのだ。

彼はともかくも、ドナウの源流を形づくる地点らしきものに立って、本望をとげる。しかし水はまだまだ豊富に勢いづいて走っている。ぼくは数年前、二人の友人と、最上川の源流というのを見たことがあるが、いよいよの源流というものは、ただただ深い谷あいにすぎず、それほど面白いものではなかった。茂吉もドナウのいよいよの源にさかのぼることはあきらめる。「その奥の奥に川の源があるのであるが、さ

うい ふ落葉がくれの水、苔の水の趣味は差向きここに要求しなかつた」。

そこからはどんどんと引き返して、再びドーナウエシンゲン駅に戻った。途中駆け足になった。駆けている茂吉の図というのも想像して愉快である。長崎医専時代、斎藤茂吉教授は運動会で大活躍（！）をしたのであった。

ところで人が川上へ川上へとさかのぼる心の底には、誰もが知るように、一種エロティックな衝動がある。ここが茂吉のますますおかしい、人間味のあるところだが、果たして彼は帰りの車中で、ドナウ源流の地図を虫眼鏡で見ながら、「幽《かす》かに淫欲のきざすのを感じる」。

ここではほんのわずかしか引用できなかったが、歌だけではなく茂吉の散文がまたいい。ぼくは西脇順三郎の随筆が大へん好きだが、茂吉のもいい。つくづく世の中がいやになるようなとき、西脇や茂吉の随筆を読むと、また人間へのなつかしさが立ち戻ってくるような気がする。

8

紀行文のほうに手間どったので、「ドナウ源流行」の歌のほうは割愛することにする。さていよいよ「人麿の川」についてだが、ここで人麿の川の歌と、茂吉の歌とを比較してみようなどというのではない。人麿の歌、「もののふの八十《やそ》氏河《うじがは》の網代木《あじろぎ》のいさよふ浪の行方しらずも」についての、茂吉と如是閑の論争など、興味深い問題は山ほどあるのだが、ここでは茂吉のいわゆる（人麿の没処）「鴨山」探索に際しての江《ごう》ノ川《がわ》の歌を見てみたい。

茂吉は早く大正三、四年ごろから、鴨山が果たしてどこにあるかにつよい関心を抱いたが、昭和九年、とうとう石見国の江ノ川の浜原あたりに立ち、鴨山はここにちがいないとの絶対的な確信を抱くにいたる。

「雨やうやく晴れ、江ノ川が増水して、いつぱいになつて濁流が流れてゐた。粕淵を過ぎて浜原に入ろうとするところから江ノ川を眼界に入れつつ、川上の浜原、滝原、信喜、沢谷の方に畳まつてゐる山を見るに、なるほどこれは、『石川の峡』に相違ないといふ気持が殆ど雷光のごとくに起つたのであつた」。

茂吉の説の当否については多くの問題があるらしいが、いまは立ち入らない。ぼくはただ、ここでも茂吉は川にぶつかり、川を見たということを言ってみたい。「私は歓喜の心を押ししづめながら、荷を宿に置いたまま直ぐ出掛けた。そのとき雲が非常に早く空に動いて忽ちにして雨が降つて来た。その雨の中に立つて、江ノ川とその向ふの山々に雨雲の動いて居るのを見てゐると……」。このように書く彼は、ほとんど万葉の時代に一歩も二歩ものめり込んでいた。彼はことあるごとに天地神明のご加護を信じたが、このときもそうだった。

江川《がうのがは》濁り流るる岸にゐて上《かみ》つ代《よ》のこと切《しき》りに偲ぶ
夢のごとき「鴨山」恋ひてわれは来ぬ誰も見しらぬその「鴨山」を
川《かは》の音《と》のたゆるま無きに「鴨山」のことをおもひて吾はねむれず

これら江ノ川の歌は、どう見ても大した歌とは言えまい。実際昭和期に入ってからの茂吉は大した歌をつくってはいない。だが彼の偉さは、つまらない歌でも倦まずたゆまずつくりつづけたことだった。これが凡庸な歌人ならこれでめでたく終りになるのだが、茂吉は戦後になって『白き山』一巻を書くことになる。彼は歌人として初期と後期と二度大きなピークを形づくった。二度とも凡庸なピークではない。そしてそれは突然そうなったのではなく、『白き山』の最上川の歌を準備するかのような歌は、すでにこの江ノ川のころからおさおさ怠りなく書かれていた。昭和十年前後にも最上川の歌は実にたくさんつくられている。それらはいかにも浅い歌にすぎないが、『白き山』の最上川の図柄だけはすでに出来ていた。ここまで書いてようやくわれわれも最上川へと近づいたようだ。

9

昭和十二年（一九三七年）七月七日、盧溝橋の銃声一発にはじまった日中戦争（当時は支那事変といった）、この戦争と茂吉について、そのただただ神の兵、日本皇軍を賛美する歌について、また昭和十六年十二月八日にはじまった太平洋戦争（いわゆる大東亜戦争）と茂吉、そのとき茂吉が「アララギ」に書いた檄文、それらについては、すでに『萩原朔太郎』（一九七五年、角川書店刊、二〇〇四年一月、みすず書房から決定版刊行）の茂吉に言及した章で、かなりのことは述べたので、ここでは繰り返さない。

茂吉がまったく何とも言いようのない戦争謳歌、戦争肯定の歌を、情勢への無知のせいで、はずかしげもなくうたいつづけていたとき、毛沢東は延安やその他の土地で、「抗日戦」をつづけていた。毛沢東はのちに「抗日戦を通じてわれわれは日本皇軍に多くを学んだことを感謝している」と言ったというが、毛沢東のこの言葉には身のすくむ思いをしないではいられない。

毛沢東はまた、訪中した野間宏らに、「過去のことは水に流そう」と言ったらしい。野間は「そう簡単には流せない」と答えたというが、毛沢東の死去のニュースを聞いたいま、たまたま茂吉論を書いていて、折しも日中の戦争の時代にさしかかったぼくとしても、簡単には水に流せないものを覚える。

水は流れつづけている。それはまるで時間が流れているかのごとくである。しかしこの水に、簡単に流してしまえないものもある。

戦争と詩人、作家の問題もいまや水に流されかけている。戦争謳歌、戦争肯定の多くの作品が流され、あるいはかくされてしまった。かくすこともわれわれの国の文化の特技である。しかしここで称揚されていいのは、岩波の『斎藤茂吉全集』が、少しもかくしたりしようとしていないことだ。実際、日中戦争の雰囲気と歌人たちの反応を知りたいと思うなら『茂吉全集』をひもとくがいい、と言いたくなるくらいに、この全集の各所に、あの盧溝橋の銃声一発以来の日中戦争の、歌と、日記、随想のたぐいが出てくる。

そのなかには、ほとんど眼を蔽いたくなるものが少なくない。しかしこの『茂吉全集』は（欲を言えばきりがないにせよ）まずまずその状態を、つつみかくさず白日のもとにさらしている。

その他の多くの文学全集が、いかに多くをかくし、削除し、あとから訂正しているかはよく知られている。それにしても、まるであの日中戦争、太平洋戦争に提灯をもち、はやし立てた詩人や歌人や作家がきわめて少数だったかのような錯覚に、いまの読者は陥りかねないだろう。あの戦中ほど日頃片隅に押しやられていた詩人たち、歌人たちのもてはやされた時代はなかった。何百人もの有名、無名詩人や歌人は新聞、雑誌、ラジオの要請で戦争意欲昂揚のむざんな詩や歌を作った。朔太郎のように朝日新聞の津村秀夫（詩人津村信夫の兄）の要請に答えて、「弱気から」南京陥落の詩をただ一篇の戦争詩として作った詩人もいれば、高村光太郎のように進んで百何十篇もの戦争謳歌の詩を書いた人もいた。

『茂吉全集』は、満身創痍、醜く、滑稽で、ズタズタの茂吉の全身を明らかにしている。しかもそのなかのいくつかの歌のみごとさに、ぼくたちは驚くのだ。『白き山』はいいと言うが、そのすべてがいいのではむろんない。しかしいくつかの歌は実にいい。

10

茂吉の歌集だけのことではなく、いい詩集、いい歌集というものは、玉石混淆であることが多い。なかでも茂吉の歌集は玉石混淆である。詩集や歌集を手にして、しばしば感じることは、緊張し切った、清々しく、重々しい詩や歌ばかり並べられたものは、どこか貧相な感じがするということである。しかも読んでいて疲れ、息苦しくなる。

そのとき茂吉の歌集は、玉石混淆で、玉が二つ三つ並ぶと、つまらない、調子を落した歌が、五つ、六つと並ぶ。と、そこに思いがけず光った玉が、きらりと光る。あるいはこちらの眼をつよく打つ。とまた緩急で言うなら、緩の歌がつづく。

こうして『白き山』『白き山』というが、実際に『白き山』をひらいて、どう読んでも立派で面白い歌は、人が何となく思っているほど多くはない。それはそれで当然なのだと思う。ボードレールの『悪の華』『悪の華』というが、『悪の華』にもつまらない詩は少なくない。ただそのなかにまさに玉のごとく光っている、高い作品があるのである。

さて茂吉が『白き山』の最上川の歌をつくったのは、昭和二十一年（一九四六年）一月末から、二十二年にかけてである。この川の歌のいくつかは、否定しようとしてもしきれない傑作である。そこには川が流れている。川という自然とわれわれを結ぶのもまた言葉以外ではないが、それを茂吉は、堂々たる、悠揚とした日本語で、誰もができない格の大きな歌につくった。それも戦後すぐ、昭和二十一年、二十二年という時である。

闇市場、復員兵、やって来た米兵たち、空腹、不安、精神的価値の混乱、あらゆるものがあった。ぼくは十六、七くらいの年齢の高校生としてそれらを見ていた。そのとき茂吉は山形県大石田にいて、流れつづける最上川と向きあっていた。

その昭和二十二年（一九四七年）に、一人の復員兵、鮎川信夫という、当時まだ二十代だった詩人は、次のようなことを書いた。とりわけ次の数行をぼくはこれまでも何度も読んだが、これからも何度でも読みかえしてみたいと思うのだ。

「とにかく私は、戦争中に戦争詩を書いて、戦争を肯定したり、謳歌したりして、甚だ目前の現実に対し積極的な意志をもって詩を書いて来た人間が、戦争が終ると〈逃避幻想〉によってその代用満足を見出しているというようなことは我慢が出来ない。戦争をも自然現象のように扱い、山川草木に自己の感情を仮託する如く、戦争に自己の偏狭な愛国心をとかしこんだ自然詩人のまえで、我々はどのように沈黙したらよいのだろうか」。

これは三好達治への批判だったが、そのまま茂吉の戦後への批判ともなり得ている。しかも最上川の否定しようにもしきれないすぐれた歌は、この時に書かれた。

11

こうして『白き山』については、なかなかむずかしい問題がつきまとっている。この問題について、茂吉は真情の人であって、ひたすら情熱に動かされたのである、この問題にいったん眼をつぶってみるならば、といった議論が、いまの歌壇の戦中世代の有力歌人によってなされているのを知ったときは、ぼくも実に奇異な感じがしたのだった。やはりぼくたちは全体を知りたいし、見たいのである。対象が茂吉のような大歌人、つよい歌人ならなおさらのことだ。

茂吉の考え方、茂吉の動き方を見とおす、ということによって、近代の日本人の抒情性や感覚の、その根によこたわっている本質にぶつかることも可能かもしれないのだ。さらに近代の日本人の倫理性にぶつかることができるだろう。それゆえにぼくたちは、ただ『白き山』はいいとか、茂吉の自然の歌はすばらしいとばかりは言ってはいられないのである。

しかしまた次のことは認めることができる。倫理的にも思想的にも難のつけどころのない立派な人格、エネルギーにもみちた過誤のない人格、そのような人格に、すぐれた詩や歌ができる、とはかならずしもいかないということである。

　玉城徹は、最近「お手あげの文学」という名言を吐いたが（「短歌」十月号）、昭和二十一年、二十二年の茂吉は、まさに「お手あげ」の状態だったろう。

　茂吉は大石田のあたたかい人々に囲まれてはいたが、大戦は聖戦であるという強力な幻想も打ち砕かれ、東京の家族からも離れ、病院の仕事からも離れ、好物の鰻さえもめったに口にすることはできず、肉体も衰弱し、まったく「お手あげ」そのものだった。そのとき、その茂吉の眼前に少年時代から憧れていた最上川が、まさに天啓のように流れたわけだ。

　大石田に疎開した途方に暮れた孤独な茂吉と、とうとうと急流を成して流れる最上川が、そこでひっそりと出会ったのだ。人と自然を結ぶものもやはり「言葉」である。人は山や川を見る、だがそのときやはり「言葉」で見ているのである。衰弱してはいたが、茂吉の内部には「言葉」があった。もっともよく詩的鍛錬の練達の詩人である茂吉が、たまたま空虚な心をもって、最上川のほとりに立ったのだ。川のほうが圧倒的にこの茂吉のなかへ流れこんだ、と言うことができる。

　最上川のほうが、茂吉という最高の共鳴板を得て、みごとに輝き出たということが言えはしないか。

　詩というものは、詩人が主体的に摑む、というよりも、はるかに向こうから詩人のうちに下りてくるものだ、ということが、少々ロマンティックな言い草ながら、言い得るのではあるまいか。そんなふうにでも言ってみるほかはなさそうだ。

12

この夏の初め、思い立って、山形からさらに一時間ほど汽車で北上する大石田に行ってみた。その前日は、茂吉の甥にあたる高橋重男さんの経営する上山の山城屋に泊まった。この日は山形県に大雨洪水警報が出ていてひどい雨だったが、重男さんは「茂吉はあらしが大好きでしたよ」と言って励まして下さった。大石田に着いたときは、天気はどうにか持ち直していた。

大石田について『白き山』の後記で茂吉は次のように言っている。

「大石田は最上川の沿岸にあり、雪の沢山降るところである。病床に臥す迄は、雪の晴間を見ては隣村まで散歩したが、病中は全く外をも見ずに過ごした。梨の花が真盛りに咲く時分になっても外出せずにしまったが、最上川の増水の時に看護婦に連れられてそれを見に行ったことがある。雪解けで増水した最上川は実に雄大であった」。

「私は天気のいい日には草鞋を穿き近くの山野を歩き、最上川沿岸を歩いたが、そのうち秋も更け、十二月六日からいよいよ大石田にも雪が降りはじめた」。

茂吉批判めくこともずいぶん書いてきたが、引用していても茂吉のこうした文章は実に気持のいいものである。

「『白き山』という名は、別にたいした意味はない。大石田を中心とする山々に雪つもり、白くていかにも美しいからである」。

この「白くていかにも美しい」というところが、とりたてのつめたい白菜の、みずみずしい切り口のようである。

このあいだ三島由紀夫の後期の小説を大分読んだが、三島の一ページに二つも三つも出てくる「美しい」ということばは、まさに乱発された「美しい」であり、茂吉のここのところの「美しい」には到底抗すべくもないと思われた。そして次の歌。

最上川みづ寒けれや岸べなる浅淀にして鮠《はや》の子も見ず

また川は出てこないが、ぼくは『白き山』でも次のような歌は文句なしにいいと思う。

きさらぎにならば鶫《つぐみ》も来むといふ桑の木はらに雪はつもりぬ

この「桑の木はら」の歌は『白き山』の誰でも知っている歌、「最上川逆白波《さかしらなみ》のたつまでにふぶくゆふべとなりにけるかも」の次に置かれている歌である。

次の二首もやはり冬の歌だろうが、ここにある、激しさと静けさが釣り合った、しかも勁《つよ》い声調の歌はいい。茂吉の歌は勁い。この勁さは、日本の近代詩人のなかには容易に見つけることのできない性質のものだ。

最上川に住む鯉《こひ》のこと常におもふ喩喁《あぎと》ふさまもはやしづけきか

最上川遠《とほ》ふりさくるよろこびは窈窕《ようちよう》少年のこころのごとし

窈窕というのは美しくたおやかなことで、『詩経』の詩にも「窈窕淑女」というのがあるが、山水の奥深いさまについても言うようだ。

13

激しさと静けさが釣り合っている歌として、次のような歌も時に思い出される。

水の上にほしいままなる甲蟲《かふちゆう》のやすらふさまも心ひきたり

夏の歌では次のような歌がいい。『白き山』でもあまりに名高くなった歌よりも、何でもないような歌がいまのぼくにはよい。

わが歩む最上川べにかたまりて胡麻《ごま》の花咲き夏ふけむとす

最上川の大きながれの下河原《しもがはら》かゆきかくゆきわれは思はな

胡麻の花咲く夏という歌で、ぼくは戦中戦後の庭に咲いていた胡麻の花を思い出す。家庭菜園というので、どこの家でも庭の隅とかのちょっとした空地によく胡麻を植えていた。空襲のあとの焦土にも、胡麻の花はよく咲き、それが廃墟によく似合ったのである。これから一体どうなるのだろうか、という思いで夏の道を歩いた。

やがて焦土にもバラックの家が次々に建ちはじめ、新刊の本屋もできた。本屋といっても、文学関係の新刊書など、月に何冊か何十冊か、安普請の店のがらがらの書棚の片隅に立て掛けられている状態だった。そこで小学館版の粗末な仙花紙の『青猫』とか、創元選書の『中原中也詩集』とか、どこから出たのだったか小野十三郎の『大海辺』という詩集などを買った。そこに茂吉の自選集『朝の螢』の新装版も出ていたのをよく覚えている。茂吉という名をおぼえた最初であった。

やがて小野十三郎の戦中に書かれた詩論を読んだ。そこには短歌的抒情を排せ、短歌的ドレイの韻律を排せと書かれてあった。この詩論は新鮮だった。当時のぼくたちには、まるで砂地に水のしみこむようによくわかる議論だった。

ぼくはまたたとえば安部公房の小説につよい関心を持った。同じ東大医学部出身でも、茂吉と安部公房ほどちがう作家はいまい。それから二十数年がたった。ウェットなものを排していたぼくは、自分が何ものかにひどく渇いているのに気づいた。こうして北原白秋、萩原朔太郎、斎藤茂吉をぼくは机の上に積みあげた。

およそ川も水も出てこない安部公房らの砂漠の思想としての戦後文学と、白秋、茂吉、朔太郎らの中間にぼくは方向を見定めていると言える。

ぼく自身も、ここ二、三年、川の詩をいくつも書いた。『ゴヤのファースト・ネームは』に収められた詩である。そこには茂吉の川も反映しているだろうと思われる。しかし〈逃避幻想〉としての、逃げ場としての川の詩は書きたくない。かわいた都市の住民だからと言って、川の幻影に甘えているような詩も歌も好きではない。東京に住む多くの人は、川らしい川を一週間も十日も、ときには半年も見ることなく暮らしている。人はもともと川なしに生きることはむずかしい。そのときわれわれにとって川の代わりをしているのは一体何だろうか。時々そんなことを考えることがある。

（一九七六年「読売新聞」に連載、七八年、思潮社刊の評論集『島の幻をめぐって』に収録）

16 茂吉の死——没後五十年に当たって

1

しばらく前に次のような詩を書いた。少し長いが、引いておこう。

ハイカイの「笑ひ」

（一度だけ、御茶の水でゆっくり対話する機会のあった其角研究の今泉準一氏遺著、『注解芭蕉翁終焉記』を読んで）

バタイユの笑い
ミラン・クンデラの笑い
二十世紀西欧の
ひきつった笑い
死に瀕した笑い

ハイカイの笑い
其角　晋子の
笑いに
おれはひかれる
それもまた一つの危機の笑い

芭蕉は辞世の句
「旅に病んで夢は枯野をかけ廻《めぐ》る」
の成ったあと
賀の句を
と所望した
風雅の道に死なん身は
「賀」に価する

戦後
中桐雅夫は
「おれは風雅の道を行かない」
と言い
そのことはこちらにもひっかかっているけれど
風雅の道も　また
危機の思想

かくて　芭蕉の枕辺の弟子たちは
賀会祈祷の句を　詠んだ
涙ながらに
だったことだろう
「各々　はかなく覚えて」とある

たまたま西遊中の
十五の年から芭蕉に入門した
最古参の弟子其角は
急を知って　駆けつけ
最後の句会を写しとり
のちおのれ自身の『翁終焉記《しゅうえんのき》』にしるした
「是《これ》ぞ生前の笑ひ納め也」

ハイカイの笑い
其角　晋子の笑い
どんな危うさに
立っていようとも
句座は
「笑ひ」

バタイユの笑い
クンデラの笑い
クノーの笑い
そこに　生前の笑ひ納め也
の其角の笑いが
やってくる

自らの死の近いのを知って「賀」の句を所望した芭蕉にも感銘を受けずにはいられないが、その言葉を受けた十人の弟子たちの句座を、「是《これ》ぞ生前の笑ひ納め也」とする其角もすごいではないか。俗に近づかねば俳諧はあり得ないが、この脱俗ぶりが俳である。俳諧は滑稽と心ある人は言い伝えて来たが、その通り句座は「笑ひ」の場なのだ。今泉準一の遺著『注解芭蕉翁終焉記』については「其角と芭蕉の深い因縁」というエッセーを書いたことがある（拙著『詩の両岸をそぞろ歩きする』清流出版・二〇〇三年秋に刊行）。

日常と切れることなく、日常とは潔く切れた脱俗の滑稽、笑いは、詩にも短歌にも流れ入っていよう。近世後期の京都歌壇の中心人物、香川景樹に「俳諧歌」があり、和歌にも俳諧的滑稽が流れ込んでいる一例である。

茂吉の歌を折に触れて愛誦して来た一つのわけも、茂吉の、誰もが言うフモール、滑稽、笑いのゆえであった。

茂吉、五十代に入った頃からの歌で、滑稽の歌と、死をめぐる歌の双方を並べて見てみることにしよう。

昭和八年（一九三三年）、五十一歳の歌。

死後《しご》のことなどいろいろと云ひて呉《く》れしかどその点はもはや空想《くうさう》にちかし
あつき日は心ととのふる術《すべ》もなし心のまにまみだれつつ居り
やうやくによはひはふけて比叡《ひえい》の山の一暁《ひとあかつき》を《を》惜しみあるきつ
ただひとつ惜《を》しみて置きし白桃《しろもも》のゆたけきを吾《われ》は食《く》ひをはりけり

この白桃の歌には、そこはかとないおかしみがある。
次は翌九年の作で、右に引いた歌とともに歌集『白桃』に収められる。

あやしみて人はおもふな年老《としお》いしショオペンハウエル笛《ふえ》ふきしかど
よひ闇《やみ》より負《ま》けてかへれるわが猫は机《つくゑ》のしたに入りてゆきたり
街《まち》にいでて何をし食《く》はば平《たひら》けき心はわれにかへり来むかも

次は『暁紅』に収められる昭和十年の歌。

美しき男をみなの葛藤《かつとう》を見るともなしに見てしまひけり
いきどほり遣《や》らはむとする方《かた》しらず白くなりたる鼻毛《はなげ》おのれ抜く
彼《か》の岸《きし》に到《いた》りしのちはまどかにて男女《をとこをみな》のけぢめも無《な》けむ
朝《あさ》な朝《あさ》な味噌汁《みそしる》のこと怒《いか》るのも遠世《とほよ》ながらの罪《つみ》のつながり
家蝨《いへだに》に苦しめられしこと思《も》へば家蝨《いへだに》とわれ戦《たたか》ひをしぬ

昭和十二年（『寒雲』）の歌では次の歌に老いて滑稽な茂吉がいる。
歓喜天《くわんぎてん》の前に行きつつ脣《くちびる》をのぞきなどしてしづかに帰る

一切《いっさい》の女人《にょにん》はわれの母《はは》なりとおもへる人は清《きよ》く経《へ》にけめ
われ学生群《がくせいぐん》に向き色欲《しきよく》も無所畏《むしょゐ》無所畏《むしょゐ》と言ひたるあはれ

これらが戦争の歌と歌の間に挟まっているわけである。多くは日中戦争のニュース映画などを見て茂吉流に大いに感激しての歌で、のちにさまざまな批判を受けた。

昭和十六年（一九四一年）、茂吉はすでに五十九歳で、当時としてはかなりの老齢であった。「新潮日本文学アルバム」などでポートレートを見ても何とも立派に老人めいている。当時は血圧の降下剤などもなく、人も心配する高血圧の、昂ぶりやすい茂吉は急速に衰えて行く。

われつひに老《お》いたりとおもふことありて幾度《いくど》か畳《たたみ》のうへにはらばふ

思えば「はかなごとわれは思へり今までに食《く》ひたきものは大方《おほかた》くひぬ」といった滑稽の歌、老い初めて生に倦んだ歌は、遠く昭和四年（一九二九年）の作で、茂吉はまだ四十七歳だった。しかし昭和の初めは四十七でさえ今とは較べものにならない高年齢だったわけである。「こぞの年あたりよりわが性欲《せいよく》は淡《あは》くなりつつ無《な》くなるらしも」という歌も同じ年の作であったが、決して無くなったりはせず、事件を起こし、女へのなりふりかまわぬ手紙を残したことはよく知られている。

昭和十七年、はや六十歳となるが、滑稽とユーモアの歌はあるだろうか。昭和二十年の敗戦ののちに、次の歌がある。

うつせみのわが息息《そくそく》を見むものは窗《まど》にのぼれる蟷螂《かまきり》ひとつ

また老年の滑稽な歌として、

あかがねの色になりたるはげあたまかくの如くに生きのこりけり

奇蹟のように、また最後の詩的爆発のように、『白き山』の堂々とした万葉の歌を思わせる歌が生まれるのは、敗戦の翌年、翌々年のことであり、茂吉は六十四、六十五というたいへんな年齢で、大石田にいる孤独の日々であった。『白き山』の歌はみごとなものだが、すでに論じたこともあるのでここには引かない。

昭和二十五年（一九五〇年）、茂吉は六十八歳で、浅草観音の歌をつくっている。一人で立てなかったのか、長男茂太にうしろから支えられての、その二年後の浅草参詣の写真はよく知られていよう。

浅草の観音堂にたどり来てをがむことありわれ自身のため
この現世《げんぜ》清くしなれとをろがむにあらざりけりあ丶菩薩《ぼさつ》よ

茂吉は正直である。ここに及んでなお、持ち前のエゴイズムは健在だとしていい。そこが見どころである。

また次の歌「道を求めず」というところが茂吉らしくてよい。しかし自らの死は予感していた。

抒情詩にこころ沁《し》みつつみづからの老身《ろうしん》のために道を求めず
暁《あかつき》の薄明《はくめい》に死をおもふことあり除外例なき死といへるもの

次は死の前年である昭和二十七年（一九五二年）、七十歳の時の作。もう十分に生き切り、歌もつくり尽くしていた。

いつしかも日がしづみゆきうつせみのわれもおのづからきはまるらしも

今年になってある古書店で、「アララギ」の斎藤茂吉追悼号を入手した。昭和二十八年（一九五三年）十月号である。二〇〇三年の現在から見てちょうど五十年前になる。

同号の「斎藤茂吉年譜稿」（山口茂吉編）によれば、「**昭和二十八年**　二月二十五日午前十一時二十分、東京都新宿区大京町二十二番地の自宅に於て心臓喘息のため逝く。享年満七十年九月」とある。前年の三月十一日夜、神田の「末はつ」に於ける第一回童馬会に病を押して出席したのと、同年四月、家族と新宿に出たのが最後の外出（山口年譜には記事なし）だったようだ。昭和二十四年（一九四九年）の半ば頃から衰弱が目立ち、翌年次兄の富太郎が没して気力を失った。茂吉の死の年と同じ年の九月、釈迢空が没している。二人とも白秋、朔太郎の二人に較べればずっと長命だった。

「アララギ」の追悼号でまず眼についたのは、茂吉は明治四十二年（一九〇九年）、観潮楼歌会に出席し、森鷗外、與謝野寛、上田敏、そして北原白秋、木下杢太郎、吉井勇、石川啄木らを識った。二十七歳の時である。追悼記事の中で、神田の開成中学で同級だった吹田順助が、次のように発言しているのが注目される。「これは斎藤君が名を成してからのことであるが、君はある年の九日会——同じく七月九日になくなった鷗外、上田敏を偲ぶ会——の席上で、北原白秋と烈しくわたりあったということである」。いつのことで、何をめぐって争論したのかは不明である。歌をめぐってだろうということは想像できる。一方で「大石田に於ける斎藤君の事など」を書いている坂口康蔵（医学者）は、茂吉のいた大石田に立ち寄って肋膜炎の診察をしたりしたことを述べ、そのあとで「私の考へでは（学生の頃の）斎藤君は歌に夢中であって、人などがからかっても全く反応《レアギーレン》しないと云ふ風であった」としている。

画家中川一政は「茂吉翁寸感」という文を寄せていて、自分も疎開して同じ大石田にいたと言い、最後に次のようなことを書いている。

「新聞社の人の云ふに歌会の時、短歌滅亡論についてどう思ふかと質問した人があった。／斎藤さんは答へたそうだ。／短歌が滅亡するなどといふ事があるものでない。この斎藤が云ふのだから間違ひない。そんな事考へないで勉強したらよい、と。／こんな言葉は他の人も云ふか知れない。しかし斎藤さんの言葉を私は重く感じた」。

釈迢空は自らの死の半年前なのに「礼儀深さ」という文章を書いていて、その終り近くにさすがに注目すべきことを言っている。

「もと〲茂吉さんは、勇気を振ひ起すと、恐ろしい程の挙に出るが、常は言ひたい事も簡単な語ですましてゐる、と言ふ所があった。……私なども、文章の上では、二・三度相当に叩かれたが、面とむかっては、きつい事を聞かずにすんだ。それがあの人のよい所で、此人においてすら、も一つ、人間どうしのつきあひに物足らなさを感じた訳だ。〈少年の流されびと〉時代から、根底の強さを掩ふ弱々しいものが出て来てゐたのであらう。併しその弱さは、私の知った限りでは、常に何か、諦めに住する、脱俗したやうなものを持ってゐた。洋行以前には感じなかったことで、其後はっきり知った。其は、茂吉さんに、寺の人としての生活気分が、十分にあった事である。どうも、金瓶の寺から、近江の番場の方へ移って行かれた窿應上人の影響が、あの人生得の鋭い気鋒を抑へて、あのしづかな生活気分を出させたのではないか」。

「ともかく窿應さんが、茂吉一代に与へた影響といふものを考へないでは、あの歌もやっぱり判らないのではないかと思ふ。晩年の歌には、好色なら好色なりに、流俗的には流俗らしいものの底に、この心癖が張りついて来てゐる」。

生まれ故郷の金瓶《かなかめ》の家のすぐ隣に宝泉寺があり、その住職の佐原窿應《さわらりゅうおう》は少年の茂吉に多くを教え、茂吉もまたこの和尚に「全く親しみ近づき切ってゐて」（柴生田稔）、茂吉が十四歳で上京してからも交わりは続いた。宝泉寺は時宗一向派の寺で、昭和十七年に浄土宗になった。茂吉は長崎を去って東京へ帰る途中にも、近江番場の蓮華寺で窿應師にまみえている。外遊の半年前である。和尚は昭和六年八月に遷化し、二年後の近江における本葬に茂吉は参列した。

右の長崎時代の最終の年に茂吉に入門した歌人で万葉学者の森本治吉は、「原始人的暗さ」という文章を寄せ、「今後『斎藤茂吉伝』を草する人は、人間としての先生を憬慕する余りに、キリスト的茂吉像のみを描き出さないやう注意する事が必要だ」とし、茂吉の暗く、非論理的で、無作法で、癇癪持ちな側面をあげている。「原始人だから万葉に心酔し真淵に傾倒し、その古代憧憬は現代芸術へのプロテスタントとして特異な位置を獲得する事が出来た。その短歌はこの為に現代人の心に沁み透って、遠い遠い祖先へさかのぼる郷愁が、今の人の胸によみがへる」。「先生のかういふ暗さは……疎遠な人々には隠され、親しい人々には屢々爆発した。爆片は実に堪へ難い痛《いた》さを以て親近者の肉に突きささるのである」。

わたしは「茂吉の死」という題名をつけて、こうしてほとんど抜き書きばかりのエッセーを綴って来たが、結局は人間という生き物の、そのもっとも本能的、原始的な面と、聡明な面を極限に近く兼ね備えた、東北の暗い泥から出て来た活力ある知性の原始人は、映画作家のブニュエルがそうだったように、根源的に宗教的人間ではあったけれども、どのような宗教信仰にも頼ることなく、歌のみにおのれを託して、とりわけ科学者でもあったから死後の魂などと殊更なことは口にせず、全細胞まで燃え尽きたのだと思う。ブエノスアイレスの詩人ボルヘスは世界の記憶の泉とされる知性の人だったが、死後の魂などないことを希望すると言っていた。そんなものがあったら大変だという意味のことを語って死んだ。あのおっとりしたカタロニアの人、無邪気とも言える色彩の祭の画家、ジョアン・ミロは、死ぬ時は「糞《メルド》！」と言って死ぬことにしようかと諧謔を発した。

追悼号で幸田文は、「凪」という一文を草し、父の露伴は「おれは死んぢゃふよ」と云って、ちゃんと死んでしまい、「斎藤先生には、すぽっと逝かれてしまったといふ感じだ」と言っている。露伴は文に、「醒めてゐるやうな醒めないやうな調子」で、「病室の床の間の隅にぼんやり物が見える」と言ったので、訊くと、「おれのやうなしごとをしてゐるものなら、ものが見えたって不思議といふにはあたらないし、又しばしばあることだ」と答えたという。茂吉は熱があって臥たまま、幸田文に、「このごろは露伴先生がすぐそこに、——いまあなたのすわってゐるちゃうどその辺に立っていらっしゃるのが見えます。それだのにそれがたいそう遠い感じなので、そのために非常にお話しをするのにくたびれて困ります。睡くなってまだ睡りきらないうちにきまって先生が見えるので、嬉しかったりくたびれたり両方です」と言った。「私にはなんのことかわからない。提灯のなかの水のやうにもわからない。風のやうに、なにかわかりさうな怖ろしさもある」と幸田文は結んでいる。

『赤光』の明治四十三年の次の歌が思い出され、何となく気にかかる。この歌は人をはるか遠くまで連れて行く。

とほき世のかりょうびんがのわたくし児田螺《ごたにし》はぬるきみづ恋ひにけり

（二〇〇三年六月、新稿）

あとがき

七十三歳になった。こんなふうに、自分が四十代のまだ半ばに、ほとんど苦心惨憺して書いたものを見て、多少の感慨なしとしない。意外にがんばっていたものである。できるだけ原形を損なわないように気をつけながら、足らざるところを補って決定版をつくろうと、『萩原朔太郎』（七五年五月、角川書店刊）と、『白秋と茂吉』（小沢書店から七八年四月刊行――もとの題は『北原白秋ノート』）に細かく手を加え、今の若い読者にも読みやすいようにフリガナを多くつけ、念を入れて校正した。気力、体力ともに、今をおいてこんなことはできないだろう。

ひきつづいて刊行される『萩原朔太郎』（上下二巻）については、そのあとがきで書くこととして、ここでは、『白秋と茂吉』についていくらかの説明をしたい。

『萩原朔太郎』（角川の雑誌「短歌」に連載した評論を中心とする）が出てしばらくして、その連載の時にはまだ三十代前半の編集長、秋山実氏が、また何か連載しませんかとすすめてくれた。『萩原朔太郎』が「短歌」に連載中に、朝日新聞で文芸時評をやっていた丸谷才一氏が、一回分まるまる使って懇切な批評をしてくれるということがあった。「短歌」掲載の評論が、朝日の文芸時評に出たのは初めてとのことで、秋山氏は、詩人としては別として、評論家として定評のあるとは決して言えない飯島に書かせても安心だと思ったのだろう、どんどんやってほしいという様子であった。

わたしは朔太郎を長々と論じてみて、その同時代の大きな詩人、あるいは歌人である白秋と茂吉について、朔太郎論でもとり上げてはいるが、一家言がないのではダメだと思った。こうして「短歌」の一九七七年一月号から一年間、「白秋と茂吉を求めて」と題して書き続けた。これが本書の原型である。今度は小沢書店が出版元となり、『北原白秋ノート』と改題して出版となった。これが同年の歴程賞を受賞し、いくらか版を重ねたと記憶する。

今回わたしには実に幸運なことに、先に著作集『飯島耕一・詩と散文』（全五巻）をまとめてくれた、みすず書房と辻井忠男氏が、絶版になって久しい（とくに『萩原朔太郎』は初版以来二十八年間、新版が出ていなくて、古書店にもめったにないとのことだ）二つの長篇評論の決定版を出したいと言って来られ、わたしとしてはこの申し出を喜んでお受けすることにした。

『北原白秋ノート』は今度じっくりと読み返してみて、白秋とほぼ同じ比例で茂吉をとり上げていることがわかったので、『白秋と茂吉』というふうに「短歌」連載時に近い題名に戻し、さらに「『邪宗門』ノートの興奮」などの論を加え、「茂吉の死」という新稿を書き（二〇〇三年は、茂吉没後五十年に当たる。白秋が一九四二年に亡くなってからは六十一年になるはずだ）、かなり充実したものになったと思う。わたしとしてはめずらしく釈迢空、折口信夫への言及も本書には多い。

今現在、大きな病気から立ち直りつつある秋山実氏（角川書店はかなり前に退社、俳人としての名は秋山巳之流）、元小沢書店の長谷川郁夫氏、そして本書の実現のために尽力された辻井忠男氏とみすず書房に心から感謝する次第である。

二〇〇三年八月十八日

飯島　耕一

著者略歴

（いいじま・こういち）

1930年岡山に生まれる．1952年東京大学文学部仏文科卒業．國學院大学教授を経て，2000年3月まで明治大学教授．
1953年詩集「他人の空」（ユリイカ）．1955年シュルレアリスム研究会をつくって数年間続いた．詩集に「ゴヤのファースト・ネームは」（高見順賞），「夜を夢想する小太陽の独言」（現代詩人賞），「さえずりきこう」，「浦伝い　詩型を旅する」などがあり，評論集に「日本のシュールレアリスム」，「シュルレアリスムという伝説」，「現代詩が若かったころ」などがある．他に小説「暗殺百美人」（ドゥ・マゴ文学賞），「六波羅カプリチョス」，「小説平賀源内」がある．2000年から2001年にかけて著作集「飯島耕一・詩と散文」（全5巻，みすず書房）を刊行．

飯島 耕一

白秋と茂吉

2003 年 9 月 26 日　印刷
2003 年 10 月 6 日　発行

発行所 株式会社 みすず書房
〒113-0033 東京都文京区本郷 5 丁目 32-21
電話 03-3814-0131（営業） 03-3815-9181（編集）
http://www.msz.co.jp

本文印刷所 シナノ
扉・表紙・カバー印刷所 栗田印刷
製本所 誠製本

ISBN 4-622-07065-0